mtb

Zum Buch:

Janosch ist selbstbewusst, erfolgreich, intelligent – und vor allem ist er unabhängig. Schon lange hat er keine Frau mehr an sich herangelassen. Aber als ihm die junge Schriftstellerin Enya begegnet, wird ihm klar, wie viel schöner das Leben ist, wenn man es teilt. Enya hat die unvergleichliche Gabe, die Welt in Worten zu malen. Sie beginnt, Janosch aus ihrem Roman vorzulesen, und beide inspirieren sich gegenseitig dazu, ihre Träume zu verwirklichen. Doch über Janoschs Leben liegt ein Schatten, den er einfach nicht abschütteln kann – und Enya darf unter keinen Umständen davon erfahren.

Zur Autorin:

Sarah Heine wurde 1996 in Tettnang am Bodensee geboren. Derzeit studiert sie Humanmedizin in Aachen. Neben dem Studium arbeitet sie als freie Journalistin und schreibt schicksalhafte Liebesromane.

Sarah Heine

Die Welt durch deine Augen

Roman

mtb

MIRA® TASCHENBUCH

FSC
MIX
Papier
FSC® C014496

1. Auflage: Juli 2019
Originalausgabe

Umschlaggestaltung: zero-media.net, München
Umschlagabbildung: FinePic / München, 4x6 / Getty Images
Lektorat: Anna Hoffmann
Satz: GGP Media GmbH, Pößneck
Printed in Germany
Dieses Buch wurde auf FSC®-zertifiziertem Papier gedruckt.
ISBN 978-3-7457-0018-3

www.mira-taschenbuch.de

Werden Sie Fan von MIRA Taschenbuch auf Facebook!

Für Nena.
Weil es dieses Buch ohne dich nicht gäbe.

»Nicht sehen trennt von den Dingen –
Nicht hören trennt von den Menschen.«

Immanuel Kant

Tintenblut

Von: LEKTORAT
Betreff: AW: Manuskripteinreichung
An: Enya Unterberger

Sehr geehrte Frau Unterberger,

haben Sie vielen Dank für Ihr nettes Manuskriptangebot, das für eine Verlagsveröffentlichung in unserem Hause leider nicht infrage kommt.
Wir können Ihnen daher nur an anderer Stelle mehr Glück wünschen.

Heike Engel
Lektorat Belletristik

Nett?

Ernsthaft, *nett*?!

Zischend zieht der Drucker ein neues Blatt Papier ein und spuckt es einen Augenblick später wieder aus. Absage Nummer zwölf.

Nettes Manuskriptangebot …

Der Locher stanzt erbarmungslos durchs noch warme Papier, der Metallbügel quietscht, als ich das Blatt im Ordner abhefte. Es ist mein Wenn-ich-erst-mal-Bestsellerautorin-bin-werde-ich-diese-Absagen-herumzeigen-wie-J.K.Rowling-Ordner.

Er ist der zugleich motivierendste und niederschmetterndste Bestandteil meines Lebens.

»Wieder nichts?«

Carlo blinzelt mich über den Rand seines Laptops hinweg an. Er wartet mein Nicken kaum ab, sein Blick zuckt schon wieder zurück auf den Bildschirm. Lautlos huschen seine Finger übers Trackpad des MacBooks. Seit dem Vormittag ist er mit dem Schnitt des neuen Musikvideos beschäftigt, das er und die Jungs vom Label letztes Wochenende hier in Wien gedreht haben.

»*Breuer & Sohn* hat auch abgesagt.« Obwohl ich es nicht will, klingt meine Stimme belegt. Schließlich hatte ich längst damit gerechnet. Mir doch nicht ernsthaft Hoffnungen gemacht, bei einem so großen Verlagshaus zu landen. Okay, vielleicht habe ich es doch. Mein Gehirn tut eben manchmal dumme Dinge.

Einen Moment lang starre ich auf die ausgedruckte Seite.

Es ist nur eine Absage.

Eine Chance vertan, neunundneunzig andere noch offen.

Und trotzdem tut sie weh. Meine Augen beginnen gemein zu brennen. Am liebsten würde ich heulen.

Ich zwinge mich, die Tränen wegzublinzeln, als Carlo erneut den Kopf hebt. Sein gedehntes Seufzen erfüllt das Wohnzimmer, es klingt beinahe vorwurfsvoll. Dann klappt er seinen Laptop endlich zu.

»Ach Baby …« Sein Blick findet meinen, hält ihn fest, und ich schaue in dieses dunkle Braun, das ich in- und auswendig kenne. Und werde wütend. Das blöde Mitleid in seiner Stimme kann er sich sparen.

Carlo hat leicht reden. Ihm ist es gelungen, seine größte Leidenschaft zum Beruf zu machen. Jetzt ist er mit der Musik so erfolgreich, dass wir inzwischen beide bequem davon leben können. Er finanziert mich mit. Mich und meine erfolglosen Versuche, in der Autorenwelt Fuß zu fassen. In den schlimmsten Momenten bin ich davon überzeugt, er wartet insgeheim darauf, dass mir die nächste Absage endlich die Augen öffnet.

»Das ist doch nicht fair. Mensch …« Schon jetzt zittert meine Stimme vor unterdrückten Tränen. Gott, ich bin wirklich völlig erbärmlich. »Was, wenn mein Manuskript tatsächlich nicht gut genug ist?«

»Quatsch.« Carlos markante Stimme klingt entschieden, doch wie immer schwingt etwas in ihr mit, das mich ihm die Worte nicht ganz abnehmen lässt. Er meint sie nicht wirklich, er sagt sie nur so dahin. Ohne weiter darüber nachzudenken, es ist ein Reflex, den ich bei ihm auslöse, seit er mich kennt. Er fühlt sich verpflichtet. Sein schlechtes Gewissen zwingt ihn, diese Dinge zu mir zu sagen. »Du schreibst viel besser als alle anderen, Enya.«

Wow. Was für eine Aussage.

»Und warum will dann kein Verlag mein dummes Manuskript?« Verärgert über mich selbst wische ich mir die Tränen weg. Ich will nicht heulen, will nicht so erbärmlich auf der Couch sitzen und mich bemitleiden lassen. Und gleichzeitig will ich es doch. Carlo zieht mich enger an sich, und obwohl ich ihn am liebsten wegstoßen würde, lasse ich es zu. Ich sinke an seine Brust und schließe für einen Moment die Augen. Wie leicht wäre es, jetzt einfach richtig loszuheulen. Aber es würde doch nichts ändern. Die blöde Frau aus dem Verlag wird sowieso nie erfahren, wie ihre seichten Worte täglich Dutzende Autorenträume platzen lassen. Wie Seifenblasen. Genauso hohl und leer müssen sie für sie aussehen. Doch sie enthalten Welten, sorgfältig ausgedacht, mit Herzblut, Schweiß und Tränen aufgebaut. So ein Manuskript ist mehr als eine simple Aneinanderreihung beliebiger Worte. Zumindest meines ist es. Auch wenn das keiner sieht.

»Das haben wir doch schon tausendmal besprochen.« Carlo streichelt mitfühlend über meine Schulter. »Der Markt ist übersättigt, es gibt einfach zu viele gute Manuskripte. Eine Absage hat nichts mit der Qualität deines Textes zu tun. Vielleicht haben sie vor zwei Tagen erst ein ähnliches Buchprojekt ins Programm aufgenommen und konnten deshalb nicht zusagen. So ist diese Branche eben. Du weißt doch, wie lange es bei mir gedauert hat, bis ich endlich ein Plattenlabel gefunden hatte, das ...«

»Ja, aber du *hast* ein Plattenlabel!«, entfährt es mir. Eigentlich will ich ihn nicht anschreien. Carlo kann nichts dafür, dass er den Erfolg hat, der mir schon so lange verwehrt bleibt. Er hat genauso hart gekämpft, und er lässt es nicht raushängen, niemals. Im Gegenteil. Wie er immer versucht, seinen Erfolg vor mir kleinzureden, nur um mich nicht zu verletzen, nur um ja nicht anzugeben. Als wäre ich ein sterbenskrankes Kind, vor dem man keinen Spaß haben darf. Es macht mich nur noch wütender.

»Vielleicht braucht es einfach noch ein bisschen Zeit.«

»Wie viel denn noch?!« Aufgebracht winde ich mich aus seinen Armen. Ich *habe* keine Zeit mehr, um darauf zu vertrauen, dass es irgendwann schon noch klappt.

Zwei Jahre hatte ich mir nach dem Bachelor in Linguistik und Englischer Literaturwissenschaft gegeben, um meine größte Leidenschaft endlich zum Beruf zu machen. Nach sechs Semestern eines Studiums, das mich keinen Tag lang wirklich interessiert hat, war es der einzige Traum, den ich noch hatte. Ich wollte vom Schreiben leben. Wollte ... Will! Will Geschichten erzählen, fremde Welten erschaffen, mein eigener Boss sein. Mich tagsüber in unerträglich schöne Wiener Kaffeehäuser setzen und in Gedanken dem Alltag entfliehen. Ich hatte den ultimativen Plan. Doch bislang ist er nicht aufgegangen.

Kaum einen Cent habe ich seither mit dem Schreiben verdient. Die zwei E-Books, die ich veröffentlicht habe, bringen Erträge im zweistelligen Bereich und nichts als die bittere Erkenntnis, dass es längst nicht mehr genügt, irgendwo veröffentlicht zu haben. Es ist so frustrierend, nicht gesehen zu werden. Stattdessen tagein, tagaus in diesem Café im siebten Bezirk kellnern zu müssen, um wenigstens meinen Anteil an der Miete beisteuern zu können. Ich dachte, es wäre nur eine Übergangslösung. Inzwischen ist es der traurige Alltag.

Himmel, es klingt eingebildet, aber ich weiß, dass ich schreiben kann. Schließlich habe ich mein Leben lang nichts anderes getan. Doch auch nach Monaten der Überarbeitung, der ausgefeiltesten Exposés und durchdachtesten Bewerbungsschreiben hat noch immer kein Verlag angebissen. Verhandlungen mit zwei Lektorinnen fanden statt, eine von ihnen sogar aus einem großen Haus mit Sitz in Deutschland. Ich habe Exposés und Leseproben geschickt, zusammen mit meinen größten Hoffnungen. Und wochenlang nichts gehört. Wenn sie sich ernsthaft interessieren, melden sie sich eigentlich sofort, hatte Luca gemeint. Mein ehemaliger Kommilitone und inzwischen auch Agent. Ohne ihn hätte ich vielleicht längst alles hingeschmissen – und vermutlich nie den Vertrag mit einer der bekanntesten Wiener Literaturagenturen ergattern können. Es ärgert mich selbst, doch offensichtlich ist in dieser seltsamen Branche einzig und allein mit Vitamin B voranzukommen. Und trotz Lucas Bemühungen, die großen Häuser zu pitchen, kam letztendlich nie ein Deal zustande. *Verlockend, aber für unser Programm leider zu tragend und tief … Nicht wettbewerbsfähig … würde auf dem Markt derzeit nicht überleben.* So oder ähnlich lauteten die Absagen. Eines habe ich inzwischen verstanden: Ein Buch zu schreiben, ist nicht die eigentliche Arbeit, sondern der spaßige Teil, während dem man sich in die Geschichte verliebt und von seinen Protagonisten entführen lässt. Nicht wirklich weiß, wohin die Reise geht, doch sich längst sicher ist, dass es fantastisch wird. Noch voller Hoffnung ist, es könnte endlich *die* Geschichte sein, die einem die Türen nicht nur öffnet, nein, sondern sie eintritt, mit voller Wucht, sodass man plötzlich dort steht, wo man sich immer hingeträumt hat. Die Arbeit ist dann die Verlagssuche, das Klinkenputzen, Hoffen, Bangen und Enttäuschungen wegstecken. Ein Vertrag mit einer Literaturagentur läuft in der Regel ein Jahr. Zwölf Monate, in denen der Agent alles dafür tut, ein Manuskript zu vermitteln. Gelingt das nicht, sieht es düster aus. Unterzeichnet habe ich meinen Vertrag letzten Oktober. Noch drei Monate, ehe sie ihn auflösen und mich endlich zurück auf die Straße setzen können.

Zwölf Wochen.

84 Tage.

84 unfassbar lächerliche Tage.

»Und wenn du vielleicht doch mal in eine andere Richtung denkst? Was … Normaleres probierst?« Carlo könnte seine Worte noch so vorsichtig formulieren, sie treffen mich trotzdem wie ein Peitschenhieb. So viele Gedanken, die er niemals aussprechen wird, stecken in ihnen. Wann ich endlich von meinem pseudo-philosophischen Melancholie-Trip runterkomme. Manchmal frage ich mich, ob Carlo wirklich so blind ist oder meine Kunst einfach nicht erkennen will. Vielleicht kann er es auch einfach nicht.

Literatur ist etwas anderes als der lässig-simple Straßenslang, in dem er seine Songtexte schreibt. Ohne viel Schnickschnack und vor allem ohne die tiefen Gefühle, die mein Schreiben ausmachen.

Vielleicht sollte ich auch inhaltslose Popsongs schreiben und mich nicht darüber wundern, dass die Leute sich damit besser identifizieren können als mit Literatur. Bloß nicht nachdenken oder gar hinterfragen. Hübsch verpackte, radiotaugliche Klänge und leere Worthülsen. Das kann Carlo, wirklich gut sogar. Sogar seine Meinung verpackt er mir gegenüber nett. Dabei will ich doch nur von meinem Freund als Künstlerin ernst genommen werden. Ihm müssen meine Manuskripte überhaupt nicht gefallen. Doch anscheinend ist selbst das zu viel verlangt.

Unzählige Male habe ich seine Songs gehört, habe Carlo zu jedem seiner Konzerte begleitet, backstage vor den Auftritten Händchen gehalten und ihn nach den Aftershows nach Hause gebracht, wenn er, betrunken vor Wahn und Euphorie, kaum noch aufrecht gehen konnte. Seit sein erstes Studioalbum in Österreich, Deutschland und der Schweiz von Null auf Eins geschossen ist, fließt die pure Ekstase durch seine Venen. In den seltenen Momenten, die wir wie heute zu Hause auf der Couch verbringen, zwingt sich mir immer öfter der Gedanke auf, ob es wirklich das ist, was ich mir für unsere Beziehung gewünscht habe. Ihm zuzusehen, wie er immer höher steigt, während ich hier unten Seite für Seite schreibe und mir neue Handlungen ausdenke.

»Was ist denn in deinen Augen was *Normales*?«, entgegne ich und muss mich zwingen, die Ruhe zu bewahren.

»Keine Ahnung, du bist die Autorin. Was Kommerzielleres eben.«

»Ich schreibe aber nicht, um kommerziell zu sein!« Ich schnaube. »Und überhaupt … Du hast meinen Roman ja nicht einmal gelesen.«

»Ich habe dich so oft gefragt, ob du ihn mir vorliest, aber du willst ja nie.«

»Weil ich darauf verzichten kann, von dir ausgelacht zu werden.«

Der Abend droht im Streit zu enden, doch es ist mir egal. Zu viele Emotionen haben sich in den letzten Wochen angestaut. Zu viele ungesagte Worte, die von innen gegen meine Lippen drängen wie ein wildes Tier in Gefangenschaft.

»Das war ein einziges Mal!« Das schlechte Gewissen ist ihm anzuhören. »Ich habe danach nie wieder gelacht.«

»Stimmt, stattdessen bist du ja auch eingeschlafen.«

»Okay, Nachricht ist angekommen. Jetzt komm mal wieder runter, Baby. Ich habe dir schon hundertmal gesagt, wie leid mir das …«

Oh, ich kann es nicht mehr hören!

»Dein *Baby* kannst du dir sonst wohin stecken.«

»Enya …«

»Lass mich einfach in Ruhe.«

Ich versuche mich von der Couch hochzustemmen, aber er legt seine Hand fest um meine Taille. Das Verlangen, ihn anzuschreien, nimmt überhand, mich loszureißen und allein im Bad zu verbarrikadieren, so wie es sich für eine gelegentlich furchtbar launische junge Frau nun mal gehört. Doch ich mache den Fehler, in Carlos Augen zu sehen, und plötzlich stürzt alles auf mich ein. Mich einzuschließen und allein zu heulen, wirkt plötzlich nicht mehr halb so verlockend. Der Mensch ist ein soziales Wesen und sehnt sich nach Anerkennung und Wärme. Auch wenn er hinterher noch viel stärker friert. Er lernt wohl nie dazu.

Carlo sieht mich weiter an. »Du hattest einen miesen Tag, aber du meinst das jetzt nicht so.«

Ein Dutzend mögliche Antworten liegen mir auf der Zunge. *Erzähl mir nicht, was ich meine und was nicht. Du hast doch keine Ahnung, wie es sich anfühlt, was das mit dir macht!*

Doch keine von ihnen findet ihren Weg über meine Lippen. Stattdessen weicht die Anspannung aus meinen Muskeln, und ich falle zurück auf die Couch. Carlo streicht mir über die Schläfe, dann küsst er mich. Die Tränen brennen weiter in meinen Augen.

»Ich will doch nur, dass endlich auch mal was klappt.«

»Ich weiß doch, Enya.« Carlo schaut mich wieder an. Diese aufmerksamen Augen sehen bis in mein Innerstes. Ich blicke in das tiefe Haselnussbraun und erinnere mich wieder, in wen ich mich damals verliebt habe. »Das wird es auch, ich verspreche es dir. Lass die Zeit für dich arbeiten, und konzentrier dich auf das, was du liebst. Und wenn es gar nicht klappt, dann gibt es immer noch andere Möglichkeiten.«

Ich ringe mir ein Nicken ab. Eins, mit dem ich mich selbst belüge. *Andere Möglichkeiten …* Es gibt schon längst keine andere Möglichkeit mehr. Aber Carlo versteht das einfach nicht. Er sieht nur mich und die makellose weiße Haut. Die bläulich schimmernden Venen, aber er weiß nicht, dass in ihnen schon lang kein Blut mehr fließt. Sondern Tinte.

Tigerenten Club

Wer an Wien denkt, hat automatisch große, prächtige Kaffeehäuser vor Augen. Hohe Decken, restaurierten Stuck und kultivierte Kundschaft. Frauen in Pelzmänteln, saftige Sachertorte und Wiener Melange.

Ich gebe es ja zu. In meiner Vorstellung sah das genauso aus, als mir der Job im *Sellerie* angeboten wurde. Ich dachte an schicke Kellnerschürzen und das üppige Trinkgeld spendabler Touristen. Wie dumm ich war. Und wie desillusioniert, als ich das altmodische Café mit dem dunklen Holzmobiliar zum ersten Mal betreten habe. Keine großen Fenster, keine tollen Torten. Dafür eine Bar und Spätschichten bis 24 Uhr.

Wenigstens authentisch, lautete das Urteil meiner besten Freundin Anouk. Wenigstens nicht weit weg vom Studio, fand Carlo.

Und mit der Zeit habe ich das Café lieb gewonnen, denn unscheinbar ist es nur auf den ersten Blick. Gemütliche Sitzecken, viele Pflanzen und liebevolle Dekoration. Im Sommer hat das *Sellerie* sogar einen hübschen kleinen Außenbereich. Hier trifft sich das echte Wien, fernab der überteuerten Kaffeehäuser, die sich vor Touristenströmen kaum retten können. Der ruhigere Betrieb kommt mir entgegen. Zwar haben wir immer viele Kunden, doch meist bleiben sie lang, wollen nicht alle paar Minuten neu bedient werden, und mit dem Trinkgeld sind sie in der Regel auch nicht gerade zurückhaltend. So bleibt für mich genügend Zeit, um verträumt hinter der Theke zu lehnen, die Zapfhähne anzustarren und in Gedanken ganz woanders zu sein. Links Soda, rechts die Biersorten. Schwechater Wiener Lager, Starobrno und dunkles Malzbier.

Fast so dunkel wie Elliotts Augen, wenn er Lynn mit *diesem* Blick ansah.

Ich dachte wirklich, ich kenne unsere Richtung, aber du warst mehr Nadel als Kompass und ich das Fähnchen im Wind. Ich hab gezittert, hektisch im Sturm, die ganze Zeit war mir kalt. Was soll ich schon sagen, ich hab geglaubt, es sei klug, als ich dich in mein Herz gelassen habe, aber jetzt kommen wir beide nicht mehr raus, und hier drinnen ist es verdammt eng.

Happy Ends, die gibt es nur im Film und vielleicht für die naiven Leute, und naiv war ich zwar, aber da hattest du das Ende vermutlich längst für uns entschieden. Dass ich gern ein Wörtchen mitgeredet hätte, war dir egal. Vielleicht bilde ich mir das aber auch nur ein, damit es erträglicher wird, denn die Ärztin sagt, der Mensch sucht nach Erklärungen für Dinge, die seine Vorstellungskraft übersteigen. Meine Erklärung warst du, aber ich nicht deine. Du konntest keine finden, obwohl ich direkt vor dir stand, dich anflehte, endlich Hilfe zu suchen, aber du wolltest keine. Du hast immer gesagt, du willst nur mich, und ich fand das schön, dabei wusste ich, es war nicht wahr. Du wolltest nur Ruhe und dass es aufhört wehzutun.

Ich dachte, Liebe besiegt alles, aber deine Wunden waren zu tief, und ich hatte nur runde Pflaster mit Dinosauriern, nicht die Metallklammern, die du gebraucht hättest, um dein Fleisch zu verschließen. Du hast dich zerstört und mich gleich mit. Unsere Hände haben ineinander gepasst, als wären sie einzeln ganz ohne Funktion. Wenn ich auf meine Ballen schaue, muss ich daran denken, wie du den Edding vom Schreibtisch genommen und mir die zwei Buchstaben in die Hand geschrieben hast. So als könnte ich nicht lesen und hätte erst verstanden, was du mir sagen wolltest, als du sie mir auf die Haut gezeichnet hast. OK, zwei Großbuchstaben, sie standen da wie ein Signal. Dein Hilferuf, stumm und doch so laut, dass ich ihn nicht hören wollte, denn OK warst du schon lang nicht mehr. Genauso wenig wie heute ich.

»Ähm, Enya?«

»Hm?!«

Ertappt fahre ich hoch und starre in Lucas belustigt zwinkernde Augen. *Meine Güte. Wie lange steht er da schon?* Hektisch schiebe ich die vollgeschmierten Papierservietten zur Seite. Nicht dass irgendjemand meine Schrift lesen könnte – an manchen Tagen erkenne ich sie ja selbst kaum noch –, doch hier liegen all meine Gedanken zwischen uns auf dem Tresen, und das fühlt sich falsch an.

»Lass dich nicht stören, Schneewittchen, aber können wir bestellen?«

»Klar, sorry!«

Ist das Glöckchen kaputt? Mein Blick zuckt zur Tür, die gerade von einem weiteren Gast geöffnet wird. Ein helles Klingeln ertönt. *Wie konnte ich das eben überhören?!*

»Was darf's sein, Luca?«

»Wir hätten gern je einen Espresso, bitte.«

Langsam dämmert es mir, warum er in der Mehrzahl spricht. Neben Luca steht ein weiteres Exemplar der männlichen Spezies. Und sein Anblick raubt mir für einen Sekundenbruchteil den Atem.

Oh Gott. Schnell wende ich den Blick ab, um nur kurz darauf erneut in seine Richtung zu starren. Ich dachte immer, ich mag keine blauen Augen. Aber das … Das lässt mich meine Meinung erstaunlich schnell revidieren.

»Kommt sofort.«

»Danke«, sagt der Fremde. Ich nicke mechanisch. Seine Stimme … Sie trifft etwas ganz tief in mir, von dem ich nicht einmal wusste, dass ich es überhaupt besitze.

»Sicher, setzt euch doch.« Mit zittrigen Knien drehe ich mich zur Kaffeemaschine. Hochkonzentriert halte ich den Siebträger unter die elektrische Kaffeemühle und versuche meine Schnappatmung unter Kontrolle zu bringen.

Beschäftigt wirken. Lässig. Sonst kann ich das doch auch. Herrgott noch mal. Meine Hände spulen die Abläufe längst vollkommen automatisiert ab. Mit ordentlich Lärm schraube ich den Siebträger zurück in die Maschine. Mir egal, dass ich völlig sozial inkompetent wirken muss und ihnen lieber den Rücken zeige, als Smalltalk mit meinen Gästen zu halten, so wie es sich für eine gute Barista eigentlich gehört. Die Kaffeemaschine beginnt laut zu brummen und den betörenden Duft frisch gemahlener Bohnen im ganzen Café zu verbreiten. Unauffällig atme ich aus und bilde mir ein, ein wenig ruhiger zu werden. An dieses Bild von einem Mann in meinem Rücken versuche ich gar nicht erst zu denken. Ich habe keine Ahnung, wer er ist. Ein Kollege von Luca? Ein Freund? Warum kenne ich ihn nicht? Und warum wühlt mich ein einziger Blick in diese Augen derart auf?

Die kleinen Tassen klappern, als ich sie mit Schwung auf das Gitter stelle. Mir gehen die Handgriffe aus. Ich könnte mich jetzt wieder umdrehen. Vermutlich sollte ich, um nicht seltsam zu wirken.

»So still heute, Schneewittchen?« Als hätte Luca auf seinen Einsatz gewartet, grinst er mich an, während ich mich betont lässig zu den beiden wende. Ich bereue es sofort.

Es ist ein pures Dunkelblau. Eine Farbe, die mich ans Meer erinnert. An Freiheit und Unendlichkeit. Die Augen des Fremden stehen im Kontrast zu seinem hellbraunen Haar.

Gerade Nase, markante Wangenknochen. Er ist viel zu attraktiv. Und das Problem: Er weiß es. Ich bin mir sicher.

»Wollte dich und deine Begleitung nicht stören.« *Gott, ich wusste nicht, wie verklemmt ich klingen kann.* Luca lacht laut auf. Der Typ nicht. Ein belustigtes Grinsen zuckt um seine unerträglich schönen Lippen. Ich starre auf diesen Mund, und Bilder suchen mich heim. Wie wir uns küssen, wie er in meine Haare greift, meinen Kopf nach hinten zieht, gegen die Wand drückt. Ich kann es hören, schmecken, spüren. Bekomme eine Gänsehaut und plötzlich Angst, er könnte meine Gedanken lesen. Er grinst noch immer. Spätestens jetzt bin ich knallrot. Und wie immer passiert Folgendes: Meine Unsicherheit schlägt in hilflose Wut um. *Lacht er mich gerade ernsthaft aus? Für wen hält er sich?*

Dann teilen sich seine vollkommenen Lippen. »Statt sie zu verunsichern, könntest du uns auch mal vorstellen, Luca.«

Himmel, seine Stimme. Ich verstecke die Arme hinterm Rücken. Er muss die dumme Gänsehaut nicht sehen, die sie ausgelöst hat. Ich habe diese Stimme schon mal irgendwo gehört, zumindest bildet sich das der mickrige Rest meines Verstandes ein. Muss man diesen Mann kennen? Möglichst unauffällig starre ich ihn weiter an. Vielleicht ist er auch Musiker, ein Kollege von Carlo? Ich verliere noch völlig den Verstand.

»Ich war bereits dabei.« Luca boxt ihm gegen den wohlgeformten, aber nicht übertrieben muskulösen Oberarm.

»Das ist Janosch.« Lucas unbefangene Stimme zerreißt das Knistern. Beinahe bin ich ihm dankbar. Doch meine Emotionen brodeln unbeeindruckt weiter. Nur mit viel Selbstbeherrschung schaffe ich so etwas Ähnliches wie ein Lächeln. »Janosch, Enya – Enya, Janosch.«

Was für ein Name …

»Hi, Janosch.« Meine Stimme klingt erstaunlich fest, als ich ihm die Hand hinstrecke. Innerlich gebe ich mir ein High-

Five. Ich bin keines dieser Mädchen, das beim Anblick eines ausnahmsweise gut geglückten Exemplars der männlichen Spezies nur noch in berauscht hauchenden Lauten kommunizieren kann.

Einen kurzen Moment lang scheint er zu zögern. Aus den Augenwinkeln meine ich zu erkennen, dass Luca ihn hinterm Tresen anstößt. Vielleicht täusche ich mich aber auch.

Janosch greift nach meiner Hand, und als seine Haut auf meine trifft, explodiert ein kleines Feuerwerk. Zumindest in meinem Kopf. »Interessanten Namen hast du da.« *Moment. Habe ich das gerade wirklich gesagt?*

Sein Grinsen lässt daran keinen Zweifel.

»Ich weiß, danke. Den Spruch über den Tigerenten Club kannst du dir allerdings sparen.«

Das schelmische Lächeln um seine Augen nimmt seinen Worten die Schärfe. Trotzdem bin ich mir nicht sicher, ob er es wirklich so lustig fand. Irgendwas in seiner Mimik lässt ihn überheblich wirken. Er hat es nicht mal nötig, mich richtig anzusehen. Vielleicht wirkt er aber auch einfach immer so arrogant. Ich zwinge mich zu einem Lächeln.

»Schön, dich kennenzulernen, Enya.«

Ich sollte seine Hand loslassen. Ich halte sie schon viel zu lang. Aber ich kann nicht. Ich bilde mir ein, seinen Herzschlag an den Fingerkuppen zu spüren. Geht das überhaupt?

Irgendeine höhere Macht lässt mich an den Espresso denken. Ein Glück. Taumelnd vor lauter Emotionen drehe ich mich wieder um. Meine Hände arbeiten wie von selbst. Zwei Röhrchen Zucker, ein Karamellkeks. Kleiner Löffel und ein winziges Glas Wasser. Dabei noch atmen, während ich alles auf zwei ovalen Tabletts anrichte. Meine Gedanken rasen und bewegen sich trotzdem nicht von der Stelle.

Janosch …

»Geht aufs Haus«, höre ich mich sagen, aber Luca schiebt

mir bereits einen Schein über den Tresen zu. Ich sollte widersprechen. Luca ist Stammkunde. Aber der Gast hinter den beiden linst bereits argwöhnisch in meine Richtung. Ich unterdrücke ein Augenrollen. *Idiot.* Ich ahne bereits, bei wem mir der Milchschaum gleich so richtig misslingen wird.

»Und stimmt so.« Lucas Blick duldet keine Widerworte.

»Danke.« Meine Stimme klingt fremd. Ich will endlich wissen, wer dieser Janosch ist. Ich könnte einfach fragen, doch es erscheint mir dreist. Im Grunde geht mich das nichts an.

»Trinkst du noch einen Kaffee mit uns?«, fragt Luca. Ich bin bereits versucht zu nicken, doch mein Herz hält davon nicht viel. Es rast in meiner Brust. Vermutlich liegt das an den drei Tassen Cappuccino, die ich mir im Laufe meiner Schicht bereits genehmigt habe.

»Ich mache mir einen Tee«, erkläre ich also. Gegen die Nachwirkungen meiner gestrigen Schreibnacht hat noch mehr Koffein jetzt auch keinen Zweck mehr. Als ich den Laptop endlich zugeklappt habe, war es schon nach zwei. Die Session war so gut, dass Elliott nicht allzu viel davon gehalten hat, schon eher schlafen zu gehen. Eine halbe Ewigkeit lag ich anschließend wach, den Kopf voll Sätze, die sich in dieser seltsamen Zwischenwelt von Schlaf und noch Wachsein verlieren würden. So ist das immer. Beim Duschen oder Einschlafen kommen sie und überfallen mich aus dem Hinterhalt, die unerklärlich guten Sätze und fantastischen Ideen. Werde ich sie mir bis morgen merken? Oder lieber doch noch mal nach dem Handy greifen? Carlo hat schon geschlafen und ist glücklicherweise auch nicht aufgewacht, als ich es schließlich getan habe. Heute Morgen haben mich die Augenringe beim Blick in den Spiegel daran erinnert. Und mein brummender Kopf, fast so als hätte ich einen Kater. Einen Schreibkater, berauscht von all den unheimlichen Sätzen, von denen ich mich frage, wer sie überhaupt geschrieben hat. Ich konnte kaum noch schnell genug tippen, so als hätte irgendetwas Übernatürliches Besitz von mir ergriffen. Als hätten Lynn und Elliott beschlossen, die Sache selbst in die Hand zu nehmen. Für diese Momente lebe ich. *Das* ist Schreiben.

»Ihr habt neue Tassen?«

Er kann ja tatsächlich noch reden. Und seine Frage bringt mich aus dem Konzept. Misstrauisch starre ich Janosch an. Er dreht die kleine Espressotasse zwischen den Fingern. Meint er das ernst? Der Unterschied ist minimal. Ich hätte ihn wohl selbst kaum bemerkt, wenn mein Kollege Hannes mich nicht unnötigerweise darauf aufmerksam gemacht hätte. Die neuen Tassen sind etwas kantiger, etwas weißer. Woher kennt er unsere Tassen so gut? Schließlich habe ich ihn hier noch nie gesehen.

»Ja, seit letzter Woche«, antworte ich zögerlich. Janosch nickt bestätigend, so als wäre er sich nicht ganz sicher gewesen. »Verrückt, dass du das bemerkt hast.«

»Wohl eher verrückt, dass du Zeit hast, dich mit so etwas zu beschäftigen.« Luca lacht als Einziger von uns.

»Du warst schon öfter hier?«, frage ich, ohne nachzudenken.

»Nur ein paar Mal.« Janosch macht eine wegwerfende Handbewegung, und ich runzele die Stirn.

»Ich hab dich hier noch nie gesehen.«

»Tja ...« Janosch zögert einen Moment. »Ich dich auch nicht.« Fast so, als wollte er noch etwas sagen, hängt sein Satz zwischen uns in der Luft.

»In den letzten Wochen habe ich weniger Schichten hier übernommen als gewöhnlich«, sage ich. Weil ich mehr Zeit fürs Schreiben brauchte. Aber das behalte ich für mich. »Woher kennt ihr euch?«

Ein genervtes Ausatmen ertönt. Der Kunde hinter Janosch und Luca zieht eine genervte Miene. Nur schwer kann ich mich davon abhalten, es ihm gleichzutun. Ich nicke schnell. »Sofort!«

»Dalli, dalli, gemma, Oida!«, brummelt er in schönstem Wiener Schmäh, und Janosch unterdrückt ein Lachen. Unsere Blicke finden sich für den Bruchteil einer Sekunde. Er sieht mich an, und ich habe das Gefühl, er sieht mich so, wie mich noch nie jemand gesehen hat. Ich fühle mich erkannt. Durch und durch wahrgenommen.

Ich bediene den unhöflichen Kunden und stelle erleichtert fest, dass Luca und Janosch mit den unbequemen Hockern am Tresen vorliebnehmen, anstatt sich an einen der weiter entfernten Tische zu setzen. Normalerweise nervt es mich, wenn die Gäste sich hier direkt vor mir breitmachen, so als wollten sie kontrollieren, was ich hinter der Theke treibe. Ob ich brav abspüle oder sauber mache, eben das, wofür ich bezahlt werde, und nicht Wörter auf Servietten oder in mein Notizbuch kritzele, als wäre ich eine Besessene.

»Janosch und ich sind seit Schulzeiten befreundet«, fährt Luca endlich fort, als der Griesgram samt Cappuccino abgezogen ist. »Gerade ist ein Zimmer in meiner WG frei geworden, und Janosch hatte sowieso nach etwas Neuem gesucht.«

Sie wohnen zusammen … »Wie praktisch.« Janosch scheint die Doppeldeutigkeit meiner Aussage sofort zu verstehen. Sein Grinsen trifft mich wie ein Peitschenhieb. Ich merke, wie mir erneut die Hitze in die Wangen steigt, und spreche schnell weiter. »Und was machst du so?«

»Ich arbeite beim Fernsehen und Film, mache Anmoderationen, spreche Beiträge. Nichts Besonderes.«

»Deshalb kommt mir deine Stimme so bekannt vor«, entfährt es mir. Janosch grinst breiter. »Für welchen Sender arbeitest du?«

»Ich bin Freiberufler. Das kommt also ganz darauf an, wer mich haben möchte.« Obwohl ich gerne mehr erfahren würde, scheint das Thema an dieser Stelle für ihn beendet zu sein. »Und du?«

»Ich habe Literaturwissenschaften studiert. Gerade jobbe ich ein bisschen und schaue, was das Leben noch für mich bereithält.«

Um diesen Satz so leicht klingen zu lassen, waren viele Versuche nötig. Das ist für mich die eleganteste Lösung, um auszudrücken, dass ich gelinde gesagt keinen Plan habe. Ich bin sechsundzwanzig Jahre alt und habe keine Perspektive. Und das muss um Himmels willen nicht das Erste sein, was Fremde von mir erfahren.

»Enya schreibt Bücher«, wirft Luca ein und zerstört alles. Sonst tut er das nie. Sonst respektiert er das ungeschriebene Gesetz, dass das Schreiben vor Wildfremden nicht herausposaunt wird wie ein x-beliebiges Hobby. Am liebsten würde ich ihn hauen.

»Wow.« Janosch stutzt. »Du auch?«

Er weiß, dass Luca ebenfalls schreibt, natürlich weiß er das. Sie wohnen zusammen. Aber was er nicht weiß, ist, dass es einen winzigen Unterschied zwischen uns gibt. Für Luca ist die Literatur ein Brotjob. Nach einem Volontariat bei einer großen Zeitung wurde ihm sofort ein Redakteursposten angeboten. Und doch hat er sich für die Buchbranche und die Arbeit in der Literaturagentur entschieden, wo er eine vielversprechende Karriere vor sich hat. Luca hat sich damit Türen geöffnet, während ich mich selbst über Jahre eingeschlossen habe, beim Versuch, Literatur zu produzieren, anstatt nur mit ihr zu arbeiten. Es war mein Glück, dass er sie mir im letzten Augenblick noch einen Spaltbreit aufgehalten hat. Ohne ihn wäre ich ein Niemand. So bin ich immerhin ein Niemand mit verstaubten Akten in einem Agenturbüro, das einer riesigen Bibliothek gleicht.

»Was schreibst du denn?«

Oh, bitte frag einfach nicht. Wieso nur löst es immer diesen Fragereflex bei Menschen aus, gewürzt mit einer wohlwollenden Prise Skepsis und sanfter Verurteilung?

»Ach … Liebesromane, das Standardprogramm«, spule ich mein Sprüchlein ab. Es ist ebenso antrainiert wie die Beschönigung meiner aktuellen Situation. Normalerweise genügt es den Leuten. Es erfüllt die Klischees in ihren Köpfen, sie mustern mich noch einmal eingehend und stellen sich vor, wie ich allein mit meinem Laptop in einem ledernen Ohrensessel sitze. Eine Tasse Earl Grey dampft vor sich hin, auf meinem Schoß eine Katze, auf der Nase eine randlose Brille.

Janosch genügt es nicht. Ich sehe es sofort, daran, wie er sich mir auf einmal zuwendet. Er ist der Typ, der mehr wissen will. Und anschließend laut lacht, wenn ich mich traue und erzähle, worüber ich *wirklich* schreibe.

»Nur ein bisschen tiefgründiger und poetischer als *das Standardprogramm.*«

»Luca!« Meine Stimme klingt unnatürlich schrill. In diesen Sekunden hasse ich ihn wirklich.

»Ach.« Janosch mustert mich, und plötzlich kann ich ihn nicht mehr einschätzen. Ich presse die Backenzähne aufeinander und stelle mich auf die üblichen Sprüche ein: *über das Leid der Welt, oder was? Hast du denn schon veröffentlicht? Und lohnt es sich finanziell?*

Doch keine meiner Befürchtungen bewahrheitet sich.

»Finde ich ziemlich cool.« Als würde er von so etwas tagtäglich hören, nimmt Janosch in aller Seelenruhe einen weiteren Schluck von seinem Espresso. Zeit genug für mich, Luca warnend anzublitzen. Er tut so, als hätte er es nicht bemerkt. Idiot.

»Liest du mir mal was vor?«

Ich fahre herum. »Ich soll was?!«

Soll das eine billige Anmache sein? Wenn ja, ist sie verdammt schlecht. Und dreist. Janosch gehen meine Texte definitiv nichts an. Aus blauen Augen blitzt er mich aufmerksam an. Doch ich erkenne keinen Schalk in ihnen. Entweder ist er ein verdammt guter Schauspieler, oder er findet es wirklich interessant, dass ich schreibe.

»Ich hab ’nen Freund.«

Stille. Empfindliche Stille.

Das hab ich jetzt nicht wirklich gesagt?!

Luca unterdrückt ein Lachen. Okay, ich habe es gesagt. *Himmel, bitte lass sich die Erde auftun!*

»Der Gute kann sich glücklich schätzen.« Janosch grinst, dann stellt er die leere Espressotasse zurück auf den Unterteller und schiebt sie mir über den Tresen hinweg zu. »Und du kannst mir ja beim nächsten Mal erzählen, worum es in deinen Büchern geht. Vorausgesetzt natürlich, dein Freund erlaubt es.«

Hat er gerade gezwinkert? Ich weiß nicht, ob ich es abstoßend oder heiß finden soll. Das Kribbeln in meinem Magen hat sich längst für eine Option entschieden.

»Luca, ich muss zu meinem Termin.« Janosch schlägt mit meinem Freund ein, und ich versuche krampfhaft nicht rot anzulaufen, während sich die beiden verabschieden. Ich bin so unfähig, normale Konversation zu betreiben.

»Enya.« Er wendet sich mir zu. Ich blicke geradewegs in diese blauen Augen und sehe einen Ozean ohne Horizont. Ich schlucke. Janosch hält mir die Hand hin. »Es war mir ein Fest.«

Dieser Kerl schafft es, selbst den trivialsten Satz verboten klingen zu lassen.

»Und mir erst.« Endlich ist sie zurück, die sarkastische Leg-dich-nicht-mit-mir-an-Enya, der ich zu verdanken habe, dass die Leute glauben, ich besäße so etwas wie Selbstbewusstsein. Sie sind wirklich leicht zu täuschen. Zumindest die meisten. Janosch gehört nicht zu ihnen. Sein Mundwinkel zuckt, seine Hand berührt meine. Es knistert, in mir beginnt es zu brodeln.

Und dann ist er weg.

Pingpong-Match

Am Anfang war es schier unerträglich, in der Öffentlichkeit zu schreiben. Fernab meiner gemütlichen kleinen Höhle, in der ich so lang ich will wie besessen auf mein Dokument starren kann, ohne befürchten zu müssen, von fremden Menschen für gestört erklärt zu werden. Manchmal ertappe ich mich immer noch dabei, wie ich völlig paranoid nach links und rechts blicke, wenn ich einen Satz zum siebzehnten Mal umstelle, nur um ihn kurz darauf ganz zu löschen.

Hinterher liest es sich so leicht, dabei ist jedes Wort kalkuliert. Bedacht gewählt aus einer Armee gleicher Bedeutungen. Mein Gehirn hört auf zu funktionieren, sobald ich dabei beobachtet werde.

Mit der Zeit habe ich also eine Strategie entwickelt. In geschlossenen Räumen sitze ich immer mit dem Rücken zur Wand. Sollte das nicht möglich sein, dann wenigstens so, dass hinter mir niemand mehr Platz findet. Das Display des Laptops, ich habe ihn Hubert getauft, ist auf die niedrigste Helligkeit gestellt, das Word-Dokument so klein, dass ich die Sätze gerade noch ohne Anstrengung lesen kann. In einem Browser-Tab habe ich immer Pinterest oder eine andere unverfängliche Seite geöffnet, nur für den Fall, dass doch jemand unbemerkt näher kommen sollte.

Die letzten Takte *Nevermind* von *Dennis Lloyd* dröhnen in meinen Gedanken. Beim Schreiben höre ich meist Musik, mit Kopfhörern auf den Ohren tauche ich an jedem Ort dieser Welt in mein geheimes Paralleluniversum ab.

Die Schicht von 8 bis 16 Uhr war heute leider nicht ganz so

entspannt wie sonst. Man merkt sofort, wenn Wochenende ist und die Leute nichts zu tun haben. Ständig kamen neue Gäste, haben mich mit albernen Wünschen beschäftigt und den letzten Nerv gekostet. So blieb überhaupt keine Zeit, mir ständig Notizen zu machen oder die Gedanken in meinem Kopf zu einem vernünftigen Ende zu spinnen. Seit einer halben Stunde habe ich Feierabend, aber ich bin immer noch hier. Hinter der Theke hat Hannes übernommen, ich sitze an meinem Lieblingstisch in der Ecke und versuche zu schreiben. Nur noch eine halbe Stunde, ehe ich mich auf den Heimweg und für den Abend fertig machen will. Carlo spielt heute im Gasometer. Er und die Jungs sind schon dort, um zu proben.

Auf diesem Konzert von Prinz Pi waren tausend Menschen und trotzdem nur wir zwei. Wir hätten es gar nicht sein dürfen, waren abgehauen für zwei Stunden in eine Masse aus warmen, feuchten Körpern, die sich im Dunklen um uns wiegte wie das Meer. Wie eine Welle floss die Musik von ihren Körpern in unsere. Von meinem in deinen, und du warst richtig glücklich. Das warst du doch, oder?

Denn ich war es, als du mich geküsst hast, und wenn ich es mir heute so überlege, war es vielleicht noch eines deiner stummen Zeichen, während Friedrich da vorne hinterm Mikro stand, von Laura gesungen hat und deine Lippen auf meinen lagen. Bestimmt hundert Mal hab ich später versucht, den Song wieder anzuhören, doch ich konnte es nicht. Konnte nicht weinen, nicht schreien. Konnte mich nur fragen, ob du mich wohl auch hörst, da, wo du bist. Jetzt ohne mich.

Mein Herz pocht, meine Finger sind feucht. Ich habe es schon lang nicht mehr so gefühlt.

Hastig schlucke ich, lasse den Blick für den Bruchteil einer Sekunde prüfend über Huberts Bildschirmrand hinweg wandern. Und erstarre.

Das darf nicht wahr sein. Mit einer hektischen Bewegung reiße ich mir die Kopfhörer aus dem Ohr. *Prinz Pis* Stimme bricht jäh ab.

»Die hat schon frei, aber schau, da hinten hat sie sich versteckt«, sagt Hannes in genau diesem Moment und deutet in meine Richtung. Janosch dreht sich um, und ich verspüre das dringende Bedürfnis, mich hinter meinem Laptop zu verstecken. Was will er denn jetzt?

»Hey!«, bringe ich heraus, als mein Versteck erst offensichtlich und dann lächerlich wird.

Janosch lächelt, beinahe erleichtert, und kommt dann auf mich zu. Auf halber Strecke streift er mit der Hüfte einen Stuhl. Quietschend scharren die Stuhlbeine übers Parkett, und er versucht das Missgeschick zu überspielen.

Ich muss grinsen. Ist er etwa nervös? Belustigt schiebe ich ihm einen freien Stuhl meines Tisches entgegen. Er klammert sich an ihn wie an einen Rettungsanker.

»Na?«

Gott, jetzt, wo er so nah ist, erinnere ich mich erst wieder daran, wie blau seine Augen sind.

»Trotz Feierabend noch hier?«, fragt er.

»Eine Autorin hat nie Feierabend«, korrigiere ich. *Meine Güte, wie geschwollen …* Doch Janosch grinst. Ich sollte lieber noch etwas Normales zum Gespräch beitragen. »Willst du nichts bestellen?«

»Nein, ich hab nur gehofft, dich zu treffen.« Wow. Warum lange um den heißen Brei herumreden, wenn es auch direkt geht? »Du wolltest mir doch noch vorlesen.«

Meine Augenbrauen rutschen in die Höhe. »Ach, wollte ich das?«

Es fällt mir schwer, seinem Blick standzuhalten. Obwohl ich sitze, werden meine Knie plötzlich weich. Es gefällt mir nicht, wie mein Körper auf Janosch reagiert.

Er lacht. »Zumindest *ich* wollte es.«

»Eben.« Obwohl er keine Anstalten macht, auf Huberts Bildschirm zu linsen, klappe ich ihn energisch zu. Sicher ist sicher. So komme ich schon nicht in Versuchung, etwas zu tun, das ich lieber bleiben lassen sollte. Ich kenne diesen Typen nicht einmal. Als würde ich einfach so einem Wildfremden vorlesen …

Einen kurzen Moment lang zögere ich. Vielleicht wäre es aber genau deshalb nicht die allerdümmste Idee. Ich kenne Janosch kaum. Eigentlich gar nicht. Theoretisch muss mir vor ihm nichts peinlich sein.

»Oder finde ich deine Bücher im Buchladen, als Hörbuch vielleicht?«

»Schön wär's«, entfährt es mir. Ich wusste gar nicht, wie verbittert ich klingen kann. Janosch offensichtlich auch nicht.

»Oh, schlechtes Thema?«, vermutet er, und ich zucke mit den Schultern.

»Was heißt schon schlecht, es ist eben die bittere Realität.«

»Es ist schwierig, einen Verlag zu finden, oder?«

Fast hätte ich laut gelacht. Doch ich verkneife es mir gerade noch. »*Schwierig* ist nett ausgedrückt«, entgegne ich. »Es läuft eben wie in allen künstlerischen Branchen. Die Konkurrenz ist groß, der Markt eigentlich längst übersättigt. Dass jemand angelaufen kommt und deine Texte veröffentlichen will, weil er sie so toll findet, ist die seltene Ausnahme.«

»Vielleicht bist du diese Ausnahme.«

»Vielleicht bin ich aber auch ein hoffnungsloser Fall.«

»Das denke ich nicht.« Janosch stützt die Ellbogen vor mir auf dem Tisch ab. »Ansonsten wärst du doch wohl kaum in einer so hochkarätigen Agentur.«

»Ohne Luca wäre ich wohl kaum in einer so hochkarätigen Agentur«, verbessere ich. »Und eine Agentur ist leider kein Garant dafür, dass die Verlagsverträge in den Briefkasten flattern.«

»Hmm.« Janosch zögert, und einen Moment lang bin ich mir sicher, gleich eine ebenso beliebige wie einfallslos aufmunternde Antwort zu bekommen. »Um zu beurteilen, ob das alles Idioten sind, müsste ich deinen Text natürlich erst mal kennen …«, beginnt er und entlockt mir tatsächlich ein Lachen.

Immerhin ist er nicht auf den Kopf gefallen. Auf den Mund offenbar auch nicht.

»Na gut.« Ich bin zwar noch immer nicht ganz überzeugt, doch das Bauchgefühl stimmt. »Aber nicht hier.«

Ich schiebe Hubert und das Notizbuch in die Tasche. Nicht im Traum würde ich hier laut aus meinem Roman vorlesen, wohl wissend, dass Hannes hinterm Tresen seine Ohren spitzt, um mich während der nächsten Schicht damit aufzuziehen.

»Ich frage mich sowieso, warum du bei diesem herrlichen Wetter hier drin sitzt.« Janosch schiebt den Stuhl zurück.

»Autoren sind tageslichtscheue Wesen.«

»Ach ja, natürlich.«

Eine wichtige Voraussetzung ist zumindest schon einmal erfüllt: Er versteht meinen Humor und steigt ganz darauf ein.

»Du siehst doch, wie blass ich bin.« Ich deute an mir herab, nachdem ich die Tasche geschultert habe. Doch sein Blick folgt meiner Bewegung nicht. Er schaut mir weiter direkt ins Gesicht.

»Das ist mir, um ehrlich zu sein, nicht einmal aufgefallen.«

»Ach, komm schon. Warum sonst sollte Luca mich Schneewittchen nennen?«

»Wer weiß, vielleicht umgibst du dich gern mit Zwergen?«

»So groß bin ich auch wieder nicht.«

»Vielleicht nicht äußerlich.«

Okay.

Ich muss mich beherrschen, ihn nicht anzustarren. Habe ich zu viele philosophische Texte geschrieben, oder war seine Antwort gerade wirklich ziemlich tiefgründig? In jedem Fall überfordert sie mich, und daher gehe ich in meiner Hilflosigkeit nicht weiter darauf ein.

Ich bewege mich Richtung Ausgang. Hannes, der mir ein vielsagendes »Viel Spaß« hinterherruft, ignoriere ich gekonnt. Janosch grinst, als wir durch die Tür ins Freie treten.

»Ist der immer so drauf?«

»Wenn keine Gäste dabei sind, ist er sogar noch viel schlimmer.«

»Dein Freund ist sicher sehr begeistert von diesem Arbeitskollegen.«

Ich habe Janosch halb den Rücken zugedreht und schließe für einen Atemzug die Augen. Es war klar, dass das kommen musste. Insgeheim hatte ich gehofft, er könnte diese Information in der Zwischenzeit verdrängt haben. Natürlich hat er es nicht. Gott, ist das alles peinlich.

»Janosch, hör zu …« Ich drehe mich zu ihm, und die Luft knistert elektrisiert, als ich zum ersten Mal seinen Namen ausspreche. Er klingt plötzlich ganz anders. Noch schöner, falls das überhaupt möglich ist. »Es war unnötig, dir das direkt unter die Nase zu reiben. Ich war überfordert.« *Von dir.* »Und ich kann nicht damit umgehen, wenn Luca einfach irgendjemandem von meinem Manuskript erzählt.«

»Ist das als dein Agent nicht seine Aufgabe?«

»Bist du ein Verleger?«, entgegne ich und klinge anklagend.

Janosch lacht. »Punkt für dich. Und ich kann das verstehen«, fährt er fort. »Aber ich bin ja zum Glück nicht *irgendjemand*.«

Ich lache kopfschüttelnd. »Eins zu eins«, gestehe ich.

»Du bist zwar nicht der aufdringlichste Kerl, den ich in den letzten Monaten kennengelernt habe, aber du verpackst es am charmantesten.«

»Also …« Er neigt den Kopf etwas zur Seite. »Du hast die Qual der Wahl. Wo willst du mir vorlesen?«

Wollen? Eigentlich nirgends. Und gar nicht. Was tue ich hier eigentlich?

Janosch wartet geduldig. Mein Blick wandert die Straße hinab. Tiefe Schluchten zwischen den für den siebten Bezirk typischen aufwändig restaurierten Fassaden der Gründerzeithäuser liegen vor uns. Nur wenige Stunden am Tag schafft es die Sonne bis ganz auf den Asphalt hinunter. An schwülen Sommertagen wie diesem gibt es nichts Angenehmeres.

»Lass uns in den Burggarten gehen«, schlage ich vor.

»Wohin auch immer du willst, Schneewittchen.«

»Nenn mich nicht so.«

»Das darf nur Luca?«

»Richtig.«

»Gut, Bambi«, meint er stattdessen, und ich starre ihn an.

»Bambi?! Dein Ernst?«

»Ich finde es passend.«

»Du hast sie nicht mehr alle.«

»Dann sind wir ja schon zwei.«

Mir entfährt ein fassungsloses Schnauben. »Du bist ziemlich frech, weißt du das eigentlich?«

»Wenigstens bin ich authentisch.«

Jeder Satz von ihm trifft den Nagel auf den Kopf. Schon lange bin ich niemandem mehr begegnet, der solch ein Gespür für Sprache und Kommunikation besaß. Unser Gespräch ist wie ein Pingpong-Match. Leicht und sehr schnell. Vom Zuhören wird mir schwindelig.

»Das muss man dir lassen.«

»Lass uns hier lang, das geht schneller.« Janosch deutet in eine Richtung, die ich mit meinem mangelnden Orientierungssinn niemals gewählt hätte.

»Wenn du meinst.« Mir bleibt nichts anderes übrig, als einzuwilligen. »Du kennst dich wohl besser aus als ich.«

»Ich bin in Wien geboren und habe mein ganzes Leben hier verbracht«, sagt er.

Darauf hätte ich auch von selbst kommen können. Schließlich ist er mit Luca zur Schule gegangen. Auch er kommt aus Wien und hat mir schon während des Studiums seine Heimatstadt gezeigt. Ich verlaufe mich trotzdem noch ständig.

»Ich kenne die Stadt wie meine Westentasche.«

»Das ist nicht zu überhören.«

»Was?« Er lacht.

»Na, dein Dialekt.«

»Geh bitte.« Er lacht. »Ich spreche lupenreines Hochdeutsch. Und überhaupt, lass mich raten … Vorarlberg?«

Mir klappt der Mund auf. »Wie …?«

»Das hört man auch.«

»Meine Herkunft hat noch nie jemand an der Aussprache erkannt.«

»Dann hat wohl auch noch nie jemand richtig hingehört.« Er grinst. »Deine Stimmfarbe ist anders. Und dein S schärfer.«

Oder du bist irgendein irrer Stalker, schießt es mir durch den Kopf. Bestimmt hat Luca schon mal über mich gesprochen. Und Janosch mich anschließend gegoogelt. Ich unterdrücke ein Schaudern. Ich sollte besser mal prüfen, was es alles über mich herauszufinden gibt.

»Vielleicht habe ich aber auch einfach ein Faible für Sprache. Wenn ich nichts zu tun habe, versuche ich anhand der Dialekte herauszuhören, wo Leute herkommen.« Janosch zögert einen Moment. »Du kannst es übrigens ruhig laut aussprechen. Ich kann dich bis hierher denken hören.«

Mir schießt die Hitze in die Wangen. Das kann er ja wohl hoffentlich nicht wirklich? Allmählich werde ich völlig paranoid.

»Ich habe an gar nichts gedacht.«

»Du tust es schon wieder.«

Himmel, hilf! »Mein Gehirn ist eben sehr komplex und kann nicht so einfach damit aufhören.«

»Manchmal tut es das, wenn man erst mal laut über seine Gedanken spricht.«

Mit dir? Ganz bestimmt … »Vielleicht, wenn wir uns besser kennengelernt haben.« *Sag mal, geht's noch? Wer sagt, dass ich ihn überhaupt kennenlernen will?!*

»Und keine Sorge, du *willst* mich besser kennenlernen. Auch wenn es noch etwas dauert, bis du dir das eingestehen kannst.«

Ich presse sprachlos den Kiefer aufeinander. Viel zu beherrscht gehe ich neben ihm her. Plötzlich will ich nur noch weg. Janoschs blöde Aufmerksamkeit verunsichert mich, und gleichzeitig übt sie eine unglaubliche Faszination auf mich aus. Wie kann es sein, dass wir uns seit nicht einmal vierundzwanzig Stunden kennen und er schon jetzt in mir liest wie in einem offenen Buch? Carlo hingegen kennt mich seit Jahren und macht manchmal immer noch den Eindruck, als wäre er Legastheniker.

»So langsam könntest du aber auch mal wieder etwas sagen.«

»Mensch, Janosch!«, fahre ich ihn an. Und er grinst nur blöd. Normalerweise bin ich nicht so aufbrausend. Zumindest nicht bei Fremden. Aber in seiner Anwesenheit ist irgendwie so gar nichts mehr normal. »Kannst du den Scheiß mal lassen?«

»Was denn?«

Jetzt das Unschuldslamm spielen. Schon klar. Als wüsste er nicht genau, was ich meine.

»Meine Gedanken gehen dich nichts an.«

»Sie zwingen sich mir ja geradezu auf.«

»Du hast eine sehr interessante Art, die Dinge wahrzunehmen.«

»Danke, das weiß ich.«

»Das sollte kein Kompliment sein.«

»Das weiß ich auch.«

»Achtung!« Ich greife nach seinem Arm, als sich ein Mann an uns vorbeidrängt und Janosch mit der Schulter anrempelt.

»Pass doch auf, Mann«, wird er von ihm angeraunzt. Ich schließe meine Finger fester um Janoschs Oberarm. Unter seiner glatten Haut spüre ich harte Muskeln und muss schlucken. Als hätte ich noch nie einen verdammten Männerarm angefasst.

»Vollidiot«, bemerkt Janosch.

Eigentlich könnte ich ihn jetzt wieder loslassen. Doch meine Finger sind wie festgefroren. Sein Geruch steigt mir in die Nase. Süßlich, herb. Wenn das ein Parfüm ist, will ich es haben, aber ich schätze, diesen unvergleichlichen Duft gibt es nicht zu kaufen.

»Komm.« Janosch greift nach meiner Hand und zieht mich mit sich. »Ich krieg die Krise bei so vielen Menschen.«

»In diesem Punkt verstehen wir uns schon mal.«

»Mir fallen da noch ein paar weitere ein.«

»Du solltest dich mit deinen Behauptungen nicht so weit aus dem Fenster lehnen.«

»Da ist die Luft aber besser.«

»Jetzt gib's doch endlich zu«, platze ich heraus. »Du schreibst auch!«

»Ich würde gerne, aber ich habe die Eloquenz leider nicht gerade mit Löffeln gefressen.«

»Da kenne ich aber weitaus hoffnungslosere Fälle als dich.«

»Ich kann wirklich nicht schreiben, Enya. Ich denke viel, und in meinem Kopf nehmen die Sätze oft überhand. Aber ich kann sie nicht aufschreiben.«

»Hast du es mal versucht?«

»Vor etlichen Jahren, ja.«

»Du solltest es wieder probieren.«

»Das geht nicht mehr.« Eine leise Traurigkeit legt sich über seine Stimme, subtil, kaum wahrnehmbar, doch sie ist da. Janosch lässt meine Hand los. Die Fußgängerampel wird grün, wir überqueren den stark befahrenen Burgring.

»Du darfst dir aussuchen, wo wir hingehen«, erklärt Janosch, als wir die Tore des Burggartens erreichen.

»Ich bin hier nicht so oft«, meine ich und weiche einer Gruppe Touristen aus, die sich an uns vorbeischiebt. »Es gibt da doch so einen kleinen See, zu dem wir könnten.«

»See?« Janosch lacht. »Du meinst diesen erbärmlichen Tümpel am Palmenhaus?«

»Das ist doch kein Tümpel!«

»Aber er riecht wie einer.«

Ich schweige beleidigt. »Ich mag den Tümpel«, sage ich dann.

»Ich weiß was Besseres. Das wirst du auch mögen.« Er greift erneut nach meiner Hand und streift dabei meine Hüfte. Mein Herz macht einen unkontrollierten Hüpfer. Wir biegen rechts ab, weg von den Menschenmassen. »Die meisten gehen direkt Richtung Schmetterlingshaus. Hier ist es etwas ruhiger.«

»Ich war noch nie da drin«, bemerke ich nachdenklich, und Janosch stutzt.

»Im Schmetterlingshaus? Ernsthaft? Noch nie?«

Hilflos zucke ich mit den Schultern. »Carlo und ich wollten schon ewig, aber es hat irgendwie nie geklappt.«

»Der berühmte Freund hat also auch einen Namen?«, vermutet Janosch, und obwohl er grinst, schwingt da etwas in seiner Stimme mit, das mich ihm den Sarkasmus nicht abnehmen lässt.

Es ist mir unangenehm, mit Janosch über Carlo zu reden. Warum, das verstehe ich selbst nicht. Apropos …

»Wie spät ist es?« Hektisch krame ich mein Handy aus der Tasche und ziehe erschrocken die Luft ein. Schon kurz nach fünf.

»Musst du noch weg?«

»Ja, schon …« Ich stocke und wische über Carlos Nachrichten, die mir vom Sperrbildschirm entgegenspringen. »Carlo spielt heute Abend im Gasometer. Ich muss davor noch mal nach Hause und sollte spätestens um acht dort sein.«

»Er ist Musiker?«

»Ja.« Ich hebe den Kopf. »Hat Luca das nicht erzählt?«

»Wir haben uns nicht allzu viel über deinen berühmten Freund unterhalten.«

»Nenn ihn nicht ständig so.«

»Offensichtlich ist die Bezeichnung ja nicht allzu weit hergeholt.«

»Trotzdem.« Ich schlucke.

»Hätte ich gar nicht gedacht.«

»Was?«, entgegne ich.

»Ja, ich weiß nicht …« *Sag schon, was du eigentlich meinst. Dass du nicht dachtest, ich hätte es nötig, mit einem prominenten Frauenschwarm zusammen zu sein.*

»Carlo war noch nicht so bekannt, als wir uns kennengelernt haben.« *Rechtfertige ich mich gerade?!*

»Du musst dich wirklich nicht vor mir rechtfertigen.«

Ich schnappe nach Luft. »Tue ich auch gar nicht!«

Janosch macht ein zustimmendes Geräusch.

Toll, Enya, wirklich ganz toll.

»Dann sollten wir keine Zeit verlieren.« Das unangenehme Drücken in meiner Brust weicht einer unerklärlichen Leichtigkeit. Plötzlich rechne ich Janosch hoch an, dass er sich nicht so einfach abschütteln lässt. Dabei wollte ich ihn vor einer halben Stunde noch unbedingt loswerden.

»Lass uns hier rüber gehen.« Diesmal bin ich diejenige, die

nach seiner Hand greift und ihn abseits des Kiesweges durchs Gestrüpp zieht. Fast habe ich das Gefühl, den unangenehmen Moment eben mit besonderer Zuwendung ausgleichen zu müssen. Ein zart blühender Magnolienast schlägt mir ins Gesicht. Ich fluche leise. Janosch lacht.

»Ein Bambi in seiner natürlichen Umgebung.«

»Die natürliche Umgebung mag mich wohl nicht besonders.«

»Man sollte dich öfter auswildern.«

Ich stoße abfällig die Luft aus. Dann bleibe ich stehen. Das einsame Stück Wiese wirkt wie eine kleine Lichtung zwischen den hohen Eichen und blühenden Büschen. Noch fällt etwas Abendsonne auf den kleinen Fleck Einsamkeit vor uns. Die Straße und die vielen Menschen kann man hier zwar hören, doch trotzdem lässt sich an diesem Ort vergessen, dass wir mitten in der Stadt sind.

»Wie schön«, murmele ich. »Wo willst du hin?«

»Such du aus«, meint er und klingt fast ein wenig flehend.

Ich lache. »Du scheinst Entscheidungen ja auch absolut zu lieben.«

»Ich bin halt ein Gentleman.«

»Aha, so nennt man das also.« Ich sehe mich um. »Ich brauche jedenfalls Schatten.«

»Nicht, dass du noch braun wirst.«

»Nicht deshalb.« Ich zögere. »Sonst spiegelt Huberts Display zu sehr.«

»Hubert?«

»Mein Laptop.«

»Ach, natürlich.« Janosch lacht.

Er setzt sich kurzerhand ins Gras und ich mich eine gute Armlänge neben ihm in den Schatten. Er stützt sich auf dem Unterarm ab und nimmt diese dumme Pose ein, die Männer offenbar in die Wiege gelegt bekommen, um noch göttlicher auszusehen. Ich starre konzentriert auf Huberts Display. Mal sehen, ob er so ganz ohne Ladekabel überhaupt noch lange mitmacht. Hubert schnauft schwer, während er hochfährt. Wie immer habe ich ein bisschen Angst, er könnte gleich an akuter Atemnot verenden. Und mit ihm all meine Manuskripte. Die paar Euros, die ich mit den E-Books bereits verdient habe, spare ich jedenfalls bereits für einen neuen Laptop. Allerdings frage ich mich, ob Hubert es mir je verzeihen könnte, einfach so ersetzt zu werden. Er war immer ein treuer Begleiter.

Janosch streichelt gedankenverloren über die Grashalme vor sich. Mir zwingt sich der Gedanke auf, er würde mit der gleichen Zärtlichkeit über meine Haut streicheln. Ich laufe feuerrot an.

Contenance, Enya. Mein Blick zuckt erneut zu seiner Hand. Lange, sehnige Finger. Himmel, kann er seine dumme Hand einfach mal wegnehmen? Ich versuche mich hier zu konzentrieren.

Das Word-Dokument öffnet sich stotternd. Ich bete, dass es sich nicht aufhängt. Oder bete ich, *dass* es sich aufhängt? Dann ist es bereit. Ich bin es so gar nicht mehr. Was soll ich ihm überhaupt vorlesen?

»Hast du eine Lieblingsstelle?«, fragt Janosch in genau diesem Augenblick, und ich wende ertappt den Kopf zu ihm.

»Ich weiß nicht«, bringe ich heraus.

Natürlich habe ich eine Lieblingsstelle. Aber auf keinen Fall werde ich sie ihm vorlesen.

»Welchen Textausschnitt würdest du an einen Verlag schicken?«

»Den Anfang. Man schickt immer den Anfang. Das ist am besten.«

»Also.« Sein Blickt liegt erwartungsvoll auf mir. »Ich bin der Verleger. Überzeug mich.«

Ich zögere. »Okay. Aber wenn du lachst …«

»Ich lache nicht«, unterbricht er mich. »Das verspreche ich dir.«

»Die Heldin heißt Lynn, und der Text beginnt aus ihrer Sicht«, erkläre ich. »Acht Monate nachdem …«

»Nein, sag nichts«, bittet Janosch. »Lies einfach.«

Und dann lese ich.

Das Alphabet zählt sechsundzwanzig Buchstaben. Von A bis Z, dann beginnt es wieder von vorn. In jedem Text, jedem Gedicht, jedem Lied finden sich nichts als diese sechsundzwanzig Buchstaben in einer unterschiedlichen Reihenfolge. Sechsundzwanzig Buchstaben, und sie enthalten Welten, so viele verschiedene Welten, doch im Grunde basieren sie auf denselben Bausteinen. Weißt du noch, wie du mir das erzählt hast? Wir lagen Schulter an Schulter rücklings im Gras und haben in den Himmel gestarrt. Und als du dann meintest, du liebst meinen Blick auf die sechsundzwanzig Weltenbausteine, hat mich das sehr glücklich gemacht. Du warst der Einzige, dem ich meine Welten gezeigt habe.

Damals hab ich so viel gelächelt, dass selbst meine kleine Schwester wissen wollte, ob ich das Grinsen noch mal aus dem Gesicht kriegen würde. Sie war wütend, wie immer zu dieser Zeit. Warum ist man mit vierzehn eigentlich ständig wütend oder traurig? Sämtliche anderen Emotionen werden von diesen beiden überlagert, wie ihr geschminktes Gesicht von dem Filter mit den Hundeohren, als sie mit ihrem Handy Selfies von sich gemacht hat, während wir beide uns im Nebenzimmer geliebt haben. Wie du mich ausgefüllt hast, all meine Leere mit all deiner Leere. Das war wundervoll. Wirklich.

Bei dir war ich nie geschminkt, und als du sagtest, ich sei wunderschön, hab ich dir geglaubt, weil du das anders meintest als alle anderen. Du musstest mich nicht anschauen, um mich zu sehen. Ich hätte mich vielleicht vor dir verstecken können, aber mein Herz konnte das nicht, also hab ich es dir in die Hand gedrückt, und du warst ganz vorsichtig mit ihm. So wie ich mit deinem, zumindest dachte ich das, aber was du mir da gegeben hast, das war gar nicht dein Herz, das war nur das, was ich gern von dir gehabt hätte. Uns, das hätte ich gerne gehabt, und der Gedanke war so schön, dass ich ihn einfach festgehalten habe. Aber du warst immer irgendwo ohne mich, auch wenn ich neben dir lag und dachte, ich könnte es schlagen hören – das, was ich dir dann bei lebendigem Leib aus der Brust gerissen habe.

Du hattest schon recht, als du meintest, wir müssen reden. Aber, Elliott, geredet hab immer nur ich. Was ist los? Wieso redest du nicht? Warum sind unsere Herzen so müde? Hab ich was falsch gemacht, und wenn ja, sag mir bitte nicht, was.

Unser Anfang war so perfekt, und ich wollte nicht, dass es schwierig zwischen uns wird. Aber was soll ich sagen, man bekommt eben selten das, was man will. Ich mochte die 3-Uhr-morgens-Version von dir. Die verletzliche, ehrliche Version. Die echte, die du nur mir gezeigt hast, aber je länger das her ist, desto mehr begreife ich, wie gut du darin warst, den schmutzigen Spiegel vor dein dummes, kaputtes Herz zu halten, damit ich nur mich selbst darin sehe.

Für einen Moment hebe ich den Kopf. Janosch hört noch immer still zu. Mittlerweile hat er sich auf den Rücken gedreht, die Beine angewinkelt und starrt nach oben in den wolkenlosen Himmel. Für den Bruchteil einer Sekunde zuckt mein Blick zu ihm.

Eine Gänsehaut huscht über seine nackten Arme. Ich zwinge mich schnell wegzuschauen. Wahrscheinlich friert er nur. Der Schatten ist weiter in seine Richtung gerückt. Ja, ja, das wird es sein.

Als ich nicht weiterspreche, dreht er fragend den Kopf in meine Richtung. Ich schaue schnell zurück auf den Text und lese weiter.

Du kanntest all meine Welten, und trotzdem existierst du nicht länger in ihnen. Wir wollten für immer zusammenbleiben, aber vielleicht hätte ich dich dafür richtig sehen sollen.

Ich war so blind.

Während deiner letzten Tage dachte ich, es ginge dir besser. Du hast sogar gelacht, ich weiß das noch genau. Du wusstest schließlich, dass es bald vorbei sein würde. Das Leuchten in deinen Augen und diese kleine Falte, die sich beim Lächeln zwischen deine Nase und die Oberlippe grub. Ich weiß, du mochtest sie genauso wenig wie deine Sommersprossen aus Gold, dabei warst du so perfekt. So wunderschön glücklich.

Jetzt weiß ich es besser. Das war nur deine Ruhe vor dem Sturm. Der wird für immer in meinen Gedanken toben. Und er ist so laut. Manchmal will ich nur weg von ihm. Fünf Minuten Ruhe. Mit dir. Irgendwann sehe ich dich wieder. Vielleicht nicht in meiner Welt, aber in einer alternativen. Und solang halte ich mich an deinem Gedanken fest: Egal wie unterschiedlich diese sind – ihre sechsundzwanzig Bausteine bleiben dieselben.

Autopilot

Die Menge tobt. Die Mädels in der ersten Reihe heulen. Carlo grinst nur. Er spielt mit ihnen und den naiven Vorstellungen, er könnte sie nach der Show vielleicht noch backstage holen. Sie vergöttern ihn, wie er sich die Seele aus dem Leib singt, seine Musik fühlt, mit jeder Faser seines Körpers. Er lebt genau das, was er am meisten liebt.

Genau wie ich. Nur, dass es sehr viel unterhaltsamer ist, Carlo bei seiner Leidenschaft zuzusehen als mir, wie ich still vor dem Laptop sitze, zwischendurch vielleicht mal grinse oder heulen muss. Autoren sind nicht unterhaltend. Zumindest nicht, während sie schreiben. Das, was sie produzieren, ist es dann vielleicht – also im besten Fall.

Carlo ist es ständig. Er ist es, während er Songs schreibt, Melodien summt oder seine Basslines und Beats produziert. Wenn er Musikvideos dreht, auf den Bühnen steht und die ganz großen Hallen füllt.

Ich nippe an meiner Cola und verlasse meinen heimlichen Platz am seitlichen Bühnenausgang. Egal in welcher Stadt, egal in welcher Halle – Abend für Abend sieht die Bühne gleich aus. Das, was vor ihr liegt, verändert sich, das, was Carlo sieht. Backstage ist es immer gleich. Dunkel und stickig. Es riecht nach Schweiß und kaltem Zigarettenrauch. Wenn das der Duft des Erfolgs ist, sollte ich mir das vielleicht doch noch mal überlegen. Ich drehe mich um und stoße fast gegen Anouk, die sich hinter mich geschlichen hat.

Meine beste Freundin lächelt und legt die Arme um mich. Im Halbdunkel des Bühnenausgangs sieht sie noch viel hübscher aus als sonst. Eine geheimnisvolle Pocahontas mit großen grünen Augen und vollen Lippen. Doch das, was sie so einzigartig macht, ist ihr ständiges Strahlen. Sie beugt sich nah zu mir. Ihre helle Stimme kommt kaum gegen das Dröhnen der Bässe an. Ich verstehe nichts und deute Richtung Backstage-Bereich. Anouk versteht sofort und folgt mir. Ein paar Schritte weiter lacht sie. Meine Ohren sind taub von der Lautstärke.

»Carlo reißt die Hütte heute wieder richtig ab«, wiederholt Anouk, und ich nicke automatisch.

»Wir sind in Wien, was erwartest du?« Hier ist der Ort, an dem alles begann. Wo die Fans sich für die einzig wahren halten, schließlich waren sie ab der ersten Sekunde dabei. Ich sogar noch viel früher, noch bevor seine erste Singleauskopplung durch die Decke gegangen und Carlo über Nacht zum Star geworden ist.

»Eine etwas besser gelaunte Enya, wenn ich ehrlich bin.« Anouks aufmerksamer Blick wandert über mein Gesicht. Sie ist schon ein bisschen betrunken. Die Runde hat gut vorgeglüht, ehe ich viel zu spät und nur halbherzig hergerichtet im Gasometer aufgeschlagen bin. »Was ist los, Enny?«

»Ich bin müde, das ist alles.« Es ist nicht einmal gelogen. Aber eben auch nicht die ganze Wahrheit. Eigentlich sollte ich gut drauf sein. Ich habe gar keinen Grund, nun Trübsal zu blasen.

Plötzlich weiß ich, was ich bin. Ich bin verwirrt. Von Janosch und seinen viel zu blauen Augen.

»Lüg mich nicht an, Süße.«

»Anouk …«

»Komm mit mir.« Energisch nimmt sie mich am Arm und zieht mich weiter ins Dunkel des Backstage-Bereichs. Carlos Stimme wird dumpfer, die Bässe etwas weniger atemberaubend. Meine Trommelfelle fühlen sich taub an – ein Zustand, der süchtig macht. Er steht für das alles, was mich lange Zeit erfüllen und glücklich machen konnte.

Nach den Auftritten nach draußen in die kühlen, stillen Nächte zu schwärmen, alle Geräusche ganz dumpf zu hören, berauscht von guter Musik und Carlo, der mich den tausenden Fans vorzieht, die vor dem Tourbus auf ihn warten. Lange hat mir das gereicht. Doch jetzt denke ich nicht an ihn und die bevorstehende Nacht, sondern an jemand anderen.

An die Gänsehaut auf Janoschs Armen, an seine Stimme, mit der er die Namen meiner Protagonisten mit einer solchen Ernsthaftigkeit ausspricht, als säßen sie neben uns. Die Sonne auf unserer Lichtung war längt dem kühlen Schatten gewichen, als ich Hals über Kopf nach Hause aufgebrochen bin und ihn sitzen ließ. Obwohl ich viel lieber geblieben wäre.

Carlo war schon auf der Bühne, und er war sauer. Als ich mich seitlich an den Bühneneingang stellte und seinen Blick für einen Moment aufgefangen habe, konnte ich es genau sehen.

Du bist mein Glücksbringer, Babe, beschwört er mich immer. Nur wenn ich da bin, geht alles glatt. Als würde es das nicht sowieso bei den Dutzenden Menschen, die im Hintergrund daran arbeiten, Carlo möglichst vorteilhaft zu präsentieren. Trotzdem ist es ihm wichtig, dass ich bei jedem Auftritt dabei bin, und da ich flexible Arbeitszeiten im *Sellerie* genieße, kann ich ihm den Gefallen meist tun. Und es hat den netten Nebeneffekt, dass er so auf keine dummen Gedanken kommt. Auch wenn ich ihm vertraue. Eigentlich. Oder eher meistens. Nach drei Cuba Libre und beliebig vielen Runden Kurze tue ich es irgendwann nicht mehr. Und das kommt nicht von ungefähr. Einigen Fans kann man wirklich nicht über den Weg trauen.

»So, Süße.« Anouk drückt mich in einer ruhigen Ecke auf eine der Equipment-Boxen. Ich kann mit den Beinen baumeln. Die klebrige Mischung aus verschütteten Getränken und Dreck tropft von den Sohlen meiner Sneaker zu Boden. Anouk rutscht neben mich. Ich schiebe den Cola-Becher zwischen meine Oberschenkel. »Und jetzt erzähl.«

»Es gibt nichts zu erzählen«, starte ich einen lahmen Versuch.

»Enya.« Anouks Stimme klingt drohend. »Verkauf mich nicht für dumm. Sag mir entweder ins Gesicht, dass du nicht drüber reden willst, oder sei ehrlich. Aber hör auf damit, dir den ganzen Quatsch so umständlich aus der Nase ziehen zu lassen.«

Ich seufze genervt auf. Dabei ist Anouks bohrende Fragerei gerade genau das, was ich mir insgeheim wünsche. Ein wenig Zuwendung und Aufmerksamkeit.

»Da war heute so ein Typ im *Sellerie*«, beginne ich und breche sofort wieder ab. »Eigentlich gestern auch schon. Luca hat ihn mitgebracht, ein Freund von ihm. Er heißt Janosch und ist zu ihm in die WG gezogen.«

»Ist er heiß?!«

Mir entfährt ein Lachen. Ein zu lautes, hysterisches Lachen, das verrät, wie ertappt ich mich fühle.

»Möglich.« Nur vor meiner besten Freundin kann ich das zugeben.

»Oh Gott.« Anouk rückt aufgeregt näher. Sie senkt die Stimme. »Enya Unterberger, erzähl mir *alles*!«

»Es gibt nichts zu erzählen«, rudere ich sofort zurück. »Er war nett, wir haben Kaffee getrunken und uns kurz unterhalten. Und heute kam er wieder.«

»Mit Luca?«

»Heute ohne Luca.«

»Kein Wunder, dass du so spät dran warst.«

»Ich musste ihm noch vorlesen.«

»Du musstest *was*?!« Anouk starrt mich an. Anders als

Luca kennt sie das ungeschriebene Erzähl-es-Fremden-nicht-sofort-Gesetz nicht nur, sondern respektiert es auch. Und sie weiß, wie lange ich brauche, bis ich jemandem mehr über mein Manuskript verrate. »Ernsthaft? Das ist … das ist ja verrückt! Wie hat er reagiert?«

»Er war höflich genug, so zu tun, als hätte es ihm gefallen.«

Anouks Blick sagt alles. Sie hasst es, wenn ich mich so runtermache. Dabei ist das im Prinzip ein sehr logisches Vorgehen. Die Erwartungen niedrig halten, vor allem die an sich selbst. So kann man nicht zu sehr enttäuscht werden.

»Was hast du ihm vorgelesen?«, fragt sie und klingt so neugierig, dass ich grinsen muss.

»Den Prolog.«

»Niemals!« Anouk starrt mich an. Natürlich kennt sie den Prolog. »Und was hat er gesagt?«

»Er fand es ganz gut«, erkläre ich und denke dabei an die leidenschaftliche Diskussion, die Janosch und ich anschließend geführt haben. »Er mochte die Stimmung. Die Sprache, den Stil. Ihm sind sogar die Kleinigkeiten aufgefallen. Wir haben noch eine halbe Ewigkeit darüber philosophiert. Ich habe total die Zeit vergessen.«

»Er klingt wie das komplette Gegenteil von Carlo.«

»Er *ist* das komplette Gegenteil von Carlo«, korrigiere ich und beiße mir leicht auf die Lippe. Es fühlt sich falsch an, in einer dunklen Ecke *seiner* Bühne während *seines* Konzerts so über ihn zu sprechen. Immerhin hat er sich ja auch oft bemüht. Das ist schon viel wert. Auch wenn er nie die richtigen Worte findet.

»Und morgen seht ihr euch wieder?« Anouk grinst.

»Morgen hab ich frei.«

»Da wird er aber enttäuscht sein.«

»Er weiß es. Wir haben Nummern getauscht.«

»Wow, Enya! Du willst es also wirklich wissen.«

»Er hat drauf bestanden! Und er kann sehr überzeugend sein.« Ich stocke. »Warum sonst, denkst du, hätte ich mich dazu hinreißen lassen, ihm vorzulesen? Weil ich es vorgeschlagen habe? Das glaubst du ja wohl selbst nicht.«

»Gut, du hast ja recht. Weiß er von Carlo?«

»Ja.« Ich unterdrücke den Drang, mir die Hände vors Gesicht zu schlagen. »Ich war so peinlich. Es war ungefähr das Erste, was er von mir zu hören bekommen hat.«

»Dass du einen Freund hast?«

»Ja. Ich kann dir wirklich nicht sagen, was mich dabei geritten hat.«

»So kommt er immerhin nicht auf dumme Gedanken.«

Ich nicke halbherzig, und Anouk lacht. Mir fällt auf, dass ich gar nicht weiß, ob Janosch eigentlich eine Freundin hat. Und selbst wenn. Es geht mich im Grunde genommen überhaupt nichts an.

Carlo ist stockbetrunken, als ich ihn zu später Stunde in sein Auto verfrachte und nach Hause fahre. Sein Konzert war der Wahnsinn, die After-Show ist ausgeartet, ich wollte schon vor Stunden gehen, doch konnte mich nicht loseisen. Er schien schon auf der Bühne betrunken zu sein, und ich frage mich, ob ich der Grund dafür war. In der kurzen Pause zwischen letztem Song und Zugabe bin ich kaum zu Atem gekommen, so wild waren unsere Küsse im Halbdunkel hinter der Bühne. Draußen tobte das Publikum, schrie seinen Namen, ich habe die überhitzte, schweißnasse Haut gespürt, die Lippen auf meinen und konnte mich kaum auf den Beinen halten. Wo ich war, wollte er wissen. Das spielt jetzt keine Rolle, konnte ich ihn überzeugen. Es kommt mir vor, als läge das Jahre zurück, und nun, kaum in der Wohnung, fällt er geradezu über mich her. Wir taumeln durch den dunklen Flur ins Schlafzimmer. Ich falle unter Carlo aufs Bett und lasse ihn machen, spiele mit, gebe die richtigen Geräusche von mir und liege unter ihm und seinem Atem, der stoßweise kommt und nach Rum und Tequila riecht.

Es ist frustrierend, wie ich da verharre und nach oben an die Zimmerdecke starre. Mich frage, ob er gleich kommt oder schon zu betrunken ist und nach ein bisschen Vorspiel einfach einschläft. Es ist nicht so, dass ich nicht auf meine Kosten komme, nüchtern ist er ein sehr guter Liebhaber, der genau weiß, was er tut, doch manchmal habe ich inzwischen das Gefühl, wir spulen nur noch ein Programm ab. Fliegen auf Autopilot, Carlo drückt immer die gleichen paar Knöpfe, mein Körper weiß, wie er darauf reagieren muss, und dann ist es vorbei. Ich schließe die Augen und sehe sofort Janosch vor mir. Ich lasse mich von der Vorstellung übermannen, er würde mich gerade berühren. Der Gedanke entlockt mir ein überraschtes Seufzen. Wie ferngesteuert hebe ich das Becken, und Carlos Griff um meine Hüfte wird fester. Wie Fische auf dem Trockenen liegen wir da. Dann endlich tut Carlo mir den Gefallen. Sein Atem stockt für einen Moment, sein Körper spannt sich an, nur um Sekundenbruchteile später über mir zusammenzusinken. Er murmelt etwas, das ich mit viel Fantasie als Liebeserklärung, mit mehr Sinn für Realität eher als betrunkenes Lallen identifiziere, und während sein Körper an meiner Seite schwerer wird, ist mein Kopf furchtbar leer. Ich fühle mich zufrieden und angewidert zugleich. Schon lange kann ich nicht mehr allein einschlafen. Das behütende Gefühl eines schlafenden Menschen neben mir fehlt, wenn Carlo nicht da ist. Auch wenn wir uns vor dem Einschlafen oft nichts zu sagen haben, es gehört dazu, dass er sich noch im Halbschlaf auf meine Seite dreht, den Arm um mich legt und mich an seine Brust zieht, ehe sich der Schlaf wie eine schwere

Decke über uns legt. Dann fühle ich mich gewollt. Und das ist ein schönes Gefühl. Auch heute, trotz Tequila-Atem und schlechtem Sex. Doch heute ist mein Kopf zu wach.

Ich rutsche etwas zur Seite, ein kleines Stück weg aus seiner Nähe, die mich irgendwie erdrückt und schuldig fühlen lässt. Weil ich ihm etwas vorgespielt habe. Heute und vielleicht auch letzte Woche schon.

Wo ich so lange war, wollte er dann doch noch mal wissen, als die Show wirklich zu Ende war. Und wer dieser Janosch sei, sobald ich ihm die Wahrheit erzählt hatte. Carlo ist nicht eifersüchtig, dafür kennen wir uns schon zu lange. Aber wirklich einverstanden war er auch nicht damit, dass ich meinen Feierabend mit einem fremden Typen verbringe und ihm auch noch aus meinen Büchern vorlese.

Vielleicht ist das mit den langen Beziehungen wie mit dem Leibgericht. Obwohl man es gerne mag, gibt es Tage, an denen man einfach keinen Appetit darauf hat. Doch dann zu sagen, *Hey, du schmeckst mir heute nicht, ich hab keine Lust auf dich, aber ich mag dich trotzdem,* das grenzt ans Unmögliche, ohne den anderen zu verletzen.

Okay, stopp! Das war gut. Das könnte Elliott zu Lynn gesagt haben. Oder in einem Brief, was, wenn es in einem dieser Briefe stehen würde? Etwas anders vielleicht, noch ein bisschen ehrlicher.

Wo ist mein Notizbuch? Seit dem Nachmittag mit Janosch spüre ich schon die ganze Zeit diese Inspiration. Für jemanden, der mit dem Schreiben gar nichts am Hut hat, waren seine Bemerkungen außerordentlich tiefgründig. So ungezwungen und trotzdem innovativ. Ganz anders als Carlos angestrengte Versuche, irgendetwas Sinnvolles beizusteuern.

Gerade schnarcht er leise, wie immer, wenn er getrunken hat. Ich schließe genervt die Augen. Und sehe unsere Lichtung. Blaue Augen, dieses verschmitzte Lächeln.

Ich merke, dass ich ebenfalls lächele.

Gefährlich.

Vielleicht hatte Anouk recht, und ich sollte mich lieber vor Janosch in Acht nehmen. Aber ich kann mich nicht daran erinnern, dass ich schon jemals das getan habe, was ich sollte.

Eines der Handys auf dem Nachttisch leuchtet lautlos auf. Es ist meins, und nach einem kurzen Blick in Carlos schlafendes Gesicht greife ich danach. Mein Blick gleitet über die Buchstaben, und mein Herz beginnt zu hüpfen.

Janosch – 01:23 Uhr
Okay, ich bin mir sicher.
Er hat sich umgebracht.
Oder???

Ich weiß sofort, was er meint. Nach dem Prolog, den ich ihm noch stockend und mit unsicherer Stimme vorgelesen habe, hat er mir genau die Fragen gestellt, die ich erwartet hatte. Was es damit auf sich habe, ob Elliott gestorben sei oder sie sich nur getrennt hätten. Erst dachte ich, er würde sein Interesse nur heucheln, aber es war echt. Ich habe es in seinen Augen gesehen.

Sekundenlang starre ich auf die drei Zeilen und kann nicht aufhören zu lächeln und mir vorzustellen, ihn jetzt einfach anzurufen. Ein langes Gespräch über diese und noch viele andere Szenen, Gedanken, Momente zu führen. Mir währenddessen all seine Ideen aufzuschreiben und sie morgen früh ungläubig zu bewundern.

Carlo regt sich neben mir und murmelt etwas im Schlaf. Wie automatisch schiebe ich die Hand in seinen Nacken, er seufzt zufrieden. Kurz zuckt die Vorstellung durch meine Synapsen, wie es sich anfühlen würde, wenn Janosch an seiner Stelle läge. Ich verbanne den Gedanken sofort wieder. Carlos

Arm um meine Taille wird schwerer, und ich widme meine Aufmerksamkeit wieder dem kleinen Display.

Janosch ist online. Ich schlucke. Wartet er auf meine Antwort? Sekundenlang starre ich auf das leere Textfeld. Dann tippen meine Finger wie von selbst.

Enya – 01:25 Uhr
Tja, wer weiß das schon …

Er hat wirklich gewartet. Und antwortet sofort.

Janosch – 01:25 Uhr
Du musst gar nichts mehr sagen, ich weiß es eh.
Krass, echt … Jetzt ergibt alles erst Sinn.
Die Buchstabenwelten! Und die Ruhe vor dem Sturm …

Enya – 01:28 Uhr
Findest du das zu hart?

Janosch – 01:30 Uhr
Nicht härter als die Realität.

Ich schlucke. Schon wieder so ein Satz von ihm, den ich Elliott am liebsten so, wie er ist, in den Mund legen würde. Alles, was Janosch von sich gibt, ist Kunst. Und er weiß es nicht einmal.

Janosch – 01:31 Uhr
Oder ist deine Realität immer lieb und nett zu dir?

Ich muss grinsen.

Enya – 01:32 Uhr
Die Antwort darauf müsstest du inzwischen kennen.

Janosch – 01:32 Uhr
Na also.

Gedankenverloren starre ich auf unsere Konversation. Er führt sie fort.

Janosch – 01:33 Uhr
Sehen wir uns morgen?

Enya – 01:33 Uhr
Du meinst heute?

Janosch – 01:34 Uhr
Hältst du es so lang nicht ohne mich aus?

Enya – 01:35 Uhr
Idiot. Du weißt genau, was ich meine. Aber nein, ich habe schon was vor, und morgen muss ich arbeiten.

Janosch – 01:35 Uhr
Ich könnte dir dabei Gesellschaft leisten. Und du mir weiter vorlesen.

Enya – 01:35 Uhr
Doch nicht in der Öffentlichkeit!

Janosch – 01:36 Uhr
Und das gestern, das war keine Öffentlichkeit?

Enya – 01:37 Uhr
Nein, das warst ja nur du. Und diese Lichtung.

Janosch – 01:38 Uhr
Dann eben wieder nur diese Lichtung und ich. Übermorgen, gleiche Zeit, gleicher Ort? Ich hol dich im Café ab?

Ich muss lächeln. Carlos Kopf an meiner Schulter wird schwer. Vorsichtig ziehe ich sie etwas unter ihm hervor. Es fühlt sich falsch an, hier neben ihm zu liegen und verlockende Pläne zu schmieden, während Carlo tief und fest schläft. Wie ein klitzekleiner Verrat. Als wäre es verboten mit anderen Exemplaren der männlichen Spezies zu kommunizieren. Vermutlich sollte ich *Nein* schreiben, Janosch nett, aber bestimmt zurückweisen und nicht noch weiter in mein Unterbewusstsein schleichen lassen. Aber ich will nicht. Ich will ihm von den neuen Ideen erzählen, seine Meinung dazu hören, mit ihm im Gras liegen und vergessen, dass es Elliott und Lynn gar nicht wirklich gibt.

Janosch – 01:42 Uhr
Eingeschlafen?

Enya – 01:42 Uhr
Na gut … Tu, was du nicht lassen kannst.

Janosch – 01:43 Uhr
Deal! Und jetzt schlaf gut, Bambi.

Despresso

An manchen Tagen macht er mich richtig aggressiv, dieser alberne Spruch an der Schiefertafel hinter der Theke.

I can't expresso, how happy I bean.

Heute ist so ein Tag.

Hannes hat ihn vor Monaten im Internet entdeckt und anschließend eine halbe Stunde lang vor Lachen geheult, so herrlich fand er das Wortspiel. Manchmal ist er ein richtiger Einfaltspinsel.

Ich konnte nur die Augen verdrehen. Wahrscheinlich bin ich eher despresso.

Oh … Eine Idee zuckt durch meine Synapsen. Ich greife wie automatisch nach dem kleinen Notizheft, das ich immer in meiner hinteren Hosentasche trage.

Guter Satz. Die ersten Seiten meines Heftchens sind bereits lose vom vielen Umblättern. Ich sollte sie mal mit Tesa festkleben. Nicht auszudenken, wenn sie mir einmal unbemerkt entkommen und von jemand anderem gefunden werden sollten. Es sind Elliotts und Lynns Anfänge. Die ersten Gedanken, die ich niedergeschrieben habe, bevor ich wusste, welche Formen ihre Welten einmal annehmen würden. Am Laptop sind daraus unzählige Word-Seiten entstanden. Jetzt fehlen drei, vielleicht noch vier Kapitel, bis ich das Rohmanuskript beenden werde.

Gestern kam mal wieder eine Absage. Nichts Neues. Da der Verlag sowieso kaum bekannt ist, kümmert es mich nicht weiter. Zumindest rede ich mir das ein. Abgelehnt hätte ich natürlich trotzdem nicht, wenn sie mich gewollt hätten.

Haben sie aber nicht. Und ich sie ja eigentlich auch nicht. Von daher ist alles okay.

Love von *Andrew Applepie* klimpert im Hintergrund. Perfekte Kaffeehaus-Musik. Vier Tische sind besetzt. Eine Gruppe Frauen, die sich hier regelmäßig zum Kaffeeklatsch trifft, ein Pärchen, ein Mann mit Zeitung und einer mit Hut. Hannes müsste jeden Moment kommen, um mich abzulösen. Und Janosch, falls er mich nicht versetzt.

Zu behaupten, ich würde mich freuen, wäre vielleicht etwas untertrieben. Ich kann es kaum erwarten, ihn wiederzusehen. Mein Herz schlägt unerklärlicherweise schneller, wann immer das Türglöckchen läutet. Wie ein konditionierter Hund reiße ich den Kopf jedes Mal hoch, sobald das Geräusch ertönt. Meine Handflächen sind schwitzig. Es ist allerdings auch ein besonders schwüler Junitag. Etwas Angst habe ich schon, dass unser zweites Treffen meine hohen Erwartungen womöglich nicht erfüllt und ich mich wieder einmal darin bestätigt sehe, Menschen am besten einfach generell zu meiden. Wie leicht wäre es jetzt, mich zu Hause zu verkrümeln und nicht mehr sozial interagieren zu müssen? Ich darf nicht weiter darüber nachdenken, die Verlockung, Janosch abzusagen, wird sonst zu groß. Wie vor jedem Treffen habe ich plötzlich so gar keine Lust mehr und möchte eigentlich nur noch nach Hause.

Das Glöckchen läutet. Janosch.

Das Kribbeln in der Magengegend lässt mich strahlen, doch irgendwas ist anders. Er schaut nicht mal richtig zu mir. Mein Lächeln erstirbt.

Plötzlich bin ich voller Zweifel. Fühlt er sich verpflichtet herzukommen und hat eigentlich gar keine Lust? Findet er mich insgeheim anstrengend? Und warum bin ich so leicht zu verunsichern?

»Hey«, bringe ich heraus, als er noch immer nicht auf mich

reagiert und sich mit ausdrucksloser Miene einen Weg entlang der Tischgruppen bahnt.

Und dann ist es, als würde meine Stimme ihn wieder zum Leben erwecken. In Janoschs Gesicht geht die Sonne auf. Und mir fällt ein Stein vom Herzen.

Ich atme durch. *Okay, Enya ... Entspann dich. Es ist alles gut.*

»Du bist zu früh.«

»Ich konnte nicht mehr warten«, sagt er, und ich starre ihn an.

Auf mich?

»Auf die Geschichte«, ergänzt er schnell. So als hätte er gespürt, was ich denke. »Verrate mir einfach, ob ich mit meiner Vermutung richtigliege.«

»Ich werde dir gar nichts verraten«, entgegne ich, und Janosch grinst, während er sich von den fünf freien Barhockern an der Theke natürlich den genau vor meiner Nase aussucht.

»Es reicht, wenn du einfach weiter vorliest.« Er lässt mich nicht aus den Augen.

Sein Blick ist durchdringend und angenehm zugleich. Wie kann das sein? Da ist etwas in ihm, das mich verunsichert und gleichzeitig sicher sein lässt, dass er viel tiefer blickt, als mir lieb ist.

»Ich lag die halbe Nacht wach und hab gegrübelt. Und dann ist mir aufgefallen, dass ich nicht mal den Titel deines Romans kenne.«

»Weil es noch keinen Titel gibt.«

»Wie nennst du ihn dann, wenn du ihn bei Verlagen vorstellst?«

»Da gebe ich den Arbeitstitel an. Aber ein Arbeitstitel ist kein richtiger Titel.«

»Und wie lautet der nicht richtige Titel?«

Ich zögere. Den Arbeitstitel zu verraten, ist eigentlich noch viel schwerer, als zu erzählen, worum es geht. Titel sind so unfassbar beliebig. Die Leute hören und vergessen sie sofort wieder, wie die Uhrzeit nach einem Blick aufs Zifferblatt.

Dann sage ich es: »Was Liebe nahekam.«

Janosch schweigt einen Moment. »Das ist heftig.«

»Findest du?«

»Ich weiß nicht, jetzt, nach diesen ersten Kapiteln, schon. Ich dachte, die lieben sich wirklich.«

»Vielleicht dachten sie das ja auch.«

»Aber jetzt nicht mehr? Also Lynn, sie denkt das ja offensichtlich nicht mehr.«

»Sie hat es inzwischen eben verstanden.«

»Bist du Lynn?«

»Was?«, entgegne ich erschrocken.

»Na ja, ist die Story autobiografisch? Vielleicht ist es auch zu persönlich, aber ich frage mich das schon die ganze Zeit.«

»Nein«, antworte ich so entschieden, dass ich unglaubwürdig wirke. »Das ist alles rein fiktiv. Wirklich.«

»Okay.« Janosch grinst. »Ich glaub's dir ja.«

»Ich schreibe nur über Dinge, die ich mir ausgedacht habe.«

Er macht ein zustimmendes Geräusch. Eins, das ich auch gut von Carlo kenne. Es sagt mir, dass gleich noch ein dickes Aber kommt. Da ist es ja schon.

»Aber steckt in so einem Text nicht trotzdem immer eine Menge von dir selbst?«

»Vielleicht.« Ich zucke mit den Schultern. »Das könntest du ja auch jeden Sänger oder Schauspieler fragen.«

»Ich frage aber dich.«

»Es ist schon möglich.«

»Also ich finde es jedenfalls.«

Ich lache auf. »Du kennst mich gar nicht.«

»Vor drei Tagen kannte ich dich nicht, das stimmt schon.

Aber inzwischen habe ich einen ganz guten ersten Eindruck von dir bekommen.«

»Aha.« Ich versuche, nicht zu grinsen. »Das kann ich von dir nicht unbedingt behaupten.«

»Über mich gibt es auch nichts Spannendes zu erfahren.«

»Lüg mich nicht so dreist an.«

Jetzt ist er derjenige, der lacht. »Du bist ganz schön frech.«

»Du auch, das war nämlich mein Spruch.«

»Ich passe mich nur an.«

Wieder das Glöckchen.

»Na, ihr zwei Turteltäubchen?«

Janosch dreht sich um, eine steile Falte hat sich zwischen seine Brauen gegraben. Ich lache nur. Wenn man Hannes lang genug kennt, können einen seine Sprüche nicht mehr schockieren. Seine blonden Goldlöckchen hängen ihm feucht in die Stirn, plattgedrückt vom hässlichen Helm, den er vorbildlich trägt, wenn er mit seinem alten Rennrad aus dem Bezirk Favoriten in die Innenstadt donnert.

»Alles fit?«, fragt er uns jetzt.

»Du kannst es ja kaum erwarten, deine Schicht zu beginnen«, vermute ich und schäle mich aus meiner Schürze.

»Bei diesem Sauwetter verbringe ich den Mittag getrost hier drin«, meint er und schüttelt sich wie ein nasser Hund.

»Oida, Hannes!« Schnell bringe ich mein Notizbuch vor ihm in Sicherheit. Nicht auszudenken, wenn es noch einen Wasserschaden erleiden würde, so wie damals, als ich es leichtsinnig auf der Arbeitsfläche abgelegt und dann beim Spülen ein halbvolles Bierglas mit dem Ellbogen darüber gestoßen habe. Es hat so widerlich gestunken, aber wenigstens war der Kugelschreiber wasserfest und die Seiten nach einer Nacht auf der Heizung nicht ganz so wellig wie befürchtet. Die Kaffeeflecken, die sind Kunst. Aber gelbe Bierränder, die braucht wirklich keiner.

Hannes verdrückt sich in die Küche, und ich raffe meine Sachen zusammen.

»Das mit dem Park können wir heute wohl vergessen«, erklärt Janosch, nachdem ich meine Stunden eingetragen und Hannes das Feld überlassen habe. Unsichtbare kleine Tropfen nieseln vom stahlgrauen Himmel. Die schwüle Junihitze hängt in der Luft und legt sich wie ein viel zu warmer Wollmantel über den dünnen Schweißfilm auf meiner Haut.

»Wenn wir uns irgendwo reinsetzen?«, frage ich.

»Ich dachte, keine Öffentlichkeit?«

»Nur nicht *diese* Öffentlichkeit.« Ich deute hinter mich zum *Sellerie*. »Auf Hannes' blöde Kommentare kann ich verzichten.«

»Dann lass uns woanders hin.«

»In ein anderes Café?«

»Nein, zu mir. Ich wohne in der Nähe.«

Natürlich wohnt Janosch in der Nähe, schließlich wohnt er ja bei Luca, und wo Luca wohnt, ist mir seit Jahren ein Begriff. Als ich mich mit Luca zum ersten Mal zum Lernen getroffen habe, brachte ich meinen Lieblingstee mit. Irgendwann war sein ganzes Küchenregal voll mit Zitrone-Ingwer, Indischem Chai und Earl Grey. Sogar meine Hausschuhe sind noch da. Nur meine Lieblingstasse fehlt. Die ist Luca neulich runtergefallen. Es war wirklich ein trauriger Anblick, als er mir ein Foto von den Scherben geschickt hat. Die Tasse war eine dicke goldene Katze, ihr gestreifter Schwanz der Henkel. Wenn ich so darüber nachdenke, vermisse ich sie wirklich sehr.

»Oh, das war ich«, bemerkt Janosch, als ich ihm vom jämmerlichen Ende meiner Katzentasse erzähle, und presst schuldbewusst die Lippen aufeinander. »Ich bin manchmal etwas tollpatschig.«

Carlo hatte sie mir mal gekauft, und weil er sie eigentlich albern fand, habe ich sie zu Luca ausgelagert.

»Egal«, sage ich und gebe mir Mühe, so zu klingen, als wäre es das wirklich. »Sie war sowieso ziemlich kindisch.«

»Luca meinte, du hast sie echt gemocht. Wir haben noch versucht, einen Ersatz aufzutreiben, aber leider konnten wir sie nirgends mehr finden.«

»Oh, das ist lieb von euch. Aber ihr hättet euch keine Mühe machen müssen.«

Etwas unschlüssig stehe ich mit einer fremden Teetasse in den Händen vor Janosch in der Küche. Hubert wartet in meinem Beutel im Flur. Luca ist unterwegs. Ohne ihn hier zu sein, fühlt sich seltsam an. Vielleicht liegt es aber auch daran, dass ich mit Janosch hier bin. *Nur* mit Janosch.

»Wir können in mein Zimmer«, schlägt er vor, kurz bevor unser Schweigen unangenehm wird.

Ich nicke wortlos.

Es könnte ein Fehler sein, mitzukommen, doch meine Neugier siegt. Mit der Studentin, die vorher hier gewohnt hat, habe ich in vier Jahren höchstens eine Handvoll Sätze gewechselt. Ihr Zimmer gesehen erst recht nicht. Jetzt fällt mir auf, dass es kleiner ist als das von Luca. Aber es ist schön hell.

»Du scheinst auch eher der minimalistische Typ zu sein«, scherze ich, als ich samt Tasse und Hubert neben Janosch in seinem Zimmer stehe. Janosch zuckt fast hilflos mit den Schultern.

»Ich umgebe mich ungern mit Dingen, die mir nichts nützen.«

Mein Kopf spinnt seinen Satz weiter. Lynn zu Elliott.

So ein Ding muss ich für dich gewesen sein. Unnütz.

Ich nicke abwesend. »Aber schön …«

»Mach es dir ruhig bequem.«

Er steuert auf seinen Schreibtisch zu, ich schaue mich verstohlen um. Bett, Tisch, Schrank. Der dunkelgrüne Sessel in der Ecke sieht gemütlich aus, aber es hängen gar keine abgelegten Klamotten darüber. Komisch. Alles ist so penibel aufgeräumt, jedes Teil an seinem Platz. Vielleicht ist das einer seiner Ticks. Ich unterdrücke ein Lachen, weil ich direkt davon ausgehe, dass er mehrere hat.

»Hmm?«

»Ach, nichts, sorry.« Ich kaschiere mein Lachen mit einem Räuspern und hoffe, dass Janosch sich damit zufriedengibt. Die kleine Bluetooth-Box auf seinem Schreibtisch erwacht zum Leben. Sofort erkenne ich *Tom Rosenthals* Stimme. *Soon Soon.* Auch einer der Songs auf meiner Schreibplaylist. Ich muss lächeln.

Etwas unschlüssig sehe ich mich um und entscheide mich schließlich für den grünen Sessel. Er ist noch viel bequemer, als er aussieht. Der perfekte Schreibsessel. Der Reißverschluss meiner Laptophülle zerteilt die Stille mit einem sanften Ratschen. Janosch hat sich aufs Bett gesetzt. Plötzlich kommt mir die Distanz zwischen uns sehr groß vor. Hätte ich mich zu ihm setzen sollen? Oder wäre das seltsam gewesen? Ein gespanntes Knistern liegt in der Luft, und plötzlich wünschte ich, er würde etwas sagen. Vielleicht wäre es dann weniger unangenehm, hier mit ihm allein zu sein und alles falsch zu machen. Meine Handflächen sind feucht, als ich mein Passwort eingebe. Alles an dieser Situation ist komisch.

Ich räuspere mich.

»Okay.«

Janosch lehnt sich mit dem Rücken gegen die Wand. Er schließt die Augen. Mein Zeichen.

Ich frage mich bis heute, was dich damals geritten hat, als du dich im Aufenthaltsraum auf den Platz genau mir gegenüber setzen musstest. So viele andere waren noch frei. Du hast mich gar nicht beachtet, kein Wort gesagt. Hast du mich überhaupt gesehen? Vielleicht hast du es tatsächlich nicht, wie ich mich da hinter meinen Büchern versteckt habe und so tat, als würde ich in den Seiten lesen statt in deinen Augen.

»Stopp, warte mal.«

Erstaunt reiße ich den Blick von meinem Text. Mein Puls steigt grundlos. Janosch schaut zu mir.

»Ich will dich wirklich nicht unterbrechen, aber darf ich was anmerken?«

Überrumpelt nicke ich. »Immer.«

»Wie konnte sie in seinen Augen lesen, wenn er sie doch gar nicht angeschaut hat?«

Oh. Ja …

Mein ratloses Schweigen gibt Janosch recht.

»Also nicht, dass ich es schlecht finde, ich dachte nur …«

»Nein, es ist gut, dass du das sagst!« Endlich finde ich meine Sprache wieder. Janosch lächelt erleichtert. »Du hast natürlich recht, das ergibt keinen Sinn.«

»Wie wär's, wenn du stattdessen *Gesicht* schreibst? Dann könnte sie es noch sehen, obwohl er nach unten schaut.«

Ich nicke nachdenklich, während ich es vor mich hinmurmele. »Als würde ich in den Seiten lesen statt in deinem Gesicht …«

Janosch nickt zustimmend. »Das klingt doch gut.«

Die Tasten klappern leise unter meinen fliegenden Fingern. Janosch lehnt den Hinterkopf wieder gegen die Wand. Seine stumme Aufforderung.

Als würde ich in den Seiten lesen statt in deinem Gesicht. Du hast es bemerkt und mich angesehen, so anklagend, als wäre das verboten, aber Elliott, am spannendsten sind eben die verbotenen Dinge, das hast du später selbst so oft gesagt. Wenn ich es mir jetzt so überlege, hast du richtig feindselig zurückgestarrt. Vermutlich bin ich rot geworden, peinlich war es mir jedenfalls. Vielleicht hätte ich mich entschuldigen sollen, oder mich dir vorstellen. An diesem Tag nicht in den Aufenthaltsraum gehen, sondern auf meinem Zimmer bleiben und unser Ende nie beginnen lassen sollen. Sirens *von* Monolink *hat die Stille in meinem Kopf gefüllt. Vielleicht habe ich auch einfach einen unfreundlichen Eindruck auf dich gemacht, so still mit den Kopfhörern auf den Ohren. Also hab ich sie abgenommen. Elliott, das war übrigens ein Zeichen. Aber du hast es nicht mal bemerkt.*

Dann habe ich zurück auf mein Buch geschaut und überlegt, wie viele Minuten ich wohl noch verstreichen lassen sollte, bis ich mir unauffällig einen anderen Platz suchen kann. Entschieden habe ich mich für acht. Eine schöne Zahl, sie ist gerade, so wie deine Nase, und unendlich. So wie unsere Liebe es nie war.

Ein Lächeln zuckt an Janoschs Lippen. Als ich kurz innehalte, geht sein Blick zu mir.

»Das mag ich.«

Ich lächele, dann schaue ich zurück auf den Bildschirm.

Nach sechs Minuten hielt ich es nicht mehr aus und habe angefangen, meine Sachen einzupacken. Du hast gelesen. Oder so getan. Das weißt du wohl am allerbesten. Dann hast du zu mir hochgesehen. Schon wieder so anklagend. Als würde ich stets alles in deiner Anwesenheit falsch machen. Ja, die Stuhlbeine haben auf dem Linoleum gequietscht, und meine Jacke hat laut geraschelt. Ich hätte mich ja auch gern in Luft aufgelöst, so wie du vor acht Monaten, aber der Unterschied zwischen uns beiden ist eben der, dass ich zu feige dafür war. Oder du. Wie man es nimmt.

Sei mutig und freundlich, das war der Text auf deinem Notizbuch. Es ist ein Zitat aus Cinderella, *wusstest du das? Vermutlich nicht, sonst hättest du es nicht mehr so cool gefunden und öffentlich zur Schau getragen. Ich habe es gesehen, noch bevor du es aufgeschlagen hast. Die Worte waren aus Zeitungen ausgeschnitten und zusammengestückelt wie ein kleines Puzzle. Ein Mosaik, wie das in deinem Kopf. Eins, das ich nie überblicken konnte. Es waren einfach zu viele Farben.*

»Ich wollte dich nicht vertreiben.«

Das war das Erste, was du zu mir sagtest. Elliott, ich dich auch nicht.

Das musst du mir glauben.

Mittwoch, Date Night

»Okay, er hat sich ganz sicher umgebracht.« Janosch starrt ausdruckslos vor sich ins Leere. »Puh … heftiger Typ, dieser Elliott.«

Ich zucke stumm mit den Schultern. Am liebsten würde ich ihm einfach alles verraten. Damit er auch die ganzen versteckten Hinweise findet. Die, die ein Leser erst beim zweiten oder dritten Mal entdeckt. Also quasi nie, wenn wir ehrlich sind.

»Also, wenn du unbedingt willst, kann ich dich ja spoilern.«

»Hmm.« Janosch scheint ernsthaft mit sich zu ringen. »Ach Mann, ich weiß nicht. Eigentlich will ich es sofort wissen, aber dann ist es vielleicht nicht mehr so magisch.«

Magisch.

Er benutzt sogar meine Bezeichnungen für die Geschichte.

Gott, er ist so absolut anders als Carlo.

Carlo … Wie spät ist es?

»Gut, nein. Verrat mir nichts, aber dann musst du noch weiterlesen, okay?«

»Ja, Moment nur«, murmele ich abwesend, während ich mein Handy aus der Tasche krame. »Muss kurz was nachschauen.«

17:24 Uhr.

Okay, ein bisschen Zeit haben wir noch.

Ich entdecke Carlos Nachricht.

Carlito – 17:09 Uhr

Babe, sorry! Ich schaff's doch nicht nachher … Dauert länger heute.

Mir entfährt ein genervtes Schnauben.

»Alles okay?«

»Ja, schon …« Ich seufze. »Mein Freund ist nur ein Idiot.«

»Oh, was ganz Neues also?«

Ich muss tatsächlich grinsen. »Wir wollten heute ins Kino. Ich habe die Karten schon besorgt, und jetzt kann er doch nicht.«

»In welchen Film denn?«

»Ich wollte ihn überraschen.«

»Dann überraschst du eben mich.«

Kurz schaue ich Janosch argwöhnisch an. Ins Kino? Mit ihm? Seit Carlo war ich mit keinem anderen Typen im Kino. Zumindest nicht allein. Carlo wäre davon wenig begeistert. Aber er hätte es sich auch einfach mal früher überlegen können, anstatt mir so knapp vorher abzusagen.

»Gut.« Ich straffe die Schultern und stecke das blöde Handy weg. »Dann gehen wir nachher ins Kino.«

»Wow.« Janosch lacht. »Das war einfach.«

»Was hattest du denn erwartet?«

»Eine längere Diskussion mit Mrs. *Ich-habe-einen-Freund*.«

Fassungslos starre ich ihn an und bin mir nicht ganz sicher, ob ich lachen oder sauer sein soll. »Hast du mich gerade nachgeäfft?«

»Nur zitiert.«

»Idiot.«

»Du wolltest weiterlesen.« Dieses schelmische Grinsen. Himmel, ich darf ihn eigentlich wirklich nicht *so* sympathisch finden! Doch mit jeder Minute, die wir miteinander verbringen, wird mir klarer, dass ich daran längst nichts mehr ändern kann.

»Viel Spaß beim Film«, wünscht uns der Ticketabreißer am Eingang des Kinofoyers. *Viel Spaß beim Film.* Wie eine Kassette auf Repeat. *Viel Spaß beim Film. Viel Spaß beim Film.* Gott, ich würde wahnsinnig werden. Den ganzen Abend lang nichts anderes. Ich glaube, Janosch findet es lustig.

»Willst du Popcorn?«, fragt er mich. Der dunkelrote Teppichboden des alten Kinos schluckt unsere Schritte. Ich liebe dieses Gefühl. Als würde man auf Wolken gehen. Leise Loungemusik, ich glaube, es ist *Chet Faker*. Niedrige Decken, gedimmte Lichter, gedämpfte Stimmen. *Viel Spaß beim Film.*

»Hmm, nee«, sage ich ganz automatisch und bereue es im gleichen Moment. Wenn da eine Popcorntüte zwischen uns stünde, wir klischeehaft gleichzeitig hineinfassen und unsere Finger sich berühren würden ... Wir würden uns ansehen, verlegen lachen, und dann, dann würden wir uns endlich küssen.

Verdammt.

»Willst du?«, frage ich beiläufig, und Janosch überlegt. Vielleicht denkt er gerade das Gleiche wie ich. Oder er hat längst bemerkt, dass ich meine eigene Äußerung am liebsten zurücknehmen würde. Ich habe ihn immer noch nicht gefragt, ob er eine Freundin hat. Dabei dürfte diese Frage längst überflüssig sein. Oder er ist verdammt dreist.

»Ich hätte schon Lust.«

Na, geht doch.

Ich bin aufgeregt wie ein kleines Kind, als die Frau hinter der Theke die bedruckte Papiertüte füllt und mir unser lauwarmes Popcorn überreicht. Janosch bezahlt, was sich für mich unerklärlicherweise wie ein Kompliment anfühlt. Manchmal bin ich wirklich komisch. Wenn Carlo zahlt, bin ich teilweise fast schon sauer.

»Komm!« Ich greife nach Janoschs Arm. Wir sind spät dran.

Im Saal läuft bereits die Werbung, und es ist ziemlich duster. Janosch wirkt ein bisschen verkrampft, als ich ihn zielstrebig die beleuchteten Stufen mit hinaufziehe. Es ist unser Stammplatz. Carlos und meiner. Ganz oben, letzte Reihe, direkt unter dem Filmprojektor. Ich liebe das Flair des alten Programmkinos, die großen weichen und schon etwas durchgesessenen Stoffsessel. Aber fast noch mehr liebe ich die Tatsache, dass der Saal fast immer nur halb voll ist, seit vor ein paar Jahren der nächste Kino-Riese in der Innenstadt eröffnet hat. Auch heute ist die gesamte obere Reihe noch leer. Carlo sitzt immer links von mir. Heute sitzt da also Janosch. Ich könnte mich daran gewöhnen. Das Popcorn knistert, als wir es uns bequem machen. Ich ziehe die Schuhe aus und rutsche in einen Schneidersitz. Kino mit Zuhause-Feeling. Ich lächele, als Janosch zu mir schaut.

»Und du willst mir immer noch nicht verraten, welcher Film es ist?«

Ich schüttele nur den Kopf und greife in die Popcorntüte. Als hätte er das an den Plakaten eben nicht längst gesehen. »Lass dich überraschen.«

»Hast du ihn ausgesucht, weil er Carlo gefällt oder weil er dir gefällt?«

»Weil er *mir* gefällt«, entgegne ich empört.

»Gut.« Zufrieden lehnt Janosch sich etwas zurück.

Die Werbung ist vorbei, das Logo des Produzenten weicht den ersten Szenen. Landschaft, Musik. Ich kenne das Lied. *Private* von *Vera Blue*. Janosch spannt sich neben mir an.

Mein Blick geht zu ihm. Stocksteif sitzt er da. Ein paar Sekunden lang sehe ich ihn verunsichert an und will fragen, was los ist, ob es ihm nicht gut geht, dann endlich kapiere ich es.

Die Erzählstimme setzt ein, erfüllt den ganzen Saal und meinen Kopf.

Gänsehaut. *Das kann ja wohl nicht wahr sein!* Ich schnappe fassungslos nach Luft. Sprachlos starre ich Janosch an, öffne den Mund, nur um ihn sofort wieder zu schließen.

Synchronsprecher …

So viel zu *Anmoderationen, Fernsehbeiträge. Nichts Besonderes*. Er ist ein Synchronsprecher und macht Kinofilme.

»Ist das …?« Ich bin so hysterisch, dass ich es auch nicht annähernd schaffe zu flüstern.

Janosch schluckt und zuckt peinlich berührt mit den Schultern.

»Du hast doch gesagt, du machst Anmoderationen fürs Fernsehen!«

»Ja, auch. Also hauptsächlich. Und manchmal auch Kino.« Er stottert. *Gott, wie niedlich.* Er ist ein gefragter Synchronsprecher fürs Kino und kriegt es im wahren Leben genauso wenig auf die Kette, selbstbewusst darüber zu sprechen, wie ich über meine Bücher.

»Du bist der Wahnsinn.«

Noch immer sprachlos starre ich auf die Leinwand, ohne ein einziges Bild wahrzunehmen. Jetzt verstehe ich, wieso mir seine Stimme sofort bekannt vorkam. Von links, rechts, von überall. Tief, aber nicht zu tief, melodisch und voll, ein ganz klein wenig kratzig im Nachgang. Wie ein erstaunlich guter Wein. Wie diese Stimme wohl klingt, wenn Janosch gerade aufgestanden ist? Oder gleich einschläft? Ich schließe die Augen, um mich für einen Moment ganz von ihr ausfüllen zu lassen, obwohl ich nicht verstehe, was sie sagt. Ich verstehe nur Janosch.

»Sorry, Bambi. Wirklich.« Ich öffne die Augen wieder. »Wenn ich gewusst hätte, dass du dir *den* ausgesucht hast …«

»Du hättest es mir ja auch einfach unaufgefordert verraten können.«

»Ich wollte nicht angeberisch wirken.«

Ein wütendes »Shhh« aus den unteren Reihen lässt uns verstummen. Wir wechseln einen Blick, aber ich bin mir nicht sicher, was ich in seinem erkenne.

»Jetzt habe ich aber echt was gut bei dir«, flüstere ich ihm zu. »Elliott kriegt deine Stimme, wenn es mal so weit ist.«

Janosch grinst erleichtert. »Das wäre mir eine Ehre.«

»Du warst *was*?!«

»Ja, mein Gott, du hattest ja was Besseres zu tun!«

Wir schreien beide. Unerträglich laut.

Ich hasse mich dafür und Carlo noch viel mehr.

»Denkst du, ich bin zum Spaß weggeblieben? Ich hatte noch ein Meeting. Mann, Enya, das ist doch kacke!«

»Ich hatte die Karten schon bezahlt, was hätte ich denn machen sollen? Sie deinetwegen verfallen lassen?«

»Anouk fragen, oder von mir aus Luca, was weiß ich! Aber nicht irgendeinen fremden Typ!«

»Warum nicht, was ist falsch daran? Janosch ist genauso ein Freund von mir wie Luca.« Zugegeben, einer, den ich erst seit bedeutend kürzerer Zeit kenne, doch das tut nichts zur Sache. »Und überhaupt, was ist dein Problem?!«

Carlo rauft sich die Haare, dreht sich weg und dann sofort wieder zu mir. Ich kann förmlich beobachten, wie er mit sich ringt. Schon lange war er nicht mehr so außer sich.

»Der will was von dir«, schleudert er mir entgegen.

»Du kennst ihn doch gar nicht«, rechtfertige ich mich sofort.

»Ich bin nicht blöd, Enya. Welcher Kerl würde sich sonst ständig von dir *vorlesen* lassen?«

Mir klappt der Mund auf. Wie abfällig kann man das Wort vorlesen bitte aussprechen?

»Bist du eigentlich bescheuert?«, fahre ich ihn an. Langsam reicht es mir. Ich hatte einen guten Abend und bin keine zwei Minuten zu Hause, schon hat Carlo alles zerstört.

»Das sind Frauengeschichten, so was Schnulziges hört sich doch kein Typ freiwillig an! Der will bei dir landen und macht dir was vor.«

Carlos Sätze sind klatschende Ohrfeigen. Tränen steigen mir in die Augen, doch ich verbiete sie mir. Diese Genugtuung werde ich ihm nicht geben.

»Du bist manchmal so fies«, presse ich mit erstickter Stimme hervor. »Ihn interessiert das wirklich. Kannst du dir vorstellen, was wir für Gespräche über dieses Buch haben? Vermutlich nicht, dafür hättest du es ja selbst erst mal lesen müssen.«

Seine dunklen Augen blitzen mich an. »Jetzt stell nicht mich als das Arschloch hin.«

»Dafür hast du schon selbst gesorgt!«

»Wer ist denn heute mit einem anderen Typen im Kino gewesen?«

»Willst du mir jetzt verbieten, wen ich sehe, ja? Ist es das?«

»Enya, komm schon.« Er lacht überheblich. Und ich fühle mich klein.

»Carlo, du kannst mich mal!«

Wutentbrannt drehe ich mich um und greife nach meiner Tasche neben der Tür, wo ich sie eben erst abgelegt habe. Dann wende ich mich wieder Carlo zu, der mit grimmiger Miene auf der Couch sitzt.

»Wo willst du hin?«

»Das geht dich einen feuchten …«

»Enya, bitte …« Plötzlich klingt er zahmer. Als würde er tatsächlich erwarten, ich könnte mich jetzt einfach so abregen.

»Überleg dir mal, was du grade gesagt hast!«, schleudere ich ihm entgegen. Carlo erhebt sich, macht einen Schritt auf mich zu und will meinen Arm ergreifen. Ich schüttele seine Hand ab und flüchte zur Tür. Sobald ich Carlo den Rücken zugewandt habe, lasse ich den Tränen nun doch freien Lauf.

Ich war doch nur im Kino! Es ist überhaupt nichts passiert.

Bis auf die Umarmung zum Abschied hat Janosch mich kein einziges Mal angefasst. Nicht mal trotz Popcorntüte. Carlo hat überhaupt keinen Grund, eifersüchtig zu sein. Doch warum habe ich trotzdem ein schlechtes Gewissen?

Meine Schritte hallen laut im Treppenhaus. *Schnulzig!* Weiß er eigentlich, wie weh das tut, wenn er so über Elliott und Lynn spricht? Manchmal hasse ich Carlo wirklich. Ich werfe einen kurzen Blick über die Schulter zurück.

Und trotzdem. Dass er mir nicht nachläuft oder wenigstens ruft, das tut plötzlich noch viel mehr weh.

»So, Süße. Und jetzt erzählst du mir ganz in Ruhe, was eigentlich passiert ist.«

Anouk drückt mir ihre größte Teetasse in die Hand, ehe sie sich neben mich unter die flauschigen Decken ihrer Couch kuschelt. Der rosafarbene Handtuchturban droht von ihrem Kopf zu rutschen, eine feuchte Haarsträhne fällt ihr ins Gesicht. Ich habe sie aus der Badewanne geholt, als ich vor einer guten Viertelstunde bei ihr Sturm geläutet habe. Trotzdem musste ich nicht viel erklären, Anouk hat mich angesehen und wusste sofort, was los ist, als ich mit verheulten Augen und meinem Beutel voll Schreibkram vor ihr stand. Sie hat nur dieses War-Carlo-wieder-ein-Arsch-Seufzen geseufzt und mich dann kommentarlos reingelassen.

»Ich hab Mist gebaut«, bringe ich heraus und wische mir mit dem Handrücken über die Nase. »Carlo und ich wollten heute ins Kino.«

»Mittwoch, Date Night, ich weiß schon.« Anouk macht eine undefinierbare Handbewegung. Ich weiß, dass sie nicht viel von Carlos und meiner Entscheidung hält, feste Tage einzuplanen, um auszugehen. Der nächste Schritt sind getrennte Schlafzimmer, hat sie gemeint, und in ihrer spitzen Bemerkung steckte so viel Wahrheit, dass ich erst mal zwei Tage nicht mehr mit ihr gesprochen habe.

»Er hat jedenfalls kurz vorher abgesagt«, fahre ich fort.

Anouk gibt ein wütendes Schnauben von sich. »Und dann hast *du* Mist gebaut?!«

»Ja, warte …«, versuche ich sie zu beruhigen. Ehe sie sich auf meine Seite schlägt, muss sie die ganze Wahrheit kennen. »Ich war dann mit Janosch im Kino.«

»Was?!« Ihre Stimme klingt fast so schrill wie eben die von Carlo. Nur der Unterton ist ein anderer. Er geht mehr in die Ich-wusste-es-Richtung. »Enya!«

»Ich hatte die Karten schon besorgt. Was hätte ich denn machen sollen?«

»Mich fragen, zum Beispiel?«

»Das hat Carlo auch gesagt!«, fauche ich. Die Tränen steigen mir wieder in die Augen. Ich blinzele sie schnell weg. »Aber ich war gerade bei Janosch, als Carlos Nachricht kam. Das hat er natürlich mitgekriegt.«

»Und war nicht mehr abzuschütteln«, ergänzt Anouk mit vielsagendem Blick.

Ich ringe mir ein Schulterzucken ab. »War jetzt nicht so, als hätte ich es ihm besonders schwer gemacht.«

»Du warst sauer auf Carlo, das war dein gutes Recht.«

»Ja, oder?« Frustriert ziehe ich die Knie enger an den Körper und balanciere vorsichtig meine Tasse auf ihnen. »Es ist auch nichts passiert. Man wird ja wohl noch mit anderen Kerlen ins Kino gehen dürfen. Es hatte überhaupt nichts von einem Date.«

Auch, wenn mir das nicht unbedingt unrecht gewesen wäre. Ich denke an das Popcorn. Vielleicht haben sich unsere Finger doch berührt. Aber ich war zu erschlagen von der Tatsache, dass Janoschs Stimme in Stereo aus allen Lautsprechern um uns herum schallte, um auch nur einen weiteren Gedanken daran zu verschwenden, was das alles bedeuten könnte.

»Kennst du *September Song*, diesen neuen Film mit Sam Claflin?«

Anouk schüttelt den Kopf.

»Janosch hat die deutsche Synchro gemacht.«

Sie starrt mich an. »Wie jetzt?«

»Er ist Synchronsprecher. Fürs Kino und Fernsehen. Er hat das bei unserem Kennenlernen kurz angerissen, aber irgendwie war mir nicht bewusst, wie krass er ist.«

»Ernsthaft?« Anouks Augen werden groß. Die Frage, ob sie eventuell davon wusste, erübrigt sich hiermit.

»Es war total magisch. Ich hatte ihm natürlich nicht verraten, in welchen Film wir gehen, und dann saßen wir da, und plötzlich kam seine Stimme.«

»Hä, und er hat das vorher nicht bemerkt?« Anouk zieht die Augenbrauen zusammen. »Wart ihr im *Panthalon*? Dann stand das doch sicher oben angeschrieben, als ihr reinkamt? Ihm war ja wohl klar, dass der Film dort gerade läuft?«

Ich zögere. Jetzt, wo sie es sagt, kommt es mir tatsächlich etwas seltsam vor. Ich versuche, mich zu erinnern. Doch in Gedanken ganz bei Janosch hatte ich kaum einen Blick für unsere Umgebung übrig. Bestimmt ging es ihm ähnlich.

»Vielleicht hat er nicht darauf geachtet.«

»Als würdest du nicht darauf achten, wenn du weißt, dein Kinofilm läuft zurzeit.«

Anouks argwöhnischer Blick nervt mich. Als müsste ich mich oder Janoschs Schusseligkeit vor ihr rechtfertigen. Selbst wenn er es gesehen hat … vielleicht wollte er, dass ich es erst im Kinosaal bemerke.

»Ja, was weiß ich«, meine ich abwehrend. »Es war jedenfalls eine ziemliche Überraschung.«

»Das glaub ich …« Sie starrt noch immer griesgrämig vor sich hin. »Irgendwie werde ich nicht schlau aus diesem Typ.«

Anouks Unterton gefällt mir nicht. »Ich doch auch nicht«, meine ich trotzdem.

»Ich weiß, ich kenne ihn nicht, aber ich verspüre trotzdem das Bedürfnis, dich vor ihm zu warnen.« Sie fasst mich fest in ihren Blick.

»Ist angekommen, danke.«

»Und Carlo ist so richtig schön ausgetickt?«

Mein Anflug von besserer Laune verpufft im Nichts. Sofort bewegen sich meine Mundwinkel wieder nach unten.

»Vielleicht habe ich vergessen, ihm auf ein paar Nachrichten und Anrufe zu antworten.«

Anouk seufzt. »Na, ihr seid mir ja zwei.«

Ich widerstehe, zu fragen, wen sie damit meint. Wir zwei, das hieß mal automatisch Enya und Carlo. Aber Enya und Janosch klingt halt auch schön.

»Er hätte trotzdem nicht so überreagieren müssen.« Ich wende den Blick ab, als Anouk mir nicht zustimmt. »Er hat überreagiert, das hat er doch, oder?«

Ihr Schulterzucken ist wie ein Schlag in die Magengrube. »Also ein Stück weit kann ich ihn schon verstehen.«

»Er war derjenige, der abgesagt hat!«

»Vielleicht solltest du ihm Janosch mal vorstellen. Wenn er weiß, mit wem sein Mädchen abhängt, ist er sicher etwas zahmer.«

Ich ringe mir ein unzufriedenes Grummeln ab. Carlo und Janosch … Das könnte eine explosive Mischung geben.

»Warum müssen wir nur ständig streiten?« Eine kleine Welle Traurigkeit schwappt über mich, während ich auf den zarten Nebel starre, der von der Oberfläche meines Tees in mein Gesicht schwebt. Ich atme den Duft der Zitronenmelisse ein. Beruhigend legt er sich auf mein angespanntes Gemüt.

»Streit ist doch gut, das heißt, ihr bedeutet euch noch was.«

»Genau das wollte ich jetzt hören.«

»Ich dachte, ich soll dich nicht anlügen.«

Ich schlucke. Solange ich in meinen Tee starre, bin ich irgendwie mutiger. »Manchmal frag ich mich, wie lang das noch gut geht mit uns.«

Anouk sagt nichts. Und damit alles. Meine Augen werden wieder feucht.

»Hast du dich das denn auch schon gefragt, bevor dieser Janosch aufgekreuzt ist?«

Ein Schuss, ein Treffer.

Natürlich habe ich mich das gefragt. Aber nie ernsthaft.

Klar ist nach so vielen Jahren Beziehung gewissermaßen die Luft raus, doch ich kam damit zurecht. Es erschien mir normal. Ja, wir streiten uns, und ja, Carlo will manchmal partout nicht verstehen, was ich eigentlich meine. Aber er hat immer alles für mich getan. Hat mir Songs geschrieben und versprochen, ich sei alles für ihn. Er hat mir Bauchkribbeln bereitet, Blumen gekauft und dafür gesorgt, dass ich mich so schön fühle wie noch nie in meinem Leben.

Und dann kam da einer, der all das mit wenigen Worten kann und damit etwas in mir trifft, das ich seit Jahren kugelsicher aufbewahre und mit meinem Leben beschütze. Carlo hat sich nie bemüht, es zu erreichen. Janosch brauchte dafür keine achtundvierzig Stunden.

»Ich will mich nicht einmischen, Enya.« Anouk schaut mich an. »Aber wer immer versucht, sich alle Türen offenzuhalten, wird sein Leben irgendwann auf dem Flur verbringen.«

Was Liebe nahekam

Was Liebe nahekam:

Als du meine Cola beim Sommerfest umgeworfen und mir dann eine neue geholt hast. Deine Haut auf meiner Haut. Als ich dachte, du siehst mich.

Die Tage werden wieder länger, und meine Einsamkeit wird es auch. Du hättest mir auch einfach ein verdammtes Zeichen geben können. Also eins, das ich auch verstehe. Du hättest mir doch sagen müssen, dass du eigentlich längst beschlossen hattest, bald tot zu sein. Vielleicht hätte ich mich dann gar nicht erst in dich verliebt. Ich hätte es wenigstens versuchen können. Um anschließend das zu tun, worin ich so gut bin – zu scheitern.

Ich wäre also gescheitert und hätte mich in dich verliebt. Gut. Aber ich wäre vorbereitet gewesen. Ich wäre an diesem Abend nicht ins Bett gegangen wie an jedem anderen. Hätte mich nicht hingelegt und gewundert, warum ich nicht einschlafen konnte. Ich hätte gewusst, warum ich so unruhig war. So nervös, dass ich aufstehen, ständig ins Bad gehen und Olga auf die Palme bringen musste, die deshalb aufgewacht ist. Und dann in Alex' und dein Zimmer, nur um festzustellen, dass du weg warst.

Ausbrechen sollen, das hätten wir öfter. Lass uns ein paar von diesen Wir-sollten-das-nicht-tun-Dingen machen, Lynn. Weißt du noch, wie du das gesagt hast, am Abend vor unserem heimlichen Konzertbesuch? Du kanntest all die heimlichen Ausgänge, und damals habe ich dich dafür bewundert. Heute wünschte ich, du hättest sie nicht gekannt.

Max hat tief und fest geschlafen, und der Klamottenknäuel unter deiner Bettdecke, der war ja wohl nicht dein Ernst. Ich frage mich bis heute, wie du die Abendkontrolle damit täuschen konntest. Aber vielleicht warst du da ja noch da. Als ich vor deinem Bett stand, warst du es nicht mehr. Da lag nur dieser Brief neben deinem Kopfkissen, und ich wusste es längst.

Kannst du dir vorstellen, wie betäubt man sich fühlen kann?

Ich bin gerannt. Dr. Schulz hatte Nachtdienst, glaube ich, und dann stand ich in seiner Tür, hab kein Wort herausgebracht, aber er hat es auch so kapiert.

Wo ist Elliott?

Ich hör ihn das manchmal immer noch fragen. Wache auf davon und will schreien.

Ja, verdammt! Elliott, WO BIST DU? Und warum bist du ohne mich?

»War er eigentlich sehr sauer?«

Irritiert hebe ich den Blick von Hubert und schaue geradewegs in Janoschs blaue Augen. Die Arme hinterm Kopf verschränkt liegt er neben mir im Gras und starrt in den Himmel.

»Wer?« Ich schlucke. Sein Gesichtsausdruck verrät mir längst, wen er meint. »Carlo? Wie kommst du drauf?«

»Na ja, so überstürzt wie du Mittwochabend aufgebrochen bist …«

»Sagen wir so: Er war nicht sonderlich begeistert«, gebe ich zu.

»Vielleicht sollten wir uns einfach mal kennenlernen.« Janosch setzt sich auf, und ich frage mich, ob das hier eigentlich eine Verschwörung gegen mich sein soll. Hat er sich mit Anouk abgesprochen, oder wie kommt er sonst auf diese unnötige Idee? »Luca und ich schmeißen nächstes Wochenende eine kleine Einweihungsparty. Ich würde mich freuen, wenn ihr auch vorbeischaut.«

Ach, daher weht der Wind. Ich zögere. »Das ist nett von dir.«

»Es ist vermutlich eine dumme Idee, ich weiß. Aber ich wollte es dir wenigstens vorschlagen.«

»Nein, schon gut«, beginne ich reflexartig, doch dann fällt mir auf, dass Janosch recht hat. »Okay, vielleicht ist es wirklich dumm.«

»Du kannst auch liebend gern ohne ihn kommen.«

Da ist es ja wieder. Dieses Grinsen, das sich anfühlt wie eine wundervolle Sünde. Es würde Carlo auf die Palme bringen. Ich bin mir absolut sicher.

»Ich werde es ihm vorschlagen.«

»Alleine hinzugehen oder mit ihm zu kommen?«

Ich verdrehe die Augen. »Erwartest du darauf eine ernsthafte Antwort?«

»Ich muss nächste Woche nach München«, wechselt er unerwartet das Thema. »Geschäftlich. Für einen neuen Film. Ich werde ein paar Tage dortbleiben, bis wir alles aufgenommen haben.«

»Oh, cool«, sage ich wenig überzeugend und frage mich, warum er mir das überhaupt erzählt. »Aber du musst dich wirklich nicht bei mir abmelden.«

»Ich weiß, ich wollte damit nur sagen, dass ich erwarte, dass du solange in die Tasten haust und das Manuskript vielleicht sogar beendet hast, wenn ich wieder da bin.«

Ich lache. »Träum weiter. So schnell geht das nicht.«

»Natürlich geht das. Ich zähl auf dich. Wenn ich Freitag wiederkomme, will ich wissen, wie es weitergeht.«

»Ich kann dir auch was zum Lesen mitgeben.«

»Nee, nee, ich lasse mir lieber vorlesen.«

»Dann hast du ja doch was mit Carlo gemeinsam.«

»Du vergleichst uns miteinander?« Seine linke Augenbraue wandert belustigt in die Höhe.

»Du zwingst mir die Vergleiche ja geradezu auf. Und dein selbstgefälliges Grinsen kannst du dir auch sparen.«

Es wird nur noch breiter.

Ich hasse ihn dafür. Und mich, weil ich nicht genug davon bekomme.

Bis Freitag …

Letzten Freitag habe ich Janosch noch nicht einmal gekannt. Und jetzt frage ich mich, wie ich es so lange ohne ihn aushalten soll.

Sommernachtstraum

Der Himmel über Schönbrunn brennt.

Schon als wir aus der U4 stiegen, wusste ich, wir würden heute einen dieser unbeschreiblichen Sonnenuntergänge zu sehen bekommen. Entgegen der Touristenströme, die mit Anbrechen der Nacht zurück ins Zentrum strömten, bahnten wir uns einen Weg zum Kaiserpalast. Fast unnatürlich leer liegt die Parkanlage hinter den Gebäuden des Schlosskomplexes, nur vereinzelt haben sich andere Paare und Menschengrüppchen einen Platz im Gras der Wiese unterhalb der Gloriette gesichert.

Janosch steckt die Woche München in den Knochen. Er ist todmüde, erzählt von 12-Stunden-Tagen im Tonstudio und Geschäftsessen bis spät in die Nacht. Die dunklen Ringe unter seinen Augen sprechen Bände. Erst heute Morgen ist er aus München zurückgekommen und trotzdem jetzt hier mit mir.

»Es war echt superanstrengend und cool, aber ich hatte auch ein bisschen Zeit, alle möglichen Theorien aufzustellen«, erklärt er, als wir nebeneinander im Gras liegen und den Sommerabend genießen.

»So?« Ich stütze mich mit den Unterarmen im Gras ab und blinzele zu ihm hinüber. In diesem Licht ist er noch viel schöner. Seine Haut hat plötzlich einen warmen Karamellton angenommen, gegen den sich diese blauen Augen unbegreiflich abheben. Menschen sind im Sommer schöner, denke ich. Janosch ist vermutlich immer schön. Ich will ihn anfassen. Und am liebsten für immer weiter ansehen.

»Du musst mir also wirklich dringend weiter vorlesen.«

Ich lächele. »Ich finde, erst solltest du mir deine Theorien verraten. Das ist schließlich nur fair.«

»Du willst ja nur was zum Lachen, gib's zu.«

»Nein, ehrlich.« Ich schirme die Augen mit der Handfläche vor der tief stehenden Sonne ab. »Erzähl mir davon. Es gibt für eine Autorin nichts Spannenderes, als in die Köpfe ihrer Leser zu sehen.«

»Ist das so?«

»Wie sonst soll ich einschätzen können, ob meine Worte wirklich das in dir auslösen, was ich mit ihnen bezwecken wollte?«

»Du hast recht. Also …« Janosch macht es sich in einer ähnlichen Position bequem. »Diese letzte Szene, als sie nachts in sein Zimmer rannte und den Brief fand, die hat mich nicht mehr losgelassen. Es bedeutet ja, dass sie offensichtlich in irgendeiner Einrichtung sind, korrigiere mich gerne.«

»Kinder- und Jugendpsychiatrie.«

»Das ergibt Sinn.« Janosch nickt. »Aber wie konnten sie denn dann ganz am Anfang auf diesem Konzert sein?«

»Sie haben sich rausgeschlichen.«

»Und das merkt da niemand?«

»Offensichtlich nicht.«

Janosch hält einen Moment inne. »Woher weißt du das?«

»So was weiß man eben«, meine ich unwirsch. »Es gibt genügend Bücher und Filme zu dem Thema. Als Autorin betreibt man viel Recherche.«

»Und warum sind sie dort überhaupt? Sie könnten auch zwei ganz normale Teenager sein.«

»Das sind sie ja vielleicht auch.«

»Obwohl sie psychisch krank sind?«

»Psychische Erkrankungen im Kindes- und Jugendalter kommen häufiger vor, als man denkt. Wir müssen anfangen, darüber zu sprechen.«

»Vielleicht sollten wir uns eher fragen, woran es liegt, dass es noch keiner tut?«

»Weil es ein Tabuthema ist.«

»Und wieso ist es das?«

»Das musst du nicht mich fragen, sondern die Gesellschaft.«

»Du bist die Gesellschaft«, entgegnet Janosch, und ich frage mich, wann unser Gespräch zur Diskussion wurde. Und warum sie mir plötzlich Spaß macht, obwohl ich Wortgefechte wie diese doch sonst auf den Tod nicht ausstehen kann. Da ist kein Vorwurf in seiner Stimme. Nur Interesse und die Lust auf neue Erkenntnisse. »Zumindest bist du ein Teil von ihr.«

»Es ist ein Tabuthema, weil niemand Schuld haben will.« Meine Gedanken machen sich einfach selbstständig. Ich lasse sie ziehen. »Nicht die Eltern, nicht die Geschwister, die Lehrer oder Kindergärtner. Woran denkst du, wenn ein Sechzehnjähriger Depressionen hat und sich selbst verletzt? Oder wenn eine Vierzehnjährige plötzlich nicht mehr isst? Dass da etwas grundlegend schiefgelaufen ist. Und dass es jemand hätte verhindern müssen.«

»Ich denke, dass der Grund manchmal vielleicht nicht einfach so ersichtlich ist.«

»Natürlich nicht. Es ist oft eine Aneinanderreihung von Gründen.«

»Und wer hätte diese Aneinanderreihung verhindern sollen?«

Ich zucke mit den Schultern. »Keine Ahnung. Die Eltern. Es ist deren Aufgabe, ihre Kinder zu beschützen.«

»Vor dem echten Leben können sie sie aber nicht beschützen. Nur so erziehen, dass sie stark genug sind, mit schlimmen Dingen zu leben und daran zu wachsen. Nicht zu zerbrechen.«

»Also sagst du, die Eltern sind schuld?«, fasse ich zusammen. Janosch schüttelt entschieden den Kopf.

»Nein. Schuld ist keiner. Außer ein Missbrauch ist passiert, oder irgendetwas anderes Schlimmes aus Menschenhand. Aber bei allem anderen hat keiner Schuld. Bei Unfällen oder Schicksalsschlägen. Die Schuld zu suchen, macht dich nur kaputt. Denn du findest sie immer bei dir selbst.«

»Ist das so?«

»Ich glaube schon.«

Wir schweigen. Ich will ihn fragen, woran er sich die Schuld gegeben hat, doch ich lasse es bleiben. Er würde zurückfragen, und das wäre mir nicht recht. Wir spüren es beide. Die Geheimnisse liegen ganz offensichtlich zwischen uns, doch wir tun beide, als könnten wir sie nicht sehen.

»Dieses Gespräch ist ziemlich intensiv geworden«, bemerkt Janosch. Ich klammere mich an das Vertraute in seiner Stimme. Die leise Belustigung und große Zuneigung.

»Ja.« Ich zögere. Und kehre erst allmählich aus den Gedanken zurück in die Wirklichkeit. »Wow, schau mal, der Himmel …« Ich deute an Janosch vorbei. Er folgt meinem Blick. »Wie schön das ist.«

»Hmm.«

Ich muss grinsen. »Du findest es kitschig, oder?«

»Nein. Ich weiß nicht.« Er stockt. Als wollte er noch etwas sagen und hätte sich dann in letzter Sekunde dazu entschieden, es nicht zu tun. Dann wendet er mir wieder sein Gesicht zu. »Wie würde Lynn ihrem Elliott diesen Sonnenuntergang beschreiben?«

Ich lächele. »Natürlich noch viel kitschiger, als er eigentlich ist.«

»Perfekt.«

Janosch rückt ein Stück zur Seite, und ehe ich begreife, was gerade geschieht, hat er seinen Kopf auf meinem Schoß gebettet. Diese plötzliche Nähe lässt mich erstarren.

Er schließt die Augen. »Ich bin ganz Ohr.«

Sein Ernst? Ich öffne den Mund und kann gerade noch verhindern, nervös zu lachen.

Janosch hebt abwartend die Augenbrauen, ich räuspere mich. Und dann flüchte ich in eine andere, sichere Wortwelt.

Der Himmel über Schönbrunn brennt. Ich glaube, du hättest das schön gefunden. Diesen entfärbten Himmel mit den orange-roten Wolkenbergen, die aussehen wie Sahne, die jemand langsam, aber ungleichmäßig hineingegossen hat. Vielleicht warst du das sogar, irgendwo von da oben. Falls ja, es ist ziemlich schön geworden.

Dieser Platz unterhalb der Gloriette ist perfekt. Die letzten Sonnenstrahlen drücken sich durch die Bögen aus hellem Stein und fallen von ihr hinunter über den Park zum Schloss. Schwarz wie ein Scherenschnitt liegt es vor all den Farben. Ein paar Augenblicke noch, dann werden auch sie verschwunden sein. Mit ihnen die letzten Touristen, zurück ins Zentrum getrieben, vom Sog des Faszinierenden, Lauten der Großstadt. So lang, bis nur noch wir zwei übrig wären.

Wir hätten im Gras gelegen, keine Decke, nichts, nur du und ich und noch ein kleines bisschen mehr Zeit für uns zwei.

Janoschs Kopf wird schwerer. Mein Magen beginnt zu fallen. Ich muss schlucken.

Du hättest dich neben mich gelegt, deinen Kopf auf meinen Schoß. Und dann hättest du die Augen geschlossen. Oder es nicht mehr geschafft, sie aufzuhalten. Du warst müde, die letzte Woche war viel für dich. Trotzdem wärst du jetzt mit mir hier gewesen. Vielleicht hätte ich für uns beide geredet, vielleicht wäre ich irgendwann auch einfach ganz still geworden, um den Moment nicht zu stören. Und dich, so nah bei mir, wie du nie wieder sein würdest.

Mein Mund wird trocken. Als hätte ich die Kontrolle über sie verloren, hebt sich meine Hand.

Janoschs Haut ist so weich. Die Stirn glatt, der Kiefer ganz locker. Ich streichle über seine Schläfe, sein Gesicht sinkt in meine Handfläche. Ich fange es auf, spüre diese Wärme und weiß überhaupt nicht mehr, was ich da gerade tue.

Dann wärst du eingeschlafen. Ganz friedlich und leise. Ich hätte einfach nur dagesessen, hätte dir dabei zugesehen und zu viel nachgedacht. Oder zu wenig.

Du warst mein Sommernachtstraum, bei vollem Bewusstsein warst du es von Anfang an. Und vielleicht ich auch deiner. Der Gedanke daran gefällt mir, du gefällst mir, ich würde dir gern in den Kopf gucken. Kann es nicht, nur vor den Kopf, ins schlafende Gesicht. Erinnerst du dich an deine Träume, und wenn ja, würdest du mir von ihnen erzählen?

Auf Englisch heißt es to fall asleep. Ist das nicht schön? In den Schlaf fallen. Ich glaube, fallen kann man nur bei jemandem, dem man vertraut. Du wärst also gefallen. Ich hätte dich festgehalten und auf dich aufgepasst. Nicht nur der Himmel über Schönbrunn stand in Flammen. Mein Herz stand es auch, und schuld daran warst du.

Du und dein Sommernachtstraum.

Spätestens als sich meine schönen Sahnewolken zu einer bedrohlichen Mauer aus schwerem Dunkelgrau aufgetürmt haben, kann ich das bevorstehende Gewitter nicht länger leugnen. Schwer liegt es in der stehenden Luft, und als diese nun den ersten Böen weicht, bekomme ich eine Gänsehaut.

Ich habe keine Ahnung, wie spät es ist. Ich lag einfach da und habe Janoschs Atemzüge gezählt. Es waren viele.

Inzwischen ist es stockduster. Die bis eben noch milde Nacht kühlt so deutlich ab, dass ich zu frösteln beginne. Eine Gänsehaut legt sich auch über Janoschs nackte Arme, er brummelt unzufrieden, dann dreht er sich etwas zur Seite und vergräbt das Gesicht in meinem Shirt.

»Oh Gott … Hab ich geschlafen?«, murmelt er ein wenig benommen und klingt so müde, dass ich meine Hand wie automatisch an seinen Rücken lege. Jetzt weiß ich es also. Wie diese Stimme beim Aufwachen klingt. Mit den Fingerspitzen fahre ich über seinen Körper.

»Möglich.«

Janosch gibt ein zustimmendes Geräusch von sich und legt seinen Arm um meinen Bauch. Mir wird doch wieder warm. Ich könnte jetzt fragen, ob er geträumt hat. Doch ich traue mich nicht. Es wäre vielleicht zu aufdringlich. Dann würde er vielleicht nie mehr auf meinem Schoß einschlafen wollen.

»Gott, war das schön grade«, nuschelt er, und ich würde seinem etwas benebelten Blick am liebsten ausweichen. Hoffentlich ist sein Schlaf ähnlich tief wie der von Carlo. Falls er etwas von meinen wirren Gedanken mitbekommen haben sollte, habe ich *wirklich* ein Problem. Über Gedanken spricht man nicht. Aus gutem Grund, sie gehen niemanden etwas an. Am allerwenigsten Janosch, wenn er sich zwischen sie schleicht.

Ich weiß überhaupt nicht, was das gerade war. Noch nie sind die Grenzen zwischen Realität und Fiktion derart verschwommen. Ich war nicht mehr Enya, ich war Lynn, und Elliott war Janosch. Oder doch andersherum?

»Du frierst ja.«

»Du auch«, entgegne ich und klinge etwas abweisender, als es unbedingt nötig gewesen wäre. Carlo wäre das nicht aufgefallen, Janosch schon. Natürlich. Er lässt mich los, und obwohl sich der noch funktionierende Teil meines Gehirns genau das gewünscht hat, schreit der andere laut und verzweifelt auf. »Es sieht nach Regen aus. Wir sollten aufbrechen.«

Janosch reibt sich übers Gesicht und nickt zustimmend, während er sich aufsetzt.

»Jetzt hast du gar nicht mehr vorgelesen …«

Er hat es also wirklich nicht mehr mitbekommen. Im Stillen danke ich dem Schicksal für dieses unfassbare Glück.

»Beim nächsten Mal wieder, okay?«

Janosch zieht eine beleidigte Schnute.

»Hase, du musst dringend schlafen.«

Ähm. Habe ich ihn gerade wirklich so genannt? Sein verschmitztes Grinsen lässt keinen Zweifel daran.

»Hase und Bambi«, murmelt er vor sich hin. »Wir wären ziemlich süß zusammen. Also natürlich nur rein hypothetisch, aber wir wären es.«

Eine Windböe fegt über uns hinweg und peitscht mir die langen Haare ins Gesicht. Ich spüre die ersten Tropfen.

»Wir sollten wirklich …«

Janosch nickt.

… wirklich nicht über diese Option sprechen.

Plötzlich befürchte ich, der Wolkenbruch könnte uns und vor allem Hubert doch noch böse erwischen. Die dünne Laptophülle und mein Jutebeutel werden dem Regen nicht besonders viel entgegenzusetzen haben. Ein entferntes Donnergrollen rollt wie die finale Warnung über uns hinweg. Eilig raffen wir unsere Sachen zusammen.

Der Lichtkegel meiner Handytaschenlampe zuckt nervös über den dunklen Boden. Den gezackten Spazierweg lassen wir links liegen und stolpern querfeldein über die bereits feuchte Wiese. Die glatten Sohlen meiner Turnschuhe rutschen mehrmals über die Halme. Ich klammere mich reflexartig an Janoschs Arm, als ich befürchte zu fallen. Er nimmt meine Hand. Er sollte es lieber nicht tun.

»Komm.«

Dieser Moment ist magisch. Kaum den festen Boden des Schlossparks unter den Sohlen, setzt der Wind erst richtig ein. Ich werde beinahe umgeworfen und klammere mich an meine Tasche. Und an Janosch. Blitze zucken am dunkelgrauen Himmel, mein Adrenalinspiegel schießt in die Höhe. Unsere Schritte fliegen über den staubigen Kies. Plötzlich lässt der Himmel alles, was er besitzt, auf uns herab. Erschrocken schreie ich auf.

Janosch lacht. Und dieses Lachen ist die perfekte Melodie aus all den schönsten Tönen, die ich je gehört habe. Ich möchte nie wieder ein anderes hören.

»Hab dich nicht so! Ist nur Wasser, Bambi.«

Er hat leicht reden.

»Hubert wird nass!« Warum habe ich ihn denn überhaupt dabei?! Ein Laptop gehört samt seiner Autorin in ein gemütliches Café oder nach Hause auf die Couch. Aber bei aller Liebe doch nicht in ein nächtliches Sommergewitter irgendwo in Schönbrunn.

Mit beiden Armen umklammere ich meine Tasche, halte sie fest gegen meine Brust gedrückt und laufe die letzten Meter zum Schloss. Ein schmaler Streifen Erde bleibt unter den Balustraden der Fassade vom Regen verschont. Mein Brustkorb hebt und senkt sich schwer, als ich endlich in den trockenen Bereich unter der geschwungenen Freitreppe stolpere. Die Haare hängen mir in feuchten Strähnen in die Stirn. Hubert scheint soweit verschont geblieben zu sein. *Gott sei Dank!*

Janosch sinkt neben mir gegen die Wand. Er lacht noch immer, während da vor uns die Welt untergeht.

»Komm, Bambi.« Seine Hand sucht nach meiner. »Lass uns was Verrücktes machen!«

Mir bleibt gerade noch Zeit, die Tasche sicher abzustellen, dann zieht er mich mit sich.

Oh lieber Gott … bitte nicht. Keine kitschige Regenszene, die ihn zwingt, mich zu küssen oder sonst etwas Dummes zu tun. Wir sind nicht Elliott und Lynn.

Der prasselnde Regen gleicht Nadelstichen auf meinen Schultern, so eiskalt und echt. Plötzlich kann ich mich wieder selbst fühlen. Zum ersten Mal seit Langem. Mein Mund öffnet sich wie von allein, ich kann den erschrockenen Laut nicht verhindern. Der ohrenbetäubende Regen verschluckt ihn.

»Mein Gott!«

Ich klammere mich an Janosch, binnen Sekunden bin ich bis auf die Unterwäsche durchnässt. Und dann sehe ich nur noch ihn.

Sein vollkommenes Gesicht, über das die Regentropfen rinnen, als hätten sie nie woanders hingewollt, über seine Wangen laufen, sich am Kinn sammeln, um von dort zu fallen. Wie ich in seine dunkelblauen Augen. Den Ozeanen. In ihnen ertrinke, nicht mehr weiß, wie man schwimmt, doch das ist egal. Ich muss es nicht mehr allein. Er schiebt die Finger zwischen meine, die andere Hand spüre ich an meiner Taille, federleicht und unfassbar bestimmt.

Nein … Das ist überhaupt nicht gut.

Als hätte sie sich gegen mich verschworen, wandert meine Hand wie von selbst an seine Schulter. Ich habe keine andere Chance, als mich ihm hinzugeben. Er zieht mich näher. Erst vorsichtig, dann mit einem kräftigen Ruck. Unsere Körper prallen aufeinander. Das letzte bisschen Verstand in mir schaltet ab. Mein Bauch an seinem. Ein erster zögerlicher Schritt.

Und dann tanzen wir. So wie ich es wollte, als wir uns zum ersten Mal begegnet sind. Vor einer Woche, das war vor einer verdammten Woche. Und seitdem ist nichts mehr, wie es war.

Mein Kopf spielt *Just You and I* von *Tom Walker*. Ohne dass ich ihn darum gebeten habe. Er tut es einfach. Berauscht von der Unwirklichkeit des Moments lasse ich mich führen, spüre alles so furchtbar echt. Den Regen in meinem Nacken, die Gänsehaut, die ihm folgt, Janoschs warmen Körper an meinem. Ich schließe die Augen. Rieche feuchte Erde, klare Luft und atme sie ein, die von unserem Sommerregen gereinigte Nacht. Sie ist schwerelos und leer. Wie mein Kopf, als ich ihn an Janoschs Schulter sinken lasse. Meine Lider schließen sich von selbst. Ich lächele. Als hätte ich den Verstand verloren, lächele ich vor mich hin und drücke meine Wange an sein Schlüsselbein. Er spürt es, zieht mich enger an sich und hält mich so fest, wie ich noch nie gehalten wurde.

Gott, bitte lass mich nie wieder los.

Mein Herz explodiert. Zerspringt in tausend kleine Stücke, und mein Verstand tut es ihm gleich. Sein Kinn streift mein Ohr, seine Lippen in meinem Haar. Seine Brust hebt sich im Takt. Ich denke nicht mehr. Ein Schritt nach dem anderen. Als hätte ich nie etwas anderes getan.

Glatte Haut auf warmer Haut.

In diesem Moment sind wir echt.

Und das in all meinen Welten.

Kontrolle

Eigentlich warst du nur ein kleiner, mieser Dieb. Hast dich angeschlichen, nach meinem Herz gegriffen, es ein bisschen verbogen und zerquetscht und dich dann dazu entschieden, es ganz mit dir zu nehmen. Diese vier Monate mit dir waren wie eine Ewigkeit. Ein Überfall. Hinterhältig, alles ging so schnell, dass ich gar nicht reagieren konnte. Und als ich wieder fähig war, mich zu bewegen, warst du längst an einem anderen Ort.

Mein Blick zuckt ertappt in die Höhe. Carlo steht in der Tür zum Badezimmer, nur mit Boxershorts und diesem fordernden Gesichtsausdruck. Seine Lippen bewegen sich, doch sie tun es ohne Ton. Ich höre nur Ansel Elgort, der sich als *Thief* die Seele aus dem Leib singt. Seit *Das Schicksal ist ein mieser Verräter* liebe ich ihn, doch nachdem ich herausgefunden habe, dass er auch noch singen kann, vergöttere ich ihn nur noch mehr. Genervt reiße ich mir die Kopfhörer von den Ohren.

»Was ist?«

»Was hast du bitte mit deinen Sachen angestellt?«

»Siehst du doch.« Meine nasse Jeans tropft sicher noch vom Handtuchwärmer aus den ganzen Fliesenboden im Badezimmer voll. Zum Glück war Carlo nicht zu Hause, als ich klatschnass und völlig außer mir hier ankam. Auf seine Fragen konnte ich gut verzichten. »Bin in das Gewitter vorhin geraten.«

»Du warst draußen?« Carlos amüsierter Ton ärgert mich. Da unterbricht er mich nicht nur beim Schreiben, nein, er glaubt, sich auch noch über mich lustig machen zu müssen.

»Ich verstehe, dass das dein Vorstellungsvermögen übersteigt, aber ja, ich war draußen«, antworte ich schnippisch.

»Allein?«

»Kann dir doch egal sein.«

»Ist es aber nicht.«

Die Stimmung kippt. Ich habe es mal wieder geschafft. Oder er. Oder wir. Letztendlich spielt es keine Rolle.

»Also?«

»Wer bist du, mein Aufpasser?!«, fahre ich ihn an. »Ich kann mich nicht daran erinnern, dir jemals vorgeschrieben zu haben, wen *du* triffst.«

Carlos Miene friert ein. Natürlich hat er längst kapiert, wieso ich so empfindlich reagiere.

»Und? Hast du ihm wieder *vorgelesen*?«

Wut kocht in mir hoch, doch ich schaffe es, mich zu beherrschen. »Nein. Wir waren nur im Park.«

»Aha.«

»Ja, und du? Wo warst du?«, entgegne ich, nicht weil mich das interessiert, sondern weil ich schwach bin. Es ist ein Reflex. Zurückschlagen, die Situation zum Eskalieren bringen. Darin bin ich wirklich gut.

»Im Studio, weißt du doch.«

»Und mit wem?«

»Verflucht, Enya …«

»Ja, gleichfalls, Carlo! So fühlt sich das an.«

Sein gedehntes Seufzen erfüllt den Raum und klingt überraschend nachgiebig.

»Ich weiß, sorry.« Ich ziehe irritiert die Augenbrauen zusammen. Wo rührt sein plötzlicher Stimmungsumschwung her? »Ich will auch echt nicht so dumm eifersüchtig sein, Enya.« Betreten blinzelt er mit diesem Hundeblick in meine Richtung.

Oh nein …

Carlo weiß genau, wie er mich weichklopfen kann. Ich seufze mindestens so lang wie er gerade eben und ziehe dann die Beine in einen Schneidersitz, damit er neben mir Platz hat.

»Ich will auch nicht, dass du so dumm eifersüchtig bist«, gebe ich zurück. Es klingt fieser als erwartet, und weil ich schwach bin, strecke ich daraufhin entschuldigend die Hand nach Carlo aus. »Vor allem, weil du gar keinen Grund dazu hast.«

Wow, so dreist habe ich ihm schon lang nicht mehr ins Gesicht gelogen. Carlos Blick durchdringt mich, und ich muss all mein Überzeugungsvermögen zusammenkratzen, um ihn weiter glaubhaft anzuschauen. Seine Miene bleibt unbeweglich, und zum ersten Mal seit langer Zeit tue ich mich schwer, seine Gedanken einzuordnen. Eine steile Falte gräbt sich schließlich zwischen seine Augenbrauen, und mein Magen beginnt zu fallen. Zum zweiten Mal an diesem Abend.

»Ich würde dir einfach auch gerne so viel Begeisterung und Interesse für das alles entgegenbringen können wie dieser Typ«, sagt er und klingt plötzlich geknickt. »Das ist es, glaube ich. Versteh mich nicht falsch, ich bin unfassbar stolz auf dich, Baby. Wirklich. Auch wenn ich superschlecht darin bin, das in Worte zu fassen. Und noch schlechter darin, es dir zu zeigen.«

»Oh Carlo.« Ich sehe ihn an. Plötzlich fühle ich mich noch schlechter. »Das weiß ich doch. Und du hast dir immer Mühe gegeben, Interesse zu zeigen.« Wie ein Häufchen Elend sitzt er neben mir.

»Janosch hat uns zu Luca und seiner Einweihungsparty eingeladen. Er würde sich freuen, dich kennenzulernen.«

Carlo hebt überrascht den Kopf.

Ich beiße mir auf die Lippen. Als würde sich der Mann, mit dem ich heute zu der Musik in meinem Kopf im Regen getanzt habe, ernsthaft darüber freuen, meinen Freund kennenzulernen. Kein Blatt Papier hat mehr zwischen unsere nassen Körper gepasst. Obwohl Janosch und ich uns nicht geküsst haben, fühlt es sich wie ein Verrat an. Als wir klatschnass und stumm nebeneinander in der Bahn zurück in die Realität gefahren sind, habe ich mich gefühlt, als hätte ich gerade den besten Sex meines Lebens gehabt. Janoschs Leisten an meinem Becken. *Oh Gott.* Meine Gedanken tanzen noch immer. Seine Hand an meiner Hüfte. Ganz sanft und schwerelos und doch so stark, als wüsste er genau, was er will.

»Okay …« Carlo ist deutlich anzuhören, dass er eigentlich keine Lust hat, was mich nicht überrascht.

»Anouk kommt auch. Und Luca hast du auch schon ewig nicht mehr gesehen.«

»Ja, gut. Wann denn?«

»Nächsten Freitag.«

»Oh … Da sind wir doch essen mit den Jungs von *Universal.* Wegen der Auskopplung in Amerika, du weißt schon.«

Natürlich weiß ich schon. Reicht ja nicht, dass Carlo im deutschsprachigen Raum Rekorde bricht. Jetzt wollen sie ihn auch noch international groß rausbringen. Das Glück scheißt eben immer auf den dicksten Haufen.

»Vielleicht kannst du nachkommen?«, schlage ich vor. Hoffentlich hört er die Scheinheiligkeit aus meinem Vorschlag nicht heraus.

»Ich dachte, du begleitest mich.«

»Was soll ich denn da? Das ist doch dein Geschäftsessen.«

»Ja, schon. Ich dachte ja bloß … Ist ja auch für dich von Vorteil, die richtigen Leute kennenzulernen.«

Die richtigen Leute … Was nützen mir eingebildete Musikproduzenten, die einen Niemand wie mich nicht mit dem Allerwertesten anschauen?

»Wärst du sehr böse, wenn du ohne mich gehst? Ich habe es Janosch versprochen.«

Carlo setzt sein Märtyrer-Gesicht auf. »Dann habe ich wohl eh keine Chance mehr.«

»Du machst den Deal einfach klar und kommst nach! Dann feiern wir das richtig.«

»Da wird noch gar nichts klargemacht, das ist nur ein gegenseitiges Beschnuppern.«

»Sie werden dich lieben.«

»Na, wenn du das sagst.«

»Glaub mir.« Ich schlage die Beine übereinander. Was diesen Punkt betrifft, habe ich seit jeher recht behalten. Meine eigenen Karriereaussichten konnte ich nie auch nur annähernd realistisch einschätzen, doch wenigstens bei Carlo lag ich immer richtig. Auch diesmal wird das Schicksal seinen gewohnten Lauf nehmen. Er wird gewinnen, und ich gehe leer aus. Ich habe es im Gefühl.

Enya – 20:24 Uhr
Viel Glück, Baby, meine Daumen sind gedrückt. Sag Bescheid, falls du später noch vorbeikommst!

Ein cleverer Schachzug, Carlo diese Nachricht zu schicken, bevor ich zu Janosch aufbreche, nicht wahr? In der Tram fällt mir ein, dass ich etwas vergessen habe.

Enya – 20:33 Uhr
Kill them with kindness! Liebe dich <3

Jetzt klingt es besser. Der kleine gestrichelte Kreis neben meiner letzten Nachricht lädt. *Bloodstain* von *Wrabel* übertönt das herrische Geruckel der Bahn. Die Nachricht wird rot und rutscht zur Seite. Ein humorloses Lachen zuckt an meinen dunkelrot geschminkten Lippen. Vielleicht ist das ein Zeichen irgendeiner höheren Macht. Ich stecke das Handy weg. Und verfluche das blöde Wiener Handynetz.

Ihre Nachricht konnte nicht gesendet werden. Bitte versuchen Sie es später noch einmal.

Havana von *Camila Cabello*. Ich höre die laute Musik bereits auf der Straße vor Lucas WG und weiß plötzlich nicht mehr, ob ich wirklich in der Stimmung bin zu feiern. Enge Räume, fremde Leute, alle unerträglich gut drauf. Und ich mittendrin. Partys und Enya – das ist eine Beziehung für sich. Gehe ich nicht hin, bereue ich es. Gehe ich hin, bereue ich es auch. Heute stelle ich einen neuen Rekord auf: Ich erreiche den Punkt, an dem ich am liebsten wieder gehen möchte, noch bevor ich überhaupt da bin. Einzig der Gedanke, Janosch zu begegnen, hält mich davon ab, sofort wieder umzudrehen.

Im Treppenhaus riecht es nach guter Laune und Bier. Ekelhaft.

»Heeeey, Babe!« Eine angetrunkene Anouk reißt die Wohnungstür auf und stürzt sich auf mich. »Du siehst so heiß aus!«

Ich ringe mir ein Lachen ab, das auf Außenstehende unter Umständen selbstbewusst und entspannt wirken könnte. »Alles gut?«

»Du brauchst was zu trinken, komm!«

Anouk kennt mich. Um das hier zu ertragen, brauche ich wirklich etwas zu trinken. Aber der Reihe nach.

»Lass mich erst mal unseren Gastgebern Hallo sagen«, beschwichtige ich Anouk, doch sie hat mich bereits am Handgelenk gepackt.

»Die wirst du schon noch schnell genug finden.« Anouk lässt mir keine Zeit für eine Antwort und zieht mich entschlossen mit sich. Ich stolpere ihr ein paar Schritte hinterher, vorbei an fremden Menschen und solchen, die es auch nach Jahren der Bekanntschaft noch sind. Ich verteile aufgesetzte Lächeln und überraschte Heys, ehe ich jemandem links von mir nicht mehr ausweichen kann und ins Straucheln gerate. Zwei starke Hände packen mich, und Anouk lässt mich los.

»Hoppla! Lass sie doch erst mal richtig ankommen.«

Diese Stimme würde ich unter Tausenden erkennen. Janoschs Hände erinnern mich ans Tanzen. Gott, er sieht so gut aus in diesem hellblauen Hemd. Als könnte ihn kein Wässerchen trüben.

Ich starre in sein vollkommenes Gesicht, während er mich einfach nur ansieht und schließlich lächelnd ein Hi murmelt, das bei all den Stimmen und der lauten Musik beinahe untergeht.

»Dass du immer im Weg stehen musst!«

Der kleine magische Moment wird von Anouk brutal beendet. Dafür, dass sie Janosch erst seit diesem Abend kennt, ist sie schon ziemlich direkt. Einer der Gründe, weshalb ich sie so liebe.

Janosch spielt sofort mit. »Irgendwie musste ich es ja schaffen, dir deinen Schatten zu klauen.«

»Mein Baby gehört zu mir!« Anouk hält einen Moment inne. »Oh, wartet, das hat schon mal jemand gesagt.«

»Ja, Johnny.«

»Wer ist Johnny?«

»Johnny Castle, *Dirty Dancing*?«, helfe ich ihr auf die Sprünge. Anouk quietscht erfreut auf. Ich schaue wissend zu Janosch. Für die Uhrzeit ist sie mir schon deutlich zu betrunken. Ein paar Meter weiter sichte ich ihren Freund Marc, der sich gerade einen Weg zu uns bahnt.

»Hey«, murmele ich, während wir uns mit Küsschen begrüßen. »Besorg deinem Herzblatt lieber mal ein Glas Wasser.«

Marc lacht nur, ehe er unter Anouks liebevoller Umarmung ins Straucheln gerät. Er zieht sie mit sich, und dann sind da für einen Moment nur noch Janosch und ich. Inmitten Dutzender Menschen und lauter Musik, die ich plötzlich kaum noch höre.

»Geht's dir gut?«

Ich erschaudere unter Janoschs Lippen, die meine Wange streifen, spüre seine Hände an meiner Taille und wünschte, er würde sie einfach dort liegen lassen. Er tut mir den Gefallen, zumindest so lange, bis ich ihm antworte.

Ich nicke nur, meine Lippen möchten nicht mehr funktionieren. Es genügt mir völlig, hier vor ihm zu stehen und ihn anzusehen.

»Konnte Carlo nicht?«

Bei seinem Namen erwache ich wieder zum Leben.

»Er kommt vielleicht nach. Danke noch mal für die Einladung.«

»Sehr gern. Schön, dass du hier bist.«

Ich muss lächeln und erinnere mich an etwas. »Ich habe noch was für dich.« Ich greife nach meiner Tasche und fische das schmale Päckchen heraus. Freudestrahlend halte ich es Janosch hin. »Ein kleines Mitbringsel und Willkommensgeschenk.«

»Was ist das?« Janoschs Finger schließen sich ums Papier.

»Mach es auf, dann siehst du es schon.«

Janosch starrt einen Moment beinahe unschlüssig auf das Geschenk, dann hebt er den Kopf.

»Okay, komm. Du brauchst was zu trinken und ich mal kurz meine Ruhe.«

Ich folge ihm grinsend. Die Küche ist tatsächlich angenehm

leer. Janosch lehnt sich gegen die Theke. Auf einmal wirkt er gestresst, irgendwie überfordert und nervös. Ich frage mich, ob er einfach nicht gern Gastgeber ist. Das wäre eine weitere Gemeinsamkeit zwischen uns.

Er scheint sich wieder an das Päckchen in seinen Händen zu erinnern.

»Jetzt mach schon auf!«, verlange ich und beobachte gespannt, wie er das weiß-gold gesprenkelte Papier zerreißt. Hoffentlich gefällt es ihm. Ich stand vorgestern eine halbe Ewigkeit vor der Auslage im *PHIL*, nur um mich dann dafür zu entscheiden, was mir zuallererst ins Auge gesprungen ist. Mein Lächeln erstirbt langsam, als Janosch das Büchlein ausdruckslos anstarrt und noch immer nichts sagt.

»Was ist das?«

»Ein Notizbuch. Damit du noch mal versuchen kannst, deine Gedanken aufzuschreiben.«

Vorhin war ich mir noch so sicher, mit dieser Idee ins Schwarze zu treffen. Jetzt fühlt sie sich lächerlich, fast überheblich an.

»Oh, das ist …« Janosch wirkt nun noch eine Spur hilfloser.

Ich schlucke. »Gefällt es dir nicht?«

»Doch! Doch, mega sogar.« Er zögert einen Augenblick und scheint sich zu sammeln. Er atmet durch. »Ich weiß, um ehrlich zu sein, nur noch nicht, wie ich das anstellen soll.«

Meine flatternden Nerven beruhigen sich wieder etwas. »Versprich mir, dass du es versuchst.«

»Soll ich dir dann vorlesen?« Endlich grinst er wieder. Und mir fällt ein kleiner Stein vom Herzen. Es gefällt ihm doch.

»Du hast es durchschaut.«

»Danke, Bambi.«

»Nicht der Rede wert. Und jetzt lass uns trinken.«

Janosch deutet in Richtung der improvisierten Bar auf der Arbeitsplatte. »Wir haben alles, was das Herz begehrt. Luca hat ein bisschen übertrieben.«

Ich lache. »Seine größte Sorge auf Partys war schon immer, dass seine Gäste nicht betrunken genug sein würden.« Nachdenklich lasse ich meinen Blick über die Dutzenden Flaschen und Gläser wandern. »Oh, geil! Gin.«

»Du trinkst Gin?«

»Natürlich trinke ich Gin.«

»Gut, dein Wunsch ist mir Befehl.« Janosch greift nach der Flasche Monkey und einem bauchigen Weinglas.

»Ohne Tonic bitte!«

»Was?« Jetzt lacht er. »Das hätte ich dir gar nicht zugetraut, Bambi.«

»Normalerweise starte ich mit weißem Spritzer. Aber heute muss ich möglichst schnell betrunken werden.«

»So schlimm?«

»Es war ein harter Kampf, nicht doch mit Elliott und Lynn zu Hause auf der Couch zu chillen, sondern mir etwas Anständiges anzuziehen und herzufahren.«

»Das rechne ich dir wirklich hoch an.«

»Das erwarte ich auch. Du warst der einzige Grund, warum ich mich überwunden habe.«

Einen kurzen Moment herrscht Stille. Mein dummer Mund war mal wieder schneller als mein Kopf. Kurz befürchte ich, die Stimmung könnte kippen, dann zuckt ein Grinsen an Janoschs Mundwinkeln. Plötzlich bin ich wirklich froh, dass Carlo heute nicht hier ist.

»Also Gin ohne Tonic.«

Ich nicke.

»Eis?«

»Alles, nur kein Tonic.«

»Gut.«

Das niedrige Glas aus geschliffenem Kristall gefällt mir schon besser. Ich beobachte jeden von Janoschs Handgriffen, die so routiniert wirken, als könne er auch im Schlaf Drinks mixen.

»Trinkst du einen mit?«

»Ich trinke nicht.«

Einen Moment lang starre ich ihn an.

»Wie jetzt? Also wirklich gar nicht?!«, frage ich ungläubig.

»Nein, tatsächlich gar nicht.«

»Wie ist das möglich? Wie erträgst du Abende wie diesen?«

»Ich bin Masochist.« Er lacht. Und ich brauche einen Moment, bis ich den Witz kapiert habe. »Nein … Ich habe einfach lieber die Kontrolle über alles.«

»Das kannst du doch auch mit Alkohol.«

Janosch hebt vielsagend eine Braue. »Ich frage dich in einer Stunde noch mal, Bambi.«

»Aber wirklich so gar nicht gar nicht?«

»Es kommt drauf an.« Er stockt. »Mit wem und wo.«

»Jetzt bist du ja mit mir und hier. Also beste Voraussetzung für einen guten Abend.«

Ich schiebe ihm ein weiteres Glas zu.

»Enya, ich möchte wirklich nicht …«

»Nüchtern ist das alles kaum zu ertragen.«

Er seufzt, doch sein Grinsen verrät ihn.

»Na, also damit kommen wir ja nirgends hin.« Ich trete einen Schritt näher an ihn heran und nehme ihm kurzerhand die dunkelbraune Flasche ab. Für einen Wimpernschlag berühren sich unsere Finger. Mich durchfährt ein kleiner Blitzschlag, doch ich versuche mir nichts anmerken zu lassen. Stattdessen kippe ich kräftig nach. Die Eiswürfel klirren metallisch, als ich mein Glas hebe und ihm seines auffordernd entgegenhalte.

»Dann … auf uns.« Ich suche seinen Blick. Es dauert kurz, bis er zu verstehen scheint, was ich von ihm will. Doch dann nimmt er das Glas, und wir stoßen an.

»Auf uns, Bambi. Und auf dass ich diese Entscheidung nicht bereue.«

Blind

»Gott, Luca, du hast sie doch nicht mehr alle!«, japse ich, als er mit einer weiteren Runde Kurze auf uns zusteuert. Ohne es überhaupt zu merken, klammere ich mich an Janoschs Arm, ich habe jetzt schon Mühe, aufrecht stehen zu bleiben. *Had Some Drinks* von *Two Feet* dröhnt aus den Boxen. Inzwischen ein paar zu viele, wenn ich ehrlich bin.

»Eine Runde geht sich noch aus, Schneewittchen!«

Noch bevor ich ablehnen kann, verteilt Luca die kleinen Gläser. Wir kippen den nächsten Tequila, ich verziehe das Gesicht, kneife die Augen zusammen und schüttele mich. Als ich sie wieder öffne, schwankt meine Umgebung. Ich spüre eine Hand am Rücken. Wie automatisch lasse ich mich gegen sie sinken.

Janosch sieht mich an, sagt etwas, doch ich verstehe ihn nicht. Die Musik dröhnt in meinen Ohren, die Party steht kurz vor ihrem atemberaubenden Höhepunkt. Ich frage mich, wie in dieser Wohnung überhaupt so viele Menschen Platz finden. Und wer sie alle sind.

Janosch kommt näher. Sein Atem kitzelt mein Ohr. Ich verstehe trotzdem nur die Hälfte.

»… kurz raus …?«

Leichtfertig nicke ich. Alles, was er will. Solange er nur meine Hand nicht mehr loslässt. Wir bahnen uns einen Weg durch die tanzenden und eng umschlungenen Körper. Schweiß, Rausch und Euphorie liegen in der Luft. Was für ein Abend.

Ich höre wie durch Watte, als wir nach draußen ins Treppenhaus treten. Ein paar Raucher kommen uns von unten entgegen. Ich kenne sie nicht, und auch Janosch scheint sich nicht sonderlich für sie zu interessieren. Ich lasse mich von ihm nach unten bis vor die Haustür ziehen, schließe die Augen, als mich ein Schwall kalter Nachtluft trifft, und atme tief durch. Auf einen Schlag fühle ich mich wieder etwas nüchterner.

»Das tut gut …«, murmele ich und blinzele zur Seite. Janosch hat sich neben mir mit dem Rücken an die Wand gelehnt.

»Eindeutig zu viele Menschen für meine Verhältnisse«, stöhnt er und schließt ebenfalls die Augen. Ich muss lächeln und kann den Blick nicht mehr abwenden. Das Licht der Straßenlaternen fällt zur Hälfte auf sein Gesicht und lässt es noch markanter aussehen. Ich möchte die Hand heben und es berühren. Der Alkohol erlaubt es mir, und Janosch erstarrt. Mit dem Daumen streiche ich über seine Wange. Ich bin ihm plötzlich viel zu nah.

Was tue ich nur? Er scheint sich dasselbe zu fragen, sein Blick liegt beinahe erschrocken auf meinem Gesicht, dann gehorchen auch ihm die Hände nicht mehr. Beinahe grob zieht er mich an sich, fast noch enger als vor ein paar Tagen im Regen. Ich treffe auf seinen Körper, fühle ihn fest und gleichzeitig so weich und warm an meiner verschwitzten Haut.

»So viele Menschen, und trotzdem bist da nur du.«

Ich starre auf seine Lippen, die sich bewegt haben, doch verstanden habe ich kein Wort. Will nur, dass er es endlich tut. Und dann schmecke ich nur noch Gin. Janosch und das Gefühl von Freiheit. Regennächte, Sonnenuntergang. Meine Finger graben sich in seinen Oberarm, seine in mein Haar. Ich presse mein Becken gegen seins, spüre etwas gegen meinen Schritt drücken, will nach Luft schnappen, doch Janoschs Lippen verhindern es. Seine Zunge nutzt die Gelegenheit, findet meine und raubt mir den Verstand. Die Beine drohen unter mir nachzugeben, meine Lider schließen sich von selbst. Unser Atem geht schneller, im selben Takt, und wir küssen uns, immer und immer wieder, bis ich davon überzeugt bin, dass wir nie wieder damit aufhören können. Ich greife in seinen Nacken, spüre die harten Muskeln unter meinen Fingern, dann seine Haare, und will ihn überall berühren, jetzt sofort.

Noch nie hat mich ein einziger Kuss so aus dem Konzept gebracht.

Dann löst er sich für den Bruchteil einer Sekunde von mir, und ich starre in sein Gesicht. Unsere Umgebung kehrt zurück. Eine dreckige dunkle Straße im achten Bezirk, zwei junge Menschen an eine marode Hausfassade gedrängt, betrunken, ungehalten. Das sind wir.

Schlagartig stürzt das alles auf mich ein. Ich weiche einen Schritt zurück.

Habe ich ihn gerade wirklich geküsst, als würde mein Leben davon abhängen?

Erschrocken starre ich Janosch an, und er starrt mindestens genauso schockiert zurück. Als hätten wir es nicht gleichermaßen gewollt. Und geahnt. Jetzt ist es passiert.

»Ich …«, stottere ich, unfähig, einen klaren Gedanken zu fassen. »Das geht nicht, das ist falsch.«

»Enya.« Seine Hände schließen sich fester um mich, als ich mich von ihm lösen will. Alles in mir sehnt sich danach, dass er weitermacht. Doch mein Gehirn schaltet auf Schockzustand.

»Ich kann das nicht!« Plötzlich schreie ich. »Hör auf damit! Hör auf, mich so anzusehen, so glücklich zu machen. Das darfst du nicht! Wenn Carlo das mitkriegt!«

»Scheiß auf Carlo, verdammt.«

Er packt mich fester. Ein Teil von mir will es. Ein anderer geht in Flammen auf.

»Janosch.« Die Tränen ersticken meine Stimme. »Hör auf.«

Ich stehe vor ihm, reg- und fassungslos. Wie konnte ich nur von einer auf die andere Sekunde meine Meinung ändern? Gerade noch war er alles, was ich wollte. Jetzt macht mir seine Nähe Angst. Diese Augen, die mich Dinge tun lassen, die ich noch im selben Moment bereue. Seit ich ihn kenne, bin ich nicht mehr ich selbst. Er hat mich zu einer anderen, einer besseren Version von mir selbst gemacht. Zumindest dachte ich das. Jetzt weiß ich es besser.

Er lässt mich los.

»Ich wollte nicht …«

»Das geht nicht, du kannst dich nicht einfach in mein Leben drängen und erwarten, dass es nichts mit mir macht!« Warum schreie ich? Als würde das nun noch irgendetwas ändern. Meine Lippen brennen wie Feuer. Sie wollen zurück zu seinen. Doch das letzte bisschen Verstand in mir zwingt mich, zurückzuweichen. Ich drehe mich um, wenigstens begreifen meine Beine, was ich von ihnen will.

»Enya!«

Ich reiße den Blick los, kann ihn nicht ansehen. Ich würde wieder schwach werden.

»Warte, bitte! Es tut mir leid, wenn ich …«

»Lass mich, lass mich einfach in Frieden! Du machst alles nur schlimmer!« Die bis eben mühsam zurückgehaltenen Tränen ersticken nun meine Stimme. Blind durch den Tränenschleier laufe ich über die Straße. Und er mir nach, ohne die Scheinwerfer zu beachten, die rasend schnell näher kommen. Er sieht sie nicht oder will sie nicht sehen, was weiß ich. Ich sehe sie. Und dann schreie ich.

Quietschende Reifen, wütendes Hupen. Herzstillstand. Vier Schläge lang setzt es aus. Mindestens.

»Janosch!« Meine Welt bleibt stehen. Ich warte auf den Knall.

Die Fahrertür wird aufgerissen, ich kann mich nicht bewegen. Kann nicht atmen, kann nur starren. Längst zittere ich am ganzen Körper.

»Junge, bist du von allen guten Geistern verlassen?!«

Die entsetzte Stimme des Fahrers reißt mich aus meiner Reglosigkeit. Ihn nicht. Er steht. Er steht noch immer da, als wäre er festgefroren. Keine Handbreit dürfte mehr zwischen seine Knie und den Kühler des Jeeps passen. Selbst bis hierher sehe ich das Zittern, das seinen gesamten Körper beherrscht. Aber er steht.

»Hast du dir was getan?«

Der Mann fasst ihn bei der Schulter. Janosch reagiert nicht.

»Schau mich an, ist alles okay?«

Als wäre er eben erst zurück zum Leben erwacht, weicht Janosch zurück. Panik liegt in seinem Gesicht.

»Ja«, sagt er.

»Janosch.« Ich greife nach seinem Arm. In meinem Kopf überschlagen sich die Worte, aber ich bringe nichts weiter heraus.

»Aufpassen, verdammt. Das ist hier keine Spielstraße!«, fährt uns der Fahrer an.

Janosch bebt unter meinen Fingern.

»Komm von der verdammten Straße runter!« Ich ziehe ihn mit mir. Wut kocht in mir hoch und vermischt sich mit dem Schock. Mein Herz rast noch immer. Der Wagen fährt wieder an. Er sagt noch immer kein Wort.

Ich packe ihn an beiden Schultern, weil ich festhalten muss, was ich da eben fast verloren hätte. »Janosch, Himmel, bist du blind?! Was ist dein verdammtes Problem, du kannst doch nicht einfach …«

»Ja.« Seine Stimme klingt nüchtern. Viel zu beherrscht. Sie trifft mich wie ein Faustschlag. Sie wird lauter. »Ja, verdammt! Ja, ich *bin* blind, und genau das ist mein Problem, wenn du es genau wissen willst.«

Ich lasse ihn los. Habe kein Wort von dem verstanden, was er gerade gesagt hat. Kein Wort und doch jedes zwischen den Zeilen. Ich kann nicht mehr sprechen. Ein Teil von mir hat nichts begriffen, ein anderer wusste es längst.

»Ich wollte es dir sagen, okay? Aber ich habe den richtigen Moment verpasst. Ich kann dich nicht sehen, Enya. Ich sehe fünf Prozent von dem, was du siehst!«

Das Blut in meinen Ohren rauscht.

»Das meinst du nicht ernst.« Alles passiert wie im Film. Viel zu langsam, viel zu schnell. Jeder Atemzug tut weh. Die Wahrheit tut weh. Meine Dummheit tut weh.

Er ist blind.

»Es tut mir leid.«

Nein. Nein, jetzt kann er nicht auch noch derjenige sein, der sich entschuldigt. So läuft das nicht. Er wäre gerade fast gestorben. Mir wird alles zu viel. Ich kann ihn nicht mehr ansehen. Er hat mich nicht einmal gesehen. Er hat mich nicht *ein Mal* gesehen.

Himmel …

Mir entfährt ein unkontrolliertes Schluchzen. Janoschs Gesichtsausdruck verändert sich. Er wirkt so unerträglich hilflos.

Ich drehe mich um, und dann renne ich. Renne weg von ihm und den Lügen. Den Fehlern und meiner grenzenlosen Ignoranz.

Blind.

Das waren wir wohl beide.

Im Auge des Sturms

Janosch

Vor meinen Augen tanzen Sterne. Ich kann sie sehen. So deutlich wie lang nichts mehr. Sie tanzen im Scheinwerferlicht. Ich greife nach irgendetwas, das mich hält. Meine Finger schürfen über den rauen Verputz der Wand. Das Treppenhaus ist kalt.

Verdammt. *Verdammt!*

Wie konnte das nur passieren?

Meine Augen werden feucht. Also sind sie doch noch zu irgendetwas gut. Erstaunlich.

Etwas Warmes rinnt über meinen Handrücken. Um das Blut zu schmecken, müsste ich die Hand gar nicht erst heben, aber ich tue es trotzdem. Metallisch legt sich der Geschmack auf meine pelzige Zunge. All meine Sinne sind betäubt. Ich weiß nicht, ob vom Alkohol oder von Enya.

Ihre Lippen. Sie lösten ein Feuerwerk in meinem Kopf aus. Noch nie habe ich so viel gespürt. So viel auf einmal. Sie, mit jeder Faser meines Körpers. Es war ein Fehler.

Das Adrenalin rauscht noch immer durch meinen Körper. Meine Brust ist zu eng zum Atmen. Ich wäre um ein Haar überfahren worden. Doch das ist nicht das Schlimmste. Wie konnte ich Enya erst küssen und dann damit konfrontieren, was ich ihr in einem ruhigen Moment schonend und ganz vorsichtig beibringen wollte? Jetzt ist es raus.

»Alter!«

Ich höre Luca die Treppe hinunterpoltern. Er hat es beobachtet. Ich weiß es, bevor er auch nur ein weiteres Wort gesagt hat.

»Bist du okay?« Ich werde an den Schultern gepackt. »Was war das denn eben da draußen? Ich hab nur dieses Auto bremsen gehört und … Scheiße, Mann!«

Regungslos verharre ich zwischen seinen Händen. Zwischen unseren Welten. Enyas und meiner. Mein Herz rast noch immer.

»Janosch!«

Ein Piepen. Laut wie ein Pfeil schießt es quer durch meinen Kopf. Ich presse die Augen zusammen und senke den Kopf. Ein unangenehmer Schwindel packt mich.

»Schau mich an!« Seine Stimme verschwimmt.

Ich kann nicht, ich kann doch nicht, verdammt! Ich will schreien, doch mein Körper gehört nicht länger zu mir. Watte legt sich auf meine Ohren und hüllt mich ein, wie ein Kissen, das mich ersticken will. Ich will mich wehren, doch ich kann nicht. Lucas Griff wird fester, ich schwanke. »Was ist los?«

Ich weiß es nicht. *Ich weiß es nicht.*

Aber es macht mir Angst. Höllische Angst.

»Was brauchst du, Mann, sag mir einfach, was du brauchst!« Seine Stimme erklingt von irgendwo ganz weit weg. Durch zehn Schichten Watte, nur noch leere Frequenzen, dumpfe Signale.

Ich werde geschüttelt.

»Enya … Verdammt, ich brauch Enya.« Ich flüstere es fast.

Mehr dieser undefinierbaren Laute dringen zu mir durch. Die Watte wird dichter und das Piepen lauter. Es wird zu einem einzigen hohen Ton, zerschneidet etwas hinter meiner Stirn und trifft mich tief im Kopf.

»Ich hör nix …« Nur meine eigene zitternde Stimme. »Luca, ich hör nichts mehr.«

Die Hände an meinen Schultern lassen locker.

Nein!

Ich mache einen panischen Schritt nach vorn. Ohne Luca bin ich verloren. Er kann jetzt nicht weggehen und mich allein lassen. In dieser Dunkelheit, die nun auch noch still ist.

Die Hände packen wieder zu. Ich werde nach vorn gezogen und stolpere gegen einen Körper. Das Dröhnen zieht mich tiefer. Ich muss hier weg, sofort. Raus, muss atmen. Panik keimt in mir auf, so beißend und echt, dass ich für einen Moment nicht mehr weiß, wie ich weiter Luft holen soll.

»Nein!« Ich winde mich unter dem Griff, doch die Hände sind zu stark, sie halten mich so mühelos fest, dass es mich wütend macht. Wütend und hilflos zugleich. Ein verzweifeltes Schluchzen bricht aus meiner Kehle.

»Nein! Luca, bitte!«

Das Chaos in meinem Kopf verschwimmt zu einer grauen Einheit.

Eine wahnsinnige Ohnmacht überkommt mich und mit ihr die grenzenlose Erschöpfung. Mit einem Mal verstummt der tosende Orkan um mich herum. Zwei Atemzüge, drei. Im Auge des Sturms ist es still.

Enya

Ich renne.

Renne schneller, als ich überhaupt kann. Schneller, als mich meine Beine tragen. Doch das spielt keine Rolle mehr.

Meine Brust zerreißt. Sie ist zu eng zum Atmen. Das Herz schlägt gegen meine Rippen wie ein wild gewordenes Tier. Es will aus seinem Käfig. Es tobt. Schreit und weint. Immerhin regt es sich noch.

Blind.

Ich. Ich war so unfassbar blind. Nur ich, nur nur ich, die ganze Zeit. Himmel, wie konnte ich es nicht bemerkt haben? Ich hab ihn doch gesehen! Die ganze Zeit, nur übersehen, durch ihn durchgesehen, das gesehen, was ich sehen wollte. Ohne es überhaupt zu bemerken.

Mir geht die Luft aus. Vor meinen Augen tanzen Sterne. Ob er die wohl auch nicht sehen kann? Mein trockener Mund will keinen Atem mehr holen. Ein pfeifendes Geräusch verlässt meine Kehle. Eine undefinierbare Mischung aus Keuchen und Schluchzen. Es ist die Schuld. Sie frisst mich auf. Die Knie drohen unter mir nachzugeben. Ich presse die Handballen gegen die Oberschenkel, sie rutschen ab an der feuchten Haut, die Fingernägel krallen sich in ihr fest. Meine langen Haare fallen mir ins Gesicht und bleiben an meiner nassen Stirn kleben.

Ich habe alles kaputt gemacht. Erst Carlo, dann Janosch, dann mich selbst. Mein ganzer Körper zittert.

Panik kriecht in mir hoch. Sie überrollt mich von innen wie eine Flutwelle. Atmen. Einfach atmen.

Tränen rinnen mir übers Gesicht und vermischen sich mit dem Schweiß und der Schuld. Nur eine Sekunde später, und er wäre tot gewesen. *Tot!* Ich sehe dieses kreidebleiche Gesicht vor mir, fassungslos, eingefroren vor meinem inneren Auge. Ich habe alles falsch gemacht. *Alles.*

Und ich würde es sofort wieder tun.

Ich weiß nicht, wie weit ich gelaufen bin. Meinem rasenden Herz zufolge weit. Sehr weit. So kopflos und wirr, wie ich mich fühle, erschien mir Laufen das einzig Vernünftige zu sein.

Dank der Nacht bin ich frei. Mitten in Wien bin ich klein. Aber meine Fehler sind es nicht. Sie sind noch immer von überwältigender Größe.

Ich hätte gar nicht erst zulassen dürfen, dass Janosch und ich uns näherkommen. Niemals hätte ich ihm vorlesen dürfen, und als er zu mir ins Café gekommen ist, wäre es das einzig Vernünftige gewesen, ihn freundlich, aber bestimmt abzuweisen. Stattdessen ließ ich mich locken. Von seiner Aufmerksamkeit und ein bisschen trügerischer Sicherheit. Es tat gut, seinem Drängen nachzugeben, mich vor ihm auszubreiten, mit all meinen Gedanken und Gefühlen. Doch mit jedem Wort, das ich las, rückte der Abgrund näher. Und mit jedem Wort, das er verstand, wurde er tiefer. Dann habe ich uns hineingestoßen. Erst ihn, dann mich. Jetzt fallen wir.

Meine Hosentasche vibriert und reißt mich zurück ins Hier und Jetzt. Schwüle Nacht, klebrige Haut. Das Handy …

Luca ruft an.

Am liebsten würde ich es einfach vor mir auf den Asphalt schmettern. Hat er etwas mitbekommen? Hoffentlich, hoffentlich nicht. Wenn er unseren Kuss gesehen hat … Keiner darf es wissen! Niemand. Vor allem nicht Carlo.

Ich drücke Luca weg. Er probiert es wieder.

Mein Gott! Könnt ihr mich einfach alle mal in Ruhe lassen! Ist das wirklich zu viel verlangt?

Das Display wird für ein paar Sekunden dunkel, nur um dann wieder aufzuleuchten. Im Sekundentakt rutscht Nachricht um Nachricht auf den Sperrbildschirm. Viele kleine grüne Kästchen. Ich will sie nicht lesen, doch meine Augen haben sie längst erfasst. Und von innen packt mich eine lähmende Kälte.

Luca – 01:07 Uhr
Enya
Drück mich nicht weg, verdammt!

Wir sind im Krankenhaus.
Kannst du kommen?
Bitte.
Es ist Janosch, er hört nichts mehr.
Ich hab euch gesehen … da unten.
Verfluchte Scheiße, bitte komm, es ist ernst!

Mit jeder weiteren Zeile wird meine Brust enger. Was soll das heißen, er hört nichts mehr? Wegen dieses Beinahe-Unfalls?

Reglos starre ich auf das Handy zwischen meinen zitternden Fingern.

Enya!!

Natürlich sieht er, dass ich lese.

Luca ruft an.

Tränen steigen mir in die Augen. Alles ist so surreal. Das Knacken in der Leitung, der Lärm im Hintergrund, der keine Party mehr wiedergibt, sondern Krankenhaushektik. Mir wird schlecht.

»Enya, verdammt!«

Ich kann nichts sagen.

»Bist du dran?«

Ich nicke.

»Hast du's gelesen?«

Ich nicke wieder, ohne daran zu denken, dass Luca das nicht sehen kann. Endlich finde ich die Sprache wieder.

»Wo seid ihr?«

»Im AKH.«

»Ich komme.«

Fünf Prozent

Janosch

Die Welt ohne Ton macht mir Angst. Jede verdammte Berührung macht mir Angst, weil sie alles bedeuten könnte. Sie sind überall. Hände, die nach mir greifen, mich anfassen, gegen meinen Willen festhalten. Sie legen sich beruhigend auf meine Schultern, um mich dann nach hinten zu drücken. Ich spüre hartes Plastik im Nacken und atme schwer. Rieche Krankenhaus, Desinfektionsmittel.

Sie wollen dir nur helfen. Sie wollen dir nur helfen …

Das Licht wird greller. Schemenhaft erkenne ich Silhouetten, die sich über mich beugen. Sie tragen Weiß. Da, wo ihre Köpfe sein müssten, wird das Licht greller. Es ist alles, was ich erkenne. Sie drehen meinen Kopf zur Seite, wahrscheinlich schauen sie meine Ohren an. Doch sie werden nichts finden, keine Erklärung, so wie damals. Sie werden sagen, es tut uns leid, aber wir wissen nicht weiter. Und diesmal werde ich es nicht mal hören.

Das Piepsen macht mich wahnsinnig. Es dröhnt wie Sirenen in meinem Kopf und füllt ihn aus. Endlosschleife. Ich presse die Lider aufeinander.

Sie greifen nach meiner Hand, drehen sie um, strecken meinen Arm. In der Armbeuge wird es feucht. Scharfer, alkoholischer Geruch. Ich spanne mich an. Nein! Noch bevor ich die andere Hand heben kann, wird auch sie festgehalten. Ich will mich wehren, doch ich kann nicht. Ein Stich, etwas schiebt sich unter meine Haut. Es tut nicht weh, doch ertragen kann ich es trotzdem nicht.

Mein Arm beginnt zu brennen. Von der Hand aus schleicht sich diese sanfte Wärme beängstigend schnell in Richtung Körpermitte, sie hüllt mich ein und beruhigt mich.

Etwas Kühles wird vor mein Gesicht gehalten. Fahrig gleitet mein Blick die undefinierbaren Schatten entlang. Jetzt liegt eine Hand auf meiner Brust. So als wollte man mir erklären, wie man richtig atmet. Doch ich kann nicht. Müdigkeit schwappt über mich, erstickt meine Panik im Keim.

Meine Lider fallen zu.

Die Muskeln wollen mir nicht mehr gehorchen, sie lassen mich im Stich, als hätten sie nie zu mir gehört. Das Kreischen in meinen Gedanken jedoch bleibt. Für immer, vielleicht für immer. Bitte nicht für immer.

Ein betäubender Schwindel packt mich. Ich verliere das Gefühl in den Fingern.

Und falle fort.

Enya

Sie sagen, ich darf nicht zu ihm, er braucht Ruhe. Ruhe, die hat er doch verdammt noch mal, wenn er wirklich nichts mehr hört. Ob der Zusammenstoß Schuld hat, wollte ich unter Tränen wissen. Nein, haben sie gesagt. Nein, aber sie kennen trotzdem keine Ursache. Vermutlich ein Hörsturz, hoffentlich vorübergehend. Sie haben ein Bild von Janoschs Kopf gemacht, aber nichts gefunden. Weil er dazu ruhig liegen musste und das nicht verstanden hat, mussten sie ihm etwas zum Schlafen geben, vermutlich ist er noch nicht wieder richtig wach.

Es ist mir egal, es ist mir alles so scheißegal, solange ich einfach nur zu ihm darf. Meine Schreie auf dem leeren Krankenhausflur müssen sie letztendlich doch überzeugt haben. Ich stehe völlig neben mir, als sie mich endlich zu seinem Zimmer bringen.

Fünf Minuten und keine länger.

Ich nicke, und dann lassen sie mich mit ihm allein. Nachdem ich die Tür hinter mir geschlossen habe, verharre ich regungslos und sehe ihn nur an. Dann erinnere ich mich an die kostbare Zeit und wie sie zwischen meinen Fingern zerrinnt wie feiner weißer Sand aus gläsernen Uhren. Der Kloß in meiner Brust wächst mit jedem Schritt, den ich mich ihm nähere. Er ist blass, liegt auf der Seite, die Beine angezogen. So wie ich liege, wenn ich mies geträumt habe. Es gibt keinen Stuhl, also sinke ich auf die Bettkante. Kaum habe ich das Laken berührt, da zuckt er bereits panisch zusammen und schlägt die Augen auf, nur um nichts zu sehen, wie ich jetzt ja weiß. Es ist völlig absurd. Er sieht mich nicht. Ich kann nicht verstehen, dass er es nie zuvor getan hat.

Sein ganzer Körper spannt sich an.

»Janosch?«

Auf meine Stimme reagiert er nicht, auf meine Berührung schon. Erst macht sie alles schlimmer, dann lege ich die Hand an seine Wange und fange sein Gesicht auf, wie damals während seines Sommernachtstraums.

Er erinnert sich. Er erkennt meine Haut auf seiner. Seine angespannten Muskeln lassen wieder locker, seine Lider werden schwer. Ich weiß nicht, was sie ihm gegeben haben, aber es scheint stark zu sein.

»Janosch, hey …« Ich streichele über seine Haut. »Ich bin's, Enya.«

»Ich hör dich nicht …« Seine Stimme klingt fremd. Doch er weiß, dass ich da bin. Ein paar Sekunden lang sehe ich ihn ratlos an, doch dann greife ich entschlossen nach seiner Hand. Ein durchsichtiger Schlauch führt zu seiner Armbeuge. Ich drehe mir seine Handfläche entgegen. Und dann schreibe ich die Buchstaben für ihn. So wie Elliott an Lynn.

O - K ?

Janosch liegt angespannt da. Er hat die Augen geschlossen, vielleicht um keines meiner Zeichen zu verpassen. Ich ziehe den Schwung vom K, und er öffnet sie wieder. Seine Mimik zeigt mir, er hat mich verstanden. Ich schließe die Hand fester um seine. Dann schreibe ich das Fragezeigen. Er braucht einen Moment, um zu begreifen, dann nickt er und tastet nach meiner Hand.

O - K

Kurz überlege ich, es zu schreiben. Eigentlich ist es nicht mehr nötig. Ich tue es trotzdem, weil ich nicht will, dass er Angst hat.

B - I - N
D - A.

Und aus den verzweifelten blauen Augen beginnt es, leise zu regnen. Meine Finger fangen seine Tränen auf. Er presst die Lider aufeinander, sie quellen trotzdem zwischen ihnen hervor. Ich drücke seine Hand und streiche ihm mit der anderen über den Kopf. Er umklammert mein Knie. Sein angespanntes Gesicht bleibt. Die Angst bleibt.

Doch zumindest die Panik, die ist weg. Und sein Gehör, das ist es auch.

Orakel

Enya

Wie ein Häufchen Elend sitzt Luca im Warteraum. Sein Kopf schnellt in die Höhe, als er mich kommen hört. Er springt sofort auf.

»Und? Wie geht's ihm?«

»Er hört immer noch nichts.«

Ernüchtert sinkt er zurück auf seinen Stuhl. Ich setze mich neben ihn auf das harte Plastik.

»Wie kann das sein, verdammt, ich versteh's nicht!« Luca rauft sich die Haare und senkt den Kopf. Seine angespannte Schultermuskulatur zeichnet sich durch den Stoff seines Shirts ab. »Was, wenn es bleibt? Ich hab gar nicht daran gedacht, dass ihm das zu viel werden könnte. Er hat getrunken, er trinkt sonst nie. Vielleicht war das alles zu viel.«

»Er hat nur getrunken, weil ich ihn überredet habe«, sage ich und klinge so kalt, dass ich eine Gänsehaut bekomme. »Wenn jemand schuld daran ist, dann ich, Luca.«

Stille.

»Ich hab alles kaputt gemacht.«

»Enya … Ich hab euch beobachtet.« Er sucht meinen Blick, doch ich weiche ihm aus. »Warum habt ihr gestritten?«

»Du hast es doch gesehen!«, fahre ich ihn an. »Ich habe ihn geküsst. Oder er mich. Keine Ahnung, aber es geht nicht. Es war falsch. Dachte ich zumindest … Verdammt.«

Luca schweigt einen Moment. »Außer mir hat es niemand gesehen. Nur von der Küche sieht man nach unten zur Straße.

Und außer mir war gerade keiner in der Küche.«

Ich starre ihn wortlos an. Luca nickt bestätigend. Carlo wird es nie erfahren, versichert er mir stumm mit einem Blick.

Vielleicht sollte er es aber erfahren! Und zwar von mir, nicht von sonst irgendwem.

»Warum hast du es mir nicht gesagt?«, frage ich.

Luca ist sich der Schuld bewusst, das sehe ich an seiner Miene.

»Du wusstest es schließlich. Oder?«

Er starrt vor sich auf das weiße Linoleum. »Natürlich wusste ich es. Ich kenne Janosch seit der Grundschule, wir waren die besten Freunde. Damals konnte er noch sehen. Und dann, wir waren schon auf dem Gymnasium, hat er plötzlich gefehlt. Wir waren vierzehn. Er ist morgens aufgewacht, Enya, von einem Tag auf den anderen, und konnte nichts mehr sehen.«

Mein Mund öffnet sich, doch ich bleibe stumm.

»Es war kein Unfall, es war nichts … Netzhautablösung. Einfach so, über Nacht. Die Ärzte konnten fünf Prozent Sehvermögen retten. Er ist quasi blind. Bis auf hell, dunkel und ein paar Umrisse ist er blind.« Luca sieht mich an. »Es war schlimm, aber er hat sich nicht unterkriegen lassen. Man merkt es ihm nicht an, er hat sein Leben so verdammt gut im Griff, dass er in den meisten Situationen völlig normal wirkt. Ich habe mich nicht in der Position gefühlt, dir das zu sagen. Ich dachte, er hätte dich längst eingeweiht. Es ist seine Sache, verstehst du? Ich hatte keine Ahnung.«

Sprachlos sitze ich neben ihm und starre an die Wand.

Fünf Prozent.

So viele Fragen überfluten meinen Kopf. Die Gedanken kreisen. Janosch, der im *Sellerie* gegen Stühle rennt. Auf der Straße angerempelt wird. Sich von mir vorlesen lässt. Das Kinoprogramm nicht kennt. Keine Menschenmassen mag.

Nicht trinkt, weil er die verbliebenen Sinne nicht mit Alkohol betäuben will. Und ich, die ihn genötigt hat, es doch zu tun.

Wie können mich diese blauen Augen kein einziges Mal gesehen haben? Wie kann sein Blick so aufmerksam sein, so täuschend echt, als würde er jede Facette meines Daseins erfassen?

»Und jetzt?« Meine Stimme stolpert. »Was, wenn …?«

Ich wage es nicht auszusprechen.

Luca sitzt mit eingefrorener Miene neben mir und zuckt mit den Schultern.

»Dann wäre er wirklich blind.«

Sein Gehör hat sich über Nacht erholt, es ist noch nicht vollständig zurück, aber sie seien zuversichtlich, sagt die Ärztin am nächsten Morgen, und ich breche bei ihren Worten vor Erleichterung fast zusammen.

Dann sagt sie: »Sie können jetzt zu ihm.«

Erst einige regungslose Sekunden später begreife ich, dass wir gemeint sind.

»Geh du zuerst«, sagt Luca. Ich möchte ihm um den Hals fallen. Er spürt genau, dass ich es keine Sekunde länger aushalte. Meine Nerven flattern. Sie sind zum Zerreißen dünn nach einer unruhigen Nacht auf Lucas Couch, wo ich mich hin und her gewälzt habe zwischen Chipsbröseln, klebrigen Glasrändern und all den Gedanken. Als mich in den frühen Morgenstunden doch ein leichter Schlaf übermannte, habe ich von Scherenschnitten und Sommernächten, im Regen tanzen und dem Was-wäre-wenn geträumt. Sobald ich zu mir kam, dachte ich für einen winzigen Augenblick, die letzte Nacht wäre nie geschehen. Bis ich mich umsah. Halb leere Flaschen, Gläser voller Abdrücke schwitziger Fingerkuppen und angemalter Lippen. Vergessene Jacken, Essensreste. Und dann kam auch die Angst zurück. Ich spüre sie jetzt noch, und obwohl ich nicht will, stelle ich mir plötzlich tausend Fragen. Was tust du hier überhaupt? Du kennst ihn kaum. Er geht dich nichts an. Was, wenn er dich gar nicht sehen will? Er kann dich nicht sehen! Was, wenn du dann weinst? Du ignorierst das Gerumpel in deinem Bauch. Ihr habt euch geküsst. Geküsst, geküsst, geküsst.

Ich schiebe die Gedanken zur Seite, klopfe an Janoschs Tür und warte ab, ehe ich sie öffne. Sein Kopf dreht sich in meine Richtung. Es ist nur ein ganz kleines Zucken, doch jetzt gerade ist es alles. Es zeigt mir, er hat mich gehört. Die Erkenntnis trifft mich wie ein Schlag. Obwohl die Ärztin es schon sagte, begreife ich es erst jetzt. Was für ein unendliches Glück.

»Hey …« Meine Stimme klingt verunsichert und dünn. Ganz anders als sonst, und trotzdem geht mit ihr in Janoschs Gesicht die Sonne auf.

»Hey«, erwidert er, und in seiner Stimme liegt ein winziges Lächeln. Mit einer unerwarteten Wucht tritt es einen Felssturz von meinem Herzen los.

Ich will fragen, wie es ihm geht. Ob er okay ist. Doch ich bringe kein Wort heraus. Ich stehe vor ihm wie ein Reh im Scheinwerferlicht. Wie Bambi vor diesen Augen, die es noch nie gesehen haben. Ich will ihn anschreien und fragen, was das sollte, ob er mir nicht vertrauen konnte. Dabei kenne ich die Antwort längst. Natürlich konnte er nicht. Wie könnte er auch einer Frau vertrauen, die, ohne mit der Wimper zu zucken, ihren Freund betrügt. Plötzlich widere ich mich selbst an. Ich will ihm sagen, wie leid mir alles tut. Wie viel Angst ich hatte. Will ihn in den Arm nehmen und festhalten. Nie mehr loslassen und ihm gleichzeitig keinen Zentimeter näher kommen.

»Danke, dass du da warst, letzte Nacht.«

Seine Stimme verursacht Gänsehaut auf meinen Armen. Gänsehaut lügt nie.

»Du erinnerst dich?«

Natürlich erinnert er sich. Ein Schatten legt sich über seine Augen, und ich bereue meine Frage sofort. Ich möchte Janosch so nicht sehen. Keine Sekunde lang. Ich möchte dieses Grinsen sehen, dieses Grübchen an seinen Mundwinkeln und das Funkeln in seinen Augen, wenn er so tut, als würde er mich ansehen, und dabei sarkastisch eine Augenbraue hebt.

Mir fällt auf, dass er immer positiv war, während ich ihm die Ohren vollgeheult habe. Nie war er bedrückt. Obwohl er vielleicht Grund dazu gehabt hätte. Mehr als ich. Einen ernsthaften Grund nämlich.

»Es tut mir leid«, schießt es aus mir heraus. »Dass ich dir gestern so eine Szene gemacht habe. Es war unnötig. Und ich hätte dich nicht überreden dürfen, zu trinken. Wenn ich gewusst hätte …«

»Eben.« Seine feste Stimme unterbricht meinen Redeschwall. »Wenn du es gewusst hättest. Wenn ich es dir einfach gesagt hätte.«

Er zögert einen Moment, und dann fällt uns beiden auf, dass ich immer noch unschlüssig zwischen Tür und Bett stehe. Janosch rutscht etwas zur Seite und fordert mich so stumm dazu auf, mich zu ihm an die Bettkante zu setzen. Alles ist wie gestern Nacht und doch ganz anders. Leiser, langsamer. Wie der Abspann eines tragischen Films.

»Enya.«

Er reißt seinen Blick von der blau-weißen Bettwäsche, die er nicht sehen kann, und richtet ihn auf mich, die er auch nicht sehen kann. Ich starre zurück und frage mich, wie er das macht. Wie es so täuschend echt aussehen kann. Beinahe ungeniert blicke ich ihn an und sauge jedes kleinste Detail in diesem ozeanfarbenen Dunkelblau auf. Selbst jetzt ist da nichts in seinen Augen, das mich daran zweifeln lassen könnte, dass er mir bis auf die Seele sieht. Vielleicht tut er das ja auch. Gerade weil er es nicht tut. Ich kann überhaupt nicht mehr klar denken.

»Ich bin beinahe vollständig blind. Als ich vierzehn war, hatte ich …«

»Eine Netzhautablösung, ich weiß. Luca hat es mir gesagt.«

»Also kennst du jetzt meine Geschichte.«

Ich nicke und erinnere mich im selben Moment daran, dass ihm das nichts bringt. »Ja«, schiebe ich also hinterher. Die Erkenntnis, dass ich von nun an mein Handeln kommentieren muss, damit er davon erfährt, macht mich traurig.

»Deine Bewegungen kann ich sehen«, errät er meinen Gedanken, und irgendwas in seiner Stimme sorgt dafür, dass ich mich ertappt fühle. Plötzlich habe ich noch mehr Angst, alles falsch zu machen. Jeder Quadratzentimeter unserer Umgebung ist mit Fettnäpfchen gespickt.

»Sorry.«

»Du musst dich nicht entschuldigen.«

»Es überfordert mich«, fahre ich ihn an. Plötzlich bin ich den Tränen nahe. »Ich kann dich überhaupt nicht mehr einschätzen.«

»Du dachtest also, du hättest es je gekonnt?«

Überrascht lache ich auf. Ich klammere mich an seinen Satz wie an einen alten Freund. Wie ich diesen Sarkasmus vermisst habe.

»Nein. Um ehrlich zu sein, konnte ich dich noch nie richtig einschätzen.«

Das kleine Lächeln verschwindet aus seinem Gesicht. »Bambi, es tut mir wirklich leid.«

Ich mag es nicht, wenn er so ernst ist. Aber es passt in dieses sterile hässliche Krankenhauszimmer. Zur Infusion, die über einen langen dünnen Schlauch über den Zugang in seinen Handrücken tröpfelt. Zu ihm und diesem gepunkteten Hemdchen, das ihn kränker wirken lässt, als er ist. Er hört mich. Das ist das Wichtigste.

»Mit jedem Tag habe ich gemerkt, dass die Situation eskalieren wird, wenn ich nicht bald mit der Wahrheit herausrücke. Aber es war kompliziert, weißt du? Ich hatte Angst vor deiner Reaktion. Es war dumm, das ist mir schon bewusst. Aber ich wollte nicht, dass du anfängst, mich anders zu behandeln.«

Und damit das so bleibt, hast du es für eine kluge Idee gehalten, mich zu küssen, denke ich. Aber ich sage: »Das kann ich verstehen.« Dabei verstehe ich nichts.

»Hast du Fragen?« Er klingt, als hätte er gerade ein Referat gehalten. Vielen Dank für eure Aufmerksamkeit. Hier sind meine Quellen. Gibt es noch Fragen?

»Ja.« Erst jetzt fällt mir auf, wie verkrampft ich vor ihm sitze, doch ich kann mich nicht entspannen. Wie ist es, mich nicht sehen zu können? Siehst du denn, wenn ich lächele? Oder reicht es, wenn du es hörst? Wie war das, als du plötzlich nichts mehr gehört hast? Wie hast du überhaupt die Schule geschafft? Das Studium? Wieso willst du nicht, dass die Leute es erfahren? Wieso hast du mich geküsst? Und wieso reden wir nicht darüber? »Es sind zu viele.«

Ein kleines Lächeln huscht über sein Gesicht. »Das dachte ich mir.«

»Vielleicht kann ich sie dir irgendwann anders stellen. Sobald ich sie ein bisschen geordnet habe.«

»Ich denke, das sollte machbar sein.«

Ich schlucke. Wir können es nicht einfach totschweigen.

»Dieser Kuss …«

»Keine Sorge.« Er scheint geradezu darauf gewartet zu haben. »Ich habe nichts gesehen.«

Mir entfährt ein Lachen. »Idiot.«

»Nein, Enya, wirklich. Es war falsch. Ich hätte dich nicht küssen und noch viel weniger gegen deinen Willen festhalten dürfen. Du hattest recht. Das mit uns geht nicht.« Er lacht, als wäre ihm soeben erst ein Gedanke gekommen. »Du hast es mir ja bereits bei unserer allerersten Begegnung gesagt. Du hast 'nen Freund.«

»Wir waren betrunken«, sage ich.

Janosch nickt.

Es ist völlig lächerlich, wie wir voreinander sitzen und unsere einstudierten Rollen sprechen, obwohl alles in mir nach vorn rutschen will und sein Gesicht in beide Hände nehmen möchte. Doch das geht nicht. Und das wird es nie.

Also schließen wir unseren gemeinsamen Pakt, so wie Lynn ihren mit Elliott. Gegen die Wahrheit und den Rest der Welt. Gegen Carlo und mein Gewissen.

Ich werde ihm alle Fragen stellen, beschließe ich. Nur nicht heute. Heute will ich noch ein kleines bisschen froh sein. Darüber, dass er wieder hört. Und ich ihm vielleicht wieder vorlesen kann. Demnächst, irgendwann vielleicht. Falls er mag. Mal sehen. Und dann wird alles wieder so, wie es eigentlich sein sollte.

In diesem Moment kam der Anruf.

»Enya?!«

»Ja?«

»Verdammt, endlich gehst du mal ran! Wo bist du? Ich versuch seit Stunden herauszufinden, wo du steckst. Anouk hat keine Ahnung, Luca geht auch nicht ran …« Carlo erinnert sich daran, Luft zu holen.

Ich schiebe die Worte in seine kurze Atempause. »Wir sind im Krankenhaus.«

Stille. Zumindest für einen winzigen Augenblick. Dann ein schrilles »Was?! Bist du okay?«.

»Ja.« Ich schon. Aber Janosch nicht.

»Ist was mit Luca?«

»Nein.«

»Enya, verdammt, rede mit mir!«

»Es ist Janosch. Er hatte einen Hörsturz. Gestern Nacht …«

»Oh.« Carlo schweigt. »Krass.«

»Ja.« Ich fühle mich wie ein bescheuertes Orakel. Ja – Nein. Ja – Nein. Mehr kommt nicht aus mir heraus.

»Bist du noch dort?«

Diesmal entscheide ich mich, nur zu nicken. Carlo versteht es wohl auch so.

»Uniklinik?«

»Ja.« Ja, ja, verdammt! Ja … zu allem, was du sagst.

»Ich komme. Gib mir zwanzig Minuten.«

Ich schließe die Augen. Warum auch immer durchströmt mich plötzlich eine unendliche Erleichterung. »Okay.«

Das unnatürlich gute Wetter draußen muss ein schlechter Scherz irgendeiner höheren Macht sein. Sie wird längst eingesehen haben, dass er unnötig war. Denn dieses Wetter passt zu gar nichts von dem, was heute geschehen ist. Nicht zu Janosch, von dem ich mich nicht mehr richtig verabschiedet habe, und nicht zu Carlo, der besorgt auf den Stationsflur gestürzt ist, ein paar Worte mit Luca gewechselt und mich dann mitgenommen hat. Besorgt war er nicht um Janosch, sondern um mich. Eigentlich war er ziemlich liebevoll, wie er den Arm um mich gelegt und zu seinem Wagen gebracht hat, der im Halteverbot vorm Spital stand. Seit Carlo da ist, bin ich einfach nur so furchtbar müde. Betäubt. Jede weitere seiner Berührungen betäubt mich mehr. Bis ich irgendwann gar nichts mehr spüre, nur neben ihm im Auto sitze und die Schläfe gegen das viel zu warme Fensterglas lehne. Meine Haut fühlt sich schmutzig an, klebrig und feucht. Die Sonne blendet, brennt in meinen müden Augen und kratzt in ihnen, als lägen tausend Sandkörner hinter meinen Lidern. Wien zieht an mir vorbei wie ein Film.

Carlos Abendessen mit dem Produzenten fällt mir ein. Ich sollte jetzt fragen, wie es lief. Aber ich kann nicht. Trotz Sonnenstrahlen auf der Haut fröstle ich. Meine Lider werden schwer.

Warme, weiche Lippen. Sein Geruch. Diese blauen Augen, Janosch überall um mich herum.

Ich muss es Carlo sagen. *Ich muss, ich muss …*

Mein Kopf ist schwer, als ich ihn etwas zur Seite drehe. Die Sonnenstrahlen fallen auf Carlos Gesicht, verheddern sich in den dunklen Stoppeln des Dreitagebarts. Er ist schön. Wie er sich um mich kümmert, ist schön. Aber er sieht mich nicht, nur meine Hülle, nicht das, was unter ihr liegt.

Nicht das, was Janosch an seiner Stelle alles sieht, ohne es überhaupt zu können.

»Er ist blind. Carlo, er ist blind.«

Meine Stimme verpufft im Nichts. Es tut weh, und es wird gerade erst wahr. Sobald ich es ausgesprochen habe, ist es zur Wirklichkeit geworden.

Carlo öffnet den Mund und schließt ihn wieder.

»Verdammt …« Carlo lenkt den Wagen an den Straßenrand und kommt zum Stehen. Seine Hand findet meine. Ich sitze reglos da und lasse den Tränen freien Lauf. »Babe, ernsthaft?«

Ich nicke.

»Und er hat dir nichts gesagt?«

NEIN, ER HAT MIR GANZ OFFENSICHTLICH NICHTS GESAGT.

Carlo dreht mein Gesicht zu sich.

»Er bedeutet mir nichts, okay? Wir sind nur Freunde. Gestern war eine Ausnahmesituation. Es war einfach ein bisschen viel.«

Lügnerin. Feige, feige Lügnerin.

Carlo wischt mit dem Daumen meine Tränen weg. Seine Berührung schmerzt. Ich kann sie kaum ertragen.

»Er ist mir egal.«

Carlo nickt, und dann fährt er weiter.

Nichts zu sagen

Enya

Der Sommer ist zurück, doch mir ist trotzdem kalt.

Janosch ist überpünktlich. »Ich habe uns was mitgebracht.«

Als hätte er ein schlechtes Gewissen. Ich jedenfalls habe eins. Vielleicht war ich deshalb viel zu früh hier an unserem Treffpunkt, weil ich es zu Hause nicht mehr ausgehalten habe, die Wände schienen viel zu eng, die Luft zu dick. Es wäre schön, wenn es mal regnen würde, ein klärendes Gewitter, anschließend frische, kühle Luft. Stattdessen prallt die Sonne auf den Augarten nieder. Das Gras ist unnatürlich warm. An manchen Stellen fast verdorrt. Eine halbe Ewigkeit saß ich hier. Vor lauter Anspannung habe ich alle trockenen Halme abgerissen. So saß ich da. Nervös, schwitzend – unter einer Sonne, die vom Himmel knallt, als wollte sie mich versengen. Verdient hätte ich es.

Es war gar nicht so leicht, einen Platz möglichst weit entfernt von all den Menschen zu finden. Ich denke, ich habe es dennoch ganz gut hingekriegt. Komisch geschaut haben sie trotzdem, als ich statt Picknickdecke und Bier meinen Hubert ausgepackt habe. So als wäre es verboten, bei diesem schönen Wetter an öffentlichen Orten einen Laptop mit sich zu führen.

Ich erinnere mich an Janosch und daran, dass ich ihm antworten sollte. »Eine Decke?«

Eine bunte Picknickdecke. Eine, die man mit Klettverschluss zu einer kompakten Tasche falten kann. Zumindest theoretisch und ohne zwei linke Hände. Ich weiß schon jetzt, dass ich daran verzweifeln werde.

»Ja. Ich dachte, das wäre vielleicht praktisch.« Sie ist schön, keine Frage. Hellblau-weiß kariert. Unten beschichtet. »Auch, falls die Wiese mal nass ist.«

»Voll cool«, sage ich. »Danke.«

Janosch steht noch immer wie bestellt und nicht abgeholt vor mir. Wie hat er mich hier überhaupt gefunden?

Er erkennt die Frage, ohne dass ich sie ihm gestellt habe. »Ich hab jemandem gesagt, dass ich Hilfe brauche, und gefragt, ob er nach dir Ausschau halten kann.«

»Nach einem blassen Mädchen mit Laptop im Schatten?«

»So ähnlich. Es war jedenfalls nicht besonders schwer, und als ich Hubert schnaufen gehört habe, war die Sache klar.«

Ich sage nichts. Alles kommt mir unpassend vor. Belanglos. Ich nicke.

»Wollen wir sie ausprobieren?«

»Die Decke?«

Was sonst? Enya, was sonst?

»Das würde sich anbieten, meinst du nicht?« Janosch klingt ungewohnt ernst.

Wieder nicken. Ich rappele mich auf. Wir stehen voreinander und wissen beide nicht, was wir tun sollen. Ich glaube, man müsste sich jetzt begrüßen. Doch während ich noch denke, macht er schon einen Schritt auf mich zu, und plötzlich ist das sehr nah.

Also umarmen wir uns. Viel zu lang, wie schon beim allerersten Mal. Er überlässt mir die Decke, die ich ausbreite.

»Hier?«, frage ich.

»Wo du willst«, sagt er, und ich erinnere mich wieder daran, dass er es ja nicht sehen kann.

»Okay, hier ist es gut.«

Da setzen wir uns. Ich mich auf meine Ecke, er sich auf seine. Ist das der Sinn der Decke? Hat sie dafür die Karos und Linien? Ein Schachbrettmuster, das uns in unseren Grenzen hält. Die Grenzen, die wir nie gezogen und dann doch überschritten haben. Vielleicht ist sie doch keine allzu schlechte Idee von ihm gewesen.

Ich weiß nichts zu sagen und gleichzeitig viel zu viel. Fragen, Entschuldigungen. Geht es dir besser? Wie konntest du mir so lange etwas vormachen? Wie konnte ich es nicht merken? Was ist jetzt mit uns? Ist das mit uns überhaupt noch eine gute Idee? War es je eine? Und warum kannst du so gut küssen?

Ich hole Luft und bemerke zu spät, dass er ebenfalls einatmet.

»Janosch, hör zu …« – »Enya, ich …«

Wir halten inne.

Er ist schneller. »Du zuerst.«

»Nein, du.« Ich bin überzeugender.

»Okay.« Er nickt. »Mir ist das wirklich wichtig, Enya. *Du* bist mir wichtig. Und ich will dich nicht verlieren. Mit dir, da hatte ich zum ersten Mal das Gefühl, wieder sehen zu können. Deine Worte, die waren meine Augen, deine Stimme mein Licht. Scheiße, klingt das kitschig.« Er fährt sich mit der Hand durch die Haare. Ohne es vor dem Spiegel geübt zu haben. Dadurch ist die Geste noch viel schöner. »Ich brauche dich, um sehen zu können, denn ich *will* sehen. Dich und die ganze Welt in deinem Kopf. Also bitte, Enya. Sperr mich nicht aus.«

Ich habe Janosch also reingelassen. Nicht in mein Herz, nur in die Welt in meinem Kopf. Vermutlich ist das eine allerdings nicht vom anderen zu trennen. Ich trage das Herz im Kopf, an manchen Tagen mehr als an anderen. An diesem wohl besonders.

Ich hätte es besser wissen sollen. Aber ich wollte nicht. Ich wollte, dass alles wieder so wird wie zuvor, und dann war es das plötzlich, als wir auf unserer blau-weiß karierten Decke saßen und die Grenzen endlich nicht mehr wichtig waren. Wir sprachen wieder miteinander. Ich habe vieles erfahren.

Zwei Tage haben sie ihn noch im Krankenhaus behalten, die volle Diagnostik-Maschinerie angeworfen, nur um doch nichts festzustellen. Stress bedingter Tinnitus, Hörsturz, Dinge, von denen ein Sechsundzwanzigjähriger nicht einmal wissen sollte, dass sie überhaupt existieren.

»Es war das allerschlimmste Gefühl«, sagt er, ohne dass ich es mir auch nur ansatzweise vorstellen kann. »Hören ist alles, was ich noch kann. Okay, ja, schmecken, fühlen und so was schon auch, aber hören ist wichtiger. Ohne das Hören bin ich *wirklich* blind.«

In meiner Vorstellung erscheint ein großer schwarzer Raum, in dem jegliches Geräusch verschluckt wird. Janosch irrt hilflos in ihm herum. Ich will ihm den Ausgang zeigen, doch er sieht mich nicht.

»Was dachtest du?«, bringe ich heraus. »Als der Ton weg war, was dachtest du da?«

»Gar nichts.« Janosch zögert. »Ich dachte gar nichts mehr. In meinem Kopf war kein Platz für Gedanken. Es gab nur noch dieses Pfeifen und gleichzeitig Stille. Es war absurd. Ich hab es nicht verstanden. Ich hatte nur Angst.«

»War es wie damals?«, frage ich und bemerke erst anschließend, dass das vielleicht unsensibel war.

»Wie bei der Netzhautablösung?«, entgegnet er, und ich nicke. Das werde ich mir abgewöhnen müssen. »Es war so ähnlich. Damals habe ich noch weniger begriffen. Ich bin abends ins Bett gegangen. Ich weiß noch genau, wie ich erst gelesen habe, den fünften Harry-Potter-Teil, wie immer, wenn ich nicht einschlafen konnte, dann war ich irgendwann müde genug, um das Licht auszuschalten. Es wurde dunkel und am nächsten Morgen nicht wieder hell.«

Er schluckt.

»Du musst mir das nicht erzählen«, sage ich.

»Wieso hast du mich dann gefragt?«

»Weil ich dumm bin. Und unsensibel. Ich will nicht, dass du dich schlecht fühlst.«

Er lächelt. »Keine Sorge. Es ist lang her«, sagt er, doch ich erkenne die Lüge. Es kann ein Leben lang her sein, und trotzdem wird dieser Abend niemals seine Bedeutung verlieren. Es ist der letzte, an dem er sehen konnte. »Ich bin aufgewacht, und noch bevor ich die Augen geöffnet habe, wusste ich, dass etwas nicht stimmt. Da war diese Ahnung in mir. Ganz dumpf und durchdringend. Ich hatte keine Schmerzen, ich habe überhaupt nichts gespürt. Vielleicht ein bisschen Kopfschmerzen, vielleicht waren die aber auch nur Einbildung. Die Lichtblitze waren keine. Ich sehe sie manchmal noch heute. Ganz hell, so gleißend, dass es wehtat. Dann kam der Schleier, es war wie Asche, die vom Himmel regnet. Ein Rußregen, pechschwarz, nach all dem Grellen. Eigentlich ein schönes Bild, wenn ich heute so darüber nachdenke.« Janosch hält einen Moment inne, so als würde er sich daran erinnern. Ein kleines Lächeln zuckt an seinen Lippen, dann spricht er weiter. »Ich habe geschrien. Meine Schwester hat mich gehört, sie muss meine Eltern geholt haben. Es war Samstag. Samstag, der siebzehnte März, und ich war blind.«

Ich weiß nicht, was ich sagen soll. Janosch scheint nichts zu erwarten.

»Als sie begriffen haben, was passiert ist, haben sie mich ins Krankenhaus gebracht. Ich konnte nicht mal weinen, ich weiß fast nichts mehr davon. Da waren viele neue Stimmen und tausend Gerüche, und bei Desinfektionsmittel bekomme ich heute noch Angst. Die Diagnose lautete Netzhautablösung auf beiden Seiten, und sie meinten, dass sie sofort operieren müssen, zumindest erzählt das meine Mutter, ich habe davon nichts mitgekriegt, erst wieder nach der OP. Der Schaden war zu groß, sie konnten kaum etwas retten. Ein bisschen Restsehvermögen, das Hell- und Dunkelsehen, ein paar Umrisse und vor allem die Bewegungen. Ich war so unendlich wütend und voller Unverständnis. Heute weiß ich, dass ich Glück hatte. Ohne diese fünf Prozent wäre jetzt alles anders.«

»Dass du das so sagen kannst ...«

»Schau.« Janosch zieht ein Bein an den Körper. »Komplett blind zu sein, bedeutet absolute Dunkelheit. Da bleibt nichts. Du weißt nicht, ob es Tag oder Nacht ist. Wer mit dir im Raum ist, was sich bewegt, was nicht. Es ist völlig anders. Mir bleibt die Orientierung. Ich merke den Unterschied zwischen draußen und drinnen, hell und dunkel. Ich erkenne, wenn sich etwas um mich herum bewegt, zumindest im Ansatz. Diese fünf Prozent Sehvermögen, die sind alles, was ich noch habe. Nur so kann ich dieses normale Leben führen. Autark sein. Ohne Armbinde und diesen bescheuerten Stock.«

»Aber ich verstehe es nicht«, entfährt es mir. »Du schaust mir in die Augen, wenn wir reden, du reagierst auf alles, meine Blicke, meine Mimik. So hat mich noch nie jemand angesehen! Ich ... ich habe keine Sekunde lang gezweifelt, dass du es tatsächlich tust ...«

»Alles eine Frage der Technik«, sagt er und klingt plötzlich anders. Der kleine Triumph nimmt den Platz der leisen Traurigkeit seiner Stimme ein.

Und ich begreife. Es ist seine ganz persönliche Genugtuung, die Leute zu täuschen.

»Mein großer Vorteil ist, dass ich so lange sehen konnte. Mit vierzehn Jahren kennst du die Welt. Ich weiß, wie es läuft.

Wie man Gespräche führt, vor Leuten steht und sie beim Reden anschaut. Wie Straßen aussehen oder Räume, mein Hemd und wie rum ich es anziehen muss. Das mit dem Blickkontakt war reine Überwindung. Erst konnte ich es kaum ertragen, habe mich gefühlt wie ein Hochstapler, wollte nur zu Boden starren und verhindern, dass jemand meine Hilflosigkeit sieht. Aber es wurde einfacher. Ich habe angefangen, mir die bekannten Gesichter vorzustellen und sie bei Gesprächen in meinen Gedanken abzubilden. Für die neuen dachte ich mir welche aus. Jede neue Stimme hat für mich ein Gesicht.«

Und welches hat meine, will ich fragen, doch es kommt mir unangebracht vor. So nicke ich nur.

»Es kommt aber immer auf die Person an«, erklärt er nach kurzem Zögern. »Manche Menschen reden viel, aber sie haben nichts zu sagen. Dann schaue ich permanent ins Leere und höre belanglose Dinge, die mich nicht interessieren. Mit so etwas kann und will ich meine Zeit nicht verschwenden. Und dann sind da Menschen, bei denen ist das anders. Da sagt bereits der erste Satz mehr als tausend Worte. Die können mit ihrer Stimme Bilder malen, klingen so markant und charakteristisch, dass ich gar keine Augen brauche, um sie zu sehen.« Ein Lächeln huscht über seine Lippen. So als wäre ihm gerade erst etwas klar geworden. »Du zum Beispiel. Du bist auch so jemand.«

Ein Kribbeln läuft mir über den Nacken. Ich glaube, nein, ich bin mir sogar sicher, noch nie so ein schönes Kompliment bekommen zu haben.

»Verrückt«, sage ich stattdessen.

»Aber zurück zum In-die-Augen-Sehen … Es ist reine Übungssache. Ich weiß, wie ich auf Menschen wirke. Den Rest übernimmt mein Gehör. Wenn du mit mir sprichst, kann ich abschätzen, wie groß du bist. Auf welcher Höhe sich dein Gesicht befindet, dein Mund, und dann im immer ähnlichen

Abstand deine Augen. Und schon weiß ich, wo ich hinschauen muss. Ich sehe dich dabei nicht, natürlich nicht, aber ich kann dir das Gefühl geben, es zu tun.«

»Das ist irre.«

»Schon ziemlich, oder?«

»Aber auch sonst im Alltag ... in der Stadt, im Straßenverkehr. Selbst ich bin da ja manchmal total aufgeschmissen.«

»Weil du dich nur darauf verlässt, was du siehst. Aber es gibt noch so viel mehr, um sich zu orientieren. Die Öffentlichkeit ist voller Hilfsmittel für Sehbehinderte, nur nimmst du sie als Sehende kaum wahr. Und ich muss kein Blindenzeichen tragen, um sie zu benutzen. Fast jede Ampel hat akustische Signale, und jeder Bürgersteig ist auf mich angepasst. Hast du schon mal auf diese weißen Plastikrillen an Bordkanten und öffentlichen Plätzen geachtet? Die meisten Menschen haben sie noch nie bewusst wahrgenommen oder wissen gar nicht, wozu sie gut sind. Du findest diese Leitsysteme an Kreuzungen, Straßenübergängen und Bushaltestellen. Eigentlich soll man sie als Sehbehinderter mit der Kugel des Stocks spüren und an Gefahrenstellen gewarnt werden. Aber man kann das auch mit der Schuhspitze, wenn man hört und zumindest schemenhaft sieht, dass demnächst eine Straße kommt.«

»Und trotzdem passiert dann so was wie am Freitag«, entfährt es mir, als die Bilder zurück in mein Gedächtnis drängen. Dunkle Straße, Autoscheinwerfer, quietschende Bremsen.

Ein kaum wahrnehmbarer Schatten legt sich über Janoschs Gesicht. Ich bekomme Bauchschmerzen beim Gedanken an seine Knie direkt vor der Motorhaube dieses Wagens. Nur eine Sekunde später, und es hätte ganz anders für ihn ausgehen können.

»Ich weiß«, sagt er und richtet den Blick für einen Moment auf den Boden. »Das war dumm. Ich war unkonzentriert. Normalerweise heißt Öffentlichkeit hundertprozentige

Aufmerksamkeit. Ich hätte den Wagen hören müssen, in jeder normalen Situation hätte ich ihn gehört. Ich weiß nicht, was los war. Ob es am Alkohol lag oder an der ganzen Situation. Mir ist noch nie was Ernstes passiert, und tatsächlich ist mir erst jetzt wieder bewusst geworden, was für ein Glück ich bisher hatte.«

»Es lag an mir«, bringe ich heraus. »Daran, dass ich so rumgeschrien habe. Dich überredet habe zu trinken ... Ich hätte es mir nie verziehen, wenn du ...«

»Es ist nichts passiert«, unterbricht er mich. Seine Stimme legt sich wie eine behütende Decke um mich. Ich ziehe die Beine in einen Schneidersitz. Mein Knie streift seins. Sofort richten sich all meine feinen Antennen wieder nach Janosch aus.

»Aber diese Selbstständigkeit, das alles geht natürlich nur hier in Wien«, fährt er fort. »Neulich in München zum Beispiel wäre es leichtsinnig gewesen, allein draußen rumzurennen und möglichst lässig wirken zu wollen. Fremde Orte sind die pure Überforderung. Schon in München am Flughafen wäre ich ohne Hilfe verloren gewesen. Für solche Fälle stellen öffentliche Einrichtungen Hilfspersonal zur Verfügung, das mich begleitet. Anfangs habe ich es gehasst. Inzwischen ist es okay. Die Leute sind cool. Also die meisten ...« Er lacht. »Einmal war es richtig unangenehm. Ich habe auf meinen Fahrer gewartet und er auf mich. Ewigkeiten stand ich in der Ankunftshalle, aber er hatte ein Schild mit meinem Namen, und tja, das habe ich natürlich nicht gesehen.«

»Oh Gott.« Ich unterdrücke den Drang, mir die Hand vor die Stirn zu schlagen, und bin insgeheim froh, dass ich nicht die Einzige bin, die von einem Fettnäpfchen ins nächste tritt. »Das muss man auch erst mal schaffen.«

»Ich glaub, es war ihm noch viel unangenehmer als mir.«

»Durchaus verständlich.«

»Man erlebt allerhand interessante Dinge. Menschen, die glauben, einem die ganze Welt erklären zu müssen, und andere, die den Mund kaum aufkriegen. Zumindest hier in Wien komme ich größtenteils ohne fremde Hilfe klar. Ich bin hier geboren und kenne die Stadt wie meine Westentasche. Als ich nicht mehr sehen konnte, habe ich angefangen, die Straßenkarten auswendig zu lernen. Meinen Schulweg konnte ich schon damals blind gehen. Den zur Uni dann auch. Ich wusste, wie viele Schritte ich machen muss von der Wohnung zur U-Bahn, von der Haltestelle zum Hörsaal. Wo ich nicht allein zurechtkam, hatte ich Luca. Er ist der beste Freund, den ich je hatte. Ohne ihn wäre ich aufgeschmissen. Ich hätte weder die Schule geschafft noch entgegen aller Ratschläge ein Studium begonnen. Auch wenn ich erst lernen musste, seine Hilfe anzunehmen. Wow, ich war echt verdammt schlecht darin.«

Ich muss lachen. »Du warst vierzehn«, sage ich. Als wäre das eine Entschuldigung.

»Ich war vierzehn und wütend und traurig.«

Ich halte inne. Ein kleines Lächeln zuckt an seinen Lippen. Noch nie hat mich etwas so getroffen wie seine Stimme, die Sätze zitiert, die mal nur mir gehörten.

»Ich war vielleicht nicht ganz so grundlos wütend und traurig wie Lynns Schwester, und Handys mit Hundefiltern gab es damals auch noch nicht.«

»Allzu viel hättest du ja auch nicht mehr mit ihnen anfangen können.«

Bei keinem anderen würde ich mich trauen, so etwas zu sagen. Aber Janosch versteht immer, was ich eigentlich meine. Sein belustigtes Grinsen nimmt mir die letzte Befangenheit. Ich muss nicht anders mit ihm umgehen als zuvor. Im Gegenteil – ich muss ihn ganz genauso behandeln wie bisher. Nichts anderes hat er verdient.

»Ich habe die Pubertät auch ohne sie ganz gut überstanden.«

»Aber wie machst du das eigentlich? Wenn du mir WhatsApp-Nachrichten schreibst?«

»Solange das Display hell ist und die Buchstaben groß genug sind, geht das mit viel Anstrengung und einer sehr starken Lupe. Aber mittlerweile hat ja jedes halbwegs moderne Handy eine Spracherkennung für Texte.«

»Stimmt.« Punkt für Janosch.

»Nur auf normalem Papier lesen geht gar nicht«, gibt er zu. »Ich hätte so gern selbst gelesen, wie es mit Elliott und Lynn weitergeht. Aber ich wäre nach spätestens einer halben Seite mit den Nerven am Ende gewesen. Und es mir von einer Computerstimme vorlesen zu lassen, wäre die reinste Beleidigung.«

»Ich werde es dir als Hörbuch aufnehmen.«

»Nicht nötig.« Er grinst. »Ich bin lieber live dabei, wenn du liest.«

»Elliott und Lynn warten schon.«

Er wird ernster. »Du weißt, wie viel es mir bedeutet.«

»Vermutlich fast so viel wie mir.«

»Es ist beinahe so, als würdest du mit deinen Worten einen Film hinter meinen Augen anwerfen. Auch als du mir den Sonnenuntergang erzählt hast …«

»Es hat mir noch nie Spaß gemacht«, sage ich, und Janoschs Augenbrauen heben sich irritiert. »Wenn Carlo wollte, dass ich ihm vorlese, war es schier unerträglich für mich. Ich habe mich so dumm gefühlt, mit jedem Wort, das ich gesagt habe, hab ich mich einfach nur lächerlich gemacht. Weil er keins von ihnen verstanden hat.« Ich schlucke. »Aber bei dir hatte ich plötzlich das Gefühl, dass jede Silbe so ankommt, wie ich sie meine.«

»Dann ist es ja gut, dass ich dich überredet habe.«

»Du sagst es.« Mir kommt etwas in den Sinn. »Als wir im Kino waren … Wusstest du wirklich nicht, dass dein Film gerade läuft?«

»Doch«, gibt er zu. Wenigstens ist er ehrlich. »Aber wie hätte ich wissen sollen, dass du ausgerechnet ihn ausgesucht hast?«

»Die Auswahl im *Panthalon* ist durchaus überschaubar.«

»Eben.«

Er lässt mir einen Moment, um zu begreifen, was ich da gerade gesagt habe. *Überschaubar* …

»Ich muss nahezu alles auswendig lernen, aber sicher nicht das Programm jedes Kinos hier in Wien.«

»Gut, ja …« Kurz zögere ich. »Und als Synchronsprecher? Lernst du da auch alles auswendig?«

»Es kommt auf den Umfang des Projektes an«, erklärt er. »Fernsehbeiträge kann ich mir vorab anhören und ganz gut merken. Für den Rest gibt es Brailleschrift.«

»Das schönere Wort für Blindenschrift?«

»Schön sind sie beide nicht.«

»Aber praktisch?«

»Ohne wäre ich wirklich ziemlich aufgeschmissen. Es gibt sie als Tastatur für den Computer, ich kann darüber auch lesen. Bei Großprojekten wie dem Kinofilm muss die Produktion natürlich auf mich angepasst werden. Aber erstaunlicherweise ist es ihnen den Aufwand wert.«

»Also mich erstaunt das nicht.«

»Ein sehbehinderter Sprecher macht sich gut fürs Image. Inklusion und so.«

»Janosch …« Ich bin selbst erschrocken, wie mahnend ich klinge. Aber ich will nun mal nicht, dass er so was sagt.

»Es ist die Wahrheit. In vielen Bereichen meines Lebens bin ich eine Last für andere. Da will ich auch nichts vorgegaukelt bekommen.«

»In meinem bist du nichts als eine riesige Bereicherung«, platze ich heraus, und für einen kurzen Moment herrscht Stille. Dann hat Janosch sich wieder gefangen.

Er nickt. »Ich weiß«, bringt er heraus. »Das eben klang blöd. Wie der mitleiderregende fast blinde Kerl, der ich nicht bin. Heute weiß ich, dass ich mich nicht im dunklen Kämmerlein zu verstecken brauche, sondern leben darf. Vor allem so leben darf, wie ich es mir vorstelle. Aber es war nicht immer so. Die Menschen sehen nicht mehr dich, nur noch deine Diagnose. Anfangs war es schlimm. Am liebsten hätten sie mich direkt von der Schule genommen und in eine spezielle Einrichtung gegeben. Dabei war dieses Stück Normalität das letzte, was mir noch geblieben war. Zum ersten Mal ging ich gern zur Schule. Es war keine Selbstverständlichkeit mehr, sondern ein Privileg, und ich war gewillt, alles zu geben. Also haben sie es mich versuchen lassen. Zum Glück war ich ein guter Schüler, Lernen fiel mir leicht. Vor der Erblindung hatte ich nie Probleme, aber als ich zurückkam, war mein Vorsprung verbraucht. Ich hatte ordentlich zu beißen, und ohne Luca, der jeden Mittag mit mir gelernt hat, hätte ich die Matura nie geschafft. Mit Nachteilsausgleich und ausschließlich mündlichen Prüfungen hat es letztendlich irgendwie funktioniert. Ich war so verdammt stolz. Nicht auf dieses dumme Zeugnis, sondern darauf, es allen gezeigt zu haben. Auf der Maturafeier neben allen anderen zu stehen, war unbeschreiblich. Ich wollte nie der bemitleidenswerte, blinde Junge sein. Ich wollte es allen beweisen, draußen in der bösen, lauten Welt. Versteh mich nicht falsch, ich halte viel von den Hilfsangeboten, die es heutzutage gibt. Aber für mich waren sie nicht das Richtige. Ich wollte es mir erarbeiten. Und ich wusste, dass ich es schaffen kann. Also habe ich die Zähne zusammengebissen und es durchgezogen.«

Mit jedem Satz, den er sagt, wächst meine Bewunderung

weiter. Mit ihr die Ungläubigkeit. Dieser Kerl ist die pure Inspiration.

»Nach der Schule ging der ganze Spaß von vorne los. Blind studieren? Damals unvorstellbar.« Janosch lacht. »Ich weiß noch genau, was mein Arzt sagte. Mit der Matura hätte ich mir jetzt ja bewiesen, was ich kann. Also wäre nun der Zeitpunkt, einen Gang runterzuschalten. Karriere machen mit fünf Prozent Sehkraft ... So was gibt's hier nicht. Sie meinten, ich solle mir doch etwas suchen, das *zu mir passt*. Eine Ausbildung anfangen, am besten als Masseur, oder in einem Callcenter arbeiten. Irgendwas, wofür ich die Augen nicht brauche. Aber ich wollte Geschichten erzählen, Bilder malen, wenn auch nur mit meiner Stimme. Also habe ich mich eingeschrieben, all den gut gemeinten Empfehlungen zum Trotz. Ich habe meinen Bachelor in Publizistik- und Kommunikationswissenschaft gemacht. Eigentlich wollte ich noch Philosophie dazu belegen, aber dafür musste man dann doch zu viel lesen.« Er hält einen Moment inne, und diese kleine Pause sagt alles. Sie erzählt von unerfüllten Träumen und dem *Vielleicht irgendwann*, das schließlich dem *Ach, eigentlich egal* gewichen ist.

»Du bist ja noch jung«, entgegne ich.

Ein Lächeln huscht über sein Gesicht, er zuckt mit den Schultern. »Ich habe immer gesagt, ich mach es noch. Aber mit sechsundzwanzig noch mal an die Uni ...?«

»Was hält dich ab?«

»Ach, ich weiß nicht. Ich habe einen Job, der mir Spaß macht, ein geregeltes Leben ...«

»Und einen unerfüllten Traum, den du irgendwann bereuen wirst.«

»Das ist wie dieser laxe Vorsatz, einmal im Leben ein Buch zu schreiben. Fast jeder hat ihn.«

»Ich habe ihn für mich erfüllt.«

»Du bist ja auch nicht normal.«

»Du auch nicht.«

Die dunkelblauen Ozeane blitzen.

»Vielleicht nächstes Jahr.«

»Nächstes Semester, Janosch«, beschwöre ich ihn. »Du musst es zumindest versuchen.«

»Es ist wirklich verdammt viel Textarbeit, habe ich mir sagen lassen.«

»Und ich habe mir sagen lassen, dass du jemanden kennst, der ausgezeichnet vorlesen kann.«

Endlich lacht er. Ich kann nicht genug davon kriegen. Und dieses Lachen klingt noch schöner, wenn ich es ausgelöst habe.

»Gutes Selbstbewusstsein, Frau Autorin.«

»Versprich's mir.«

»Wenn du mir versprichst, jetzt weiterzulesen?«

»Dass du immer feilschen musst.«

»Gleiches Recht für alle, Bambi.«

»Gut.« Ich strecke ihm die Hand hin. »Du musst jetzt einschlagen.«

»Ich weiß.« Er lacht erneut. »Ich bin nur blind, nicht blöd.«

»Manchmal bin ich mir da nicht so sicher.«

»Das war diskriminierend.«

»Ach, bitte, es war eine rein objektive Einschätzung der Umstände.«

»Vielleicht kann ich dir verzeihen, wenn du jetzt liest.«

»Dann sollte ich wohl schleunigst damit anfangen.«

»Absolut.« Als wäre das ein geheimes Codewort, lässt Janosch sich nach hinten auf den Rücken sinken, und ich angele nach Hubert. Dabei grinse ich übers ganze Gesicht und bin plötzlich froh, dass er es nicht sehen kann. Im gleichen Moment erkenne ich, dass er es spürt. Er grinst genauso.

»Diesmal schlaf ich auch nicht ein«, erklärt Janosch, als Hubert schwer schnaufend zum Leben erwacht.

Du darfst von mir aus gerne, möchte ich sagen. *Es hat mir nämlich gefallen.*

Stattdessen sage ich nichts, sondern betrachte verstohlen sein Gesicht, dort neben dem Rand meines Laptopdisplays, das von Elliotts und Lynns Welt ausgefüllt wird.

Er sieht schon ein bisschen müde aus. Wenn ich jetzt die Hand in seinen Nacken legen und ihm kleine Muster auf den Rücken zeichnen würde, könnten seine Augen vielleicht einfach zufallen. Ich vermisse Schönbrunn. Die Flammen und den Sommernachtstraum. Vielleicht war das unser erster und letzter. Ich strecke die Beine aus und platziere den Laptop auf meinem Schoß. Janosch legt seine Hand auf mein Schienbein, seine Fingerkuppen streichen über die glatte Haut. Ich erstarre. Zum Glück habe ich mich vorhin noch rasiert. Und zum Glück versaut mein dummes Gehirn diesen magischen Moment.

Mir wird abwechselnd heiß und kalt. Hoffentlich hört er nicht auf. Seine Finger streifen mein Knie. Dann bleiben sie liegen. Abwartend, auffordernd. Obwohl ich ihn wegstoßen sollte, will alles in mir mehr. Lautlos räuspere ich mich. Und wir tauchen gemeinsam in die Parallelwelt.

Ich war das Mädchen, das immer ganz hinten saß. Durchdringender Blick, emotionsloses Gesicht, sprich mich nicht an. Du verstehst mich sowieso nicht. Den Müll, den ihr redet, höre ich trotzdem.

Die ersten drei Tage habe ich mich damit begnügt, dich im Unterricht zu beobachten. Beim Schweigen. Und heimlich Existieren. Dein Notizbuch hast du hier nie rausgeholt. Du warst nie mutig oder freundlich. Manchmal bist du eingeschlafen. Von hinten aus der dritten Reihe konnte ich dich dabei beobachten. Ich saß seitlich, sah dein Profil. Wie dein Blick erst leer, dann stumpf wurde. Deine Lider schwer, dein Mund ganz entspannt. Wie dein Kopf nach vorn gefallen ist, immer und immer wieder. So lange, bis du die Ellbogen auf dem Tisch und den Kopf auf den Armen abgelegt hast. Vor Müdigkeit kapituliert, den Lehrern war es egal. Oder sie wussten es längst besser als ich.

Damals dachte ich, du hättest dich nicht unter Kontrolle. Heute denke ich, du wolltest zu viel Kontrolle. Die Ärzte dachten das auch. Es waren die Medikamente, die haben dich so müde gemacht. Müde und stumm. Doxepin, Haloperidol. Ich erkenne ihre Namen wie die guter Freunde. Du hast nichts mehr gespürt. Das war ja, was die Ärzte wollten. Aber du wolltest das nicht. Du wolltest es spüren, dich, das Leben. Den Aufprall, ob du den wohl gespürt hast? Das frage ich mich manchmal. Für eine Tausendstelsekunde vielleicht? Oder warst du sofort tot?

Angst hatte ich eigentlich noch nie. Nicht vor der Dunkelheit, nicht vorm Alleinsein. Vor fremden Menschen, großen Hunden oder schlimmen Filmen. Ich war noch nie normal. Dafür furchtlos. Bis auf diese eine Sache.

Die Platzangst.

Angst, nie meinen Platz zu finden. Du warst mein Lieblingsplatz. Ich hatte keine Angst. Ich hatte dich. Aber dann hattest du auch keine mehr.

Und ich war plötzlich platzlos.

Dreizehn

Enya

Diese verdammte dreizehnte Absage. Ich möchte sie auf der Stelle zerreißen. Noch bevor ich sie ausgedruckt habe und zu ihren Artgenossen abheften kann, trifft sie mich mitten ins Herz. Ich kann mich kaum daran erinnern, diesem Verlag überhaupt ein Exposé geschickt zu haben. Fast ein halbes Jahr ist es schon her, die Absage nun so unnötig, dass sie mich wütend macht.

Von: LEKTORAT
Betreff: AW: Manuskripteinsendung
An: Enya Unterberger

Liebe Frau Unterberger,

Bitte entschuldigen Sie, dass wir uns heute erst melden … *bla, bla* … Wir sehen leider keine Möglichkeit, Ihr Projekt in unserem Programm zu veröffentlichen … *bla* … weiterhin die Option, Ihr Projekt auf unserer freien Online-Plattform als E-Book zu veröffentlichen … *ich kotze* … In der Hoffnung, Ihnen hiermit eine Perspektive eröffnet zu haben, verbleiben wir mit freundlichen Grüßen …

Eine Perspektive. Das ist keine. Verdammte Scheiße.

Die Tränen steigen mir in die Augen, und diesmal lasse

ich sie laufen. Ich sitze bewegungslos auf der Couch, es ist Dienstagmorgen, 10:21 Uhr. Meine Perspektive ist in achtundfünfzig Tagen Geschichte. Eine E-Book-Veröffentlichung ist völlig lächerlich. Ich habe keine zwei Jahre meines Lebens darauf verwandt, um Elliott und Lynn nun auf einer Plattform zu veröffentlichen, die einem unseriösen Fanfiction-Portal gleichkommt. Warum sieht keiner die Magie?! Er strahlt doch förmlich, dieser Roman, er leuchtet, und während ich tippe, sprühen meine Finger Funken, ich kann die Energie spüren und will, dass die Geschichte endlich lebendig wird.

Der Drucker im Nebenzimmer ruckelt. Mit steifen Gliedern stehe ich auf, gehe mechanisch ins Büro Schrägstrich Gästezimmer Schrägstrich Abstellkammer und fische das noch warme Blatt Papier von der Ablage. Es ist die pure Demütigung. Ich will es zerknüllen, doch stattdessen gehe ich wie in Trance zum Regal, greife nach dem mit Bildern und Zitaten beklebten Leitz-Ordner und hefte das Papier ab. Es werden immer mehr. Dreizehn Absagen. Achtundfünfzig Tage. Und pure Verzweiflung.

Janosch

Die Ladentür quietscht, bevor sie langsam zufällt und das Getöse am Karmelitermarkt zumindest für den Moment aussperrt. Großstadt weicht Blumengarten, und ich kann nicht anders, als zu lächeln bei all den Nuancen, die mir in die Nase steigen. Rose, Hyazinthe, Vergissmeinnicht. Keine Ahnung, wie sie alle heißen, ich weiß nur, dass ich am liebsten einen ganzen Tag lang hier drin eingesperrt wäre. Blumenwiese und Enya. Nichts riecht schöner.

»Was darf ich für Sie tun?« Helle Stimme, sie lächelt. Typ

Floristin aus Leidenschaft mit rot gefärbten Haaren, dunkelgrüner Kittelschürze und schwarzen Rändern unter den kurzen Fingernägeln. Immer freundliche Augen. Ich wollte es mir abgewöhnen, mir Bilder zu den Stimmen auszudenken, doch es macht einfach zu viel Spaß.

»Ich brauche Blumen«, sage ich.

Vermutlich leuchten die Augen jetzt. »Sicher! Was hatten Sie sich vorgestellt?«

»Oh, ich weiß nicht genau. Ich kenne mich leider nicht besonders aus. Gelb wäre schön.« Ich zögere. »Ja, Gelb.« Plötzlich bin ich mir so sicher, dass ich lächeln muss. Alles, was Enya für mich ist, ist gelb. Wie eine Sonne nach langer Dunkelheit.

»Für die Frau Mama, nehme ich an?«

»Nein. Für ein ganz besonderes Mädchen. Eines, über das die Leute Bücher schreiben.«

Enya

Es ist Freitag, und er kommt nicht. Sechzehn Uhr, hatte er gesagt, und jetzt zieht sich der Nachmittag im *Sellerie* in die Länge wie zähes Kaugummi. Es wurde erst auf das Kopfsteinpflaster gespuckt, um zweieinhalb Minuten später an der glatten Sohle teurer Lederschuhe eines genervten Geschäftsmanns kleben zu bleiben, der kurz darauf in hektischen kurzen Sätzen seinen Espresso ordert – dabei immer einen latent verbissenen Zug um den spitzen Mund.

Ob wir das Gebäck nun auch noch abgeschafft hätten, nölt er, entreißt mir die Tasse und wird wieder zum Sklaven des kleinen Bildschirms in seiner rechten Hand. Und ich zu dem meiner Gedanken.

Bitte mach, dass ich nie so ende. Nie, nie, nie. Lieber noch hundert Jahre erfolglos, bettelarm und passioniert als derart erfolgreich und unzufrieden mit sich und dem Rest der Welt.

Ausdruckslos starre ich über die Theke hinweg auf die leeren Tische des Cafés. Draußen tropft das Sommergewitter vom schwülen Augusthimmel. Ich möchte nicht hier sein. Ich möchte draußen sein, schwitzen, im Park liegen, mit Janosch. Gut, hier zu sein, wäre vermutlich erträglich, wenn er nur endlich auftauchen würde. Er könnte sich hier hinsetzen, genau vor mich, die kleine Tasse ganz vorsichtig berühren und mich währenddessen ansehen. Das wäre schön.

Eine Sonnenblume schiebt sich draußen am Fenster des Cafés vorbei. Ich muss lächeln. Sie ist auch schön. Vor allem heute, bei diesem tristen Wetter. Die Sonnenblume stoppt, die Tür öffnet sich. Und dann kommt sie herein.

»Janosch?« Ich klinge so ungläubig, dass selbst der versklavte Griesgram für einen Moment sein glatt rasiertes Gesicht in meine Richtung dreht. »Was hast du da?«

»Wenn sich die Sonne so versteckt, dachte ich, bringe ich dir eben einfach eine eigene mit.«

Gott …

Ich meine, ein abfälliges Atmen aus der Ecke des Griesgrams zu hören. Und normalerweise hätte ich mit eingestimmt. Kitschige Pärchenscheiße nervt. Aber nicht bei Janosch. Dann werde ich rot und verlegen. Er hat mir eine Sonnenblume mitgebracht …

»Das ist kitschig«, sage ich trotzdem. Vielleicht hätte ich es nicht gesagt, wenn dieser Griesgram nicht anwesend wäre. Vielleicht hätte ich es doch.

»Ich weiß«, antwortet Janosch und zuckt schmunzelnd mit den Schultern. »Aber das macht nichts.«

In Gedanken stimme ich ihm zu und muss mich schwer beherrschen, nicht dämlich vor mich hin zu grinsen, während er mir die große Blume in die Hand drückt. Sie ist ein bisschen nass vom Regen, der dicke grüne Stiel ziemlich kratzig. Ihre Blätter sind von einem satten Gelb, das gute Laune und Lust auf Zitronenlimo macht. Die Sonnenblume hätte auch hässlich und längst welk sein können, ich hätte sie trotzdem geliebt.

»Du hast recht«, stimme ich zu, dann sehe ich ihn an. »Danke.«

»Gerne.«

»Ich dachte schon, du kommst nicht mehr«, entfährt es mir ungewollt. Er soll nicht denken, ich hätte auf ihn gewartet.

»Die Blume hat meinen Zeitplan durcheinandergebracht.«

»In diesem außergewöhnlichen Fall werde ich dir wohl noch einmal verzeihen.«

»Ein Glück.« Er lässt sich auf dem Barhocker mir gegenüber nieder. »Darf ich 'nen Espresso?«

»Was? Haben, trinken, wegwerfen?«

»Haben, du Grammatik-Nazi.«

»Dann ja.« Ich drehe mich um und spüre sein Grinsen in meinem Nacken. Es ist warm und steckt mich an. Für einen Moment lege ich die Sonnenblume ab, bis ich Zeit habe, ein Weizenglas mit Wasser zu füllen.

»Wie war die Arbeit?«

»Langweilig«, sage ich und dämpfe die Stimme etwas. Wie immer, wenn Janosch da ist, vergesse ich die anderen Kunden im *Sellerie*. Der Griesgram hebt erneut den Kopf.

Sein Blick sagt: Das erzähle ich Ihrem Vorgesetzten.

Mein Blick sagt: Mach doch, ist mir scheißegal.

»Also hattest du viel Zeit für Elliott und Lynn?«

»Ja, schon.« Der Morgen kommt mir wieder in den Sinn. Diese verdammte dreizehnte Absage.

»Wunderbar.« Janosch grinst, ich schiebe ihm den Espresso über die Theke zu. »Danke.«

Ich erwidere sein Lächeln und greife nach den nassen

Gläsern, die darauf warten, abgetrocknet zu werden. Sein Blick folgt mir.

»Willst du drüber reden?«

Ich erstarre mitten in meiner Bewegung.

Was zur Hölle?

»Nein«, fahre ich ihn an. Kann das Zufall sein, oder strahle ich die schlechte Laune inzwischen derart aus, dass sie selbst einem Blinden nicht verborgen bleibt? Auf der Stelle schäme ich mich für meine Gedanken.

»Vielleicht hätte ich nicht so direkt nachfragen sollen.« Er zögert. »Sorry. Ich wollte dir nicht zu nahe treten. Aber ich kann spüren, dass du heute nicht okay bist.«

»Ich bin nie okay.«

Er lächelt. »Höre ich da etwa eine melodramatische Lynn aus dir sprechen?«

»Einer meiner Lieblingsverlage hat mir abgesagt, okay? Heute Morgen, es war nur eine dumme E-Mail. Es war völlig bescheuert, mein Manuskript überhaupt dort einzureichen. Ich passe gar nicht ins Programm.« Ich schlucke. »Aber wehgetan hat es trotzdem.«

»Natürlich hat es das.« Janosch nimmt einen Schluck aus dieser kleinen Tasse.

Ich reiße den Wasserhahn auf und befülle mein Weizenglas. Plötzlich nervt mich die Sonnenblume. Sie sieht aus, als würde sie sich über mich lustig machen. Über mich und meine erbärmlichen Versuche, in der Buchbranche mit meinen Albernheiten Fuß zu fassen.

»Denkst du ans Aufgeben?«

»Es fühlt sich an, als hätte ich längst aufgegeben.«

»Vielleicht ist das der Grund.«

»Was meinst du?« Ich will wütend sein, doch ich kann nicht. Plötzlich fühle ich mich, als hätte Janosch mir den Stecker gezogen.

»Du brauchst ein Selbstbewusstsein wie eine kugelsichere Weste. Und eine so einzigartige Leseprobe, dass man gar nicht nicht weiterlesen wollen kann.«

»Findest du die Leseprobe schlecht?«, entfährt es mir sofort.

»Nicht schlecht«, beschwichtigt Janosch sofort. »Ich habe neulich mit Luca darüber gesprochen. Diese Leseprobe wird Elliott und Lynn nicht gerecht.«

»Und wie würde sie das?«

»*Show, don't tell.* Schon mal davon gehört? Deine Worte können Bilder malen, das musst du gleich im allerersten Satz zeigen. Du musst schockieren. Mit der Realität. Du erinnerst dich? Nichts ist so hart wie die Wirklichkeit.«

»Und was wäre deiner Meinung nach ein guter erster Satz?«

»Du musst dir das so vorstellen: Diese Menschen vom Verlag lesen täglich vermutlich Dutzende Textproben. Davon sind sechzig Prozent schlecht, dreißig mittelmäßig und zehn eventuell vielversprechend. Von diesen zehn Prozent überzeugt die Hälfte nur mit ihrer Verpackung. Guter Titel, tolles Exposé. Beliebiger Inhalt. Und dann kommst du. *Was Liebe nahekam* ist ein guter Titel. Er passt zu Elliott und Lynn. Aber er passt auch zu jeder anderen Liebesgeschichte. Du brauchst nur ein Wort. Kurz, prägnant.«

»Woran dachtest du?«

»An *Augenblicklicht.*«

Ich halte inne und lasse es mir auf der Zunge zergehen. *Augenblicklicht.*

»Krass.«

»Ich denke, das könnte aussagekräftiger sein.«

Gedankenverloren nicke ich und murmele es vor mich hin: »Augenblicklicht ...«

»Es war nur ein Vorschlag.«

»Ich liebe den Titel«, bringe ich heraus.

»Luca sollte ihn absegnen. Er kennt sich damit aus.«

»Offensichtlich nicht so gut wie du.«

»Er ist mir gestern beim Einschlafen eingefallen. Ich wollte dich eigentlich sofort anrufen, aber es war schon spät.«

Irgendetwas in mir fühlt sich an, als würde es in Flammen aufgehen. Er denkt beim Einschlafen an Elliott und Lynn …

»Danke, dass du dir so viele Gedanken machst«, entfährt es mir, und Janosch tut es mit einer Handbewegung ab.

»Gerne.« Er klingt ernst. »Und jetzt lass uns diese Leseprobe so richtig episch machen.«

Harte klinische Endpunkte

Enya

Ich beneide dich. Manchmal beneide ich dich wirklich, dafür, dass du es geschafft hast. Den Schritt gegangen bist, für den ich immer zu feige war.

Ich habe recherchiert. Wusstest du, dass Frauen dreimal so viele Selbstmordversuche begehen wie Männer? Und dass die Erfolgsrate bei euch Idioten trotzdem höher liegt? Erfolgsrate. Was für ein geschmackloser Begriff. Herzlichen Glückwunsch, Elliott. Zu diesem tollen Erfolg. Und wusstest du noch was? Wir passen perfekt in die Statistik. Wir sind der Durchschnitt. Der verdammte, berechenbare Durchschnitt. Drei verfluchte Male. Drei Hilferufe. Drei Mal ernst gemeint. Kein Mal ernst genommen. Trotzdem hast du schon beim ersten Mal Ernst gemacht.

Die Hemmschwelle sinkt mit jedem Mal, das du miterlebt oder auch nur mit angesehen hast. Ich habe ein Buch dazu gelesen. Sie nennen das Acquired Capability for Suicide. Erworbene Fähigkeit, sich umzubringen. Erhöhte Schmerztoleranz, Furchtlosigkeit vor dem Tod. Du hast oft gesagt, dass du keine Angst hast. Ich habe es dir immer geglaubt. Perceived Burdensomeness und Thwarted Belongingness, die beiden gibt es auch noch. Zu zweit allein. Waren wir eigentlich immer. Unter welchen dieser Punkte ich falle, frage ich mich manchmal. Vermutlich ein bisschen unter alle drei.

Hast wirklich du dich von diesem Hausdach gestürzt oder ich dich in die Abgründe meiner Seele? Uns lag die ganze Welt zu Füßen. So wie dir, als du da oben standest.

Unser Pakt, den Therapeuten niemals die ganze Wahrheit zu sagen, egal wie lange wir mit ihnen in diesen hübschen hellen Sprechzimmern sitzen würden, der war der Anfang vom Ende. Ich hielt es für eine gute Idee, schließlich hattest du sie vorgeschlagen. Und ich hätte alles getan, um dir zu gefallen.

Irgendwann wird es aufhören, wehzutun. Du hast es mir versprochen.

Kompliment an dich, Elliott.

Das war mies.

Depressionen sind schlimm. Die Stimme in meinem Kopf, die mir verboten hat zu essen, war es auch. Aber weißt du, was ich bis heute nicht verstehe? Wie konnte sie all die Zeit lauter sein als deine? Ich dachte, du hörst mich, ich dachte das wirklich. Ich dachte, ich war mit in deinem Kopf und hätte eine Chance gegen all die anderen. Ich dachte, ich könnte dich retten. Und du mich.

Vor diesem harten klinischen Endpunkt.

Stattdessen habe ich ihn verursacht.

Ich reiße mir die Kopfhörer von den Ohren und richte den Blick vom Laptop in meiner Ecke zur Tür des Cafés. Janosch lehnt an der Theke. Was macht er hier? Wir waren nicht verabredet. Er lacht.

»Unser Kaffee ist besser als der von George Clooney!« Hannes schiebt Janosch schwungvoll die Tasse entgegen. Wie jedes Mal kriege ich bei diesem Anblick fast die Krise. Jeden Moment rutscht sie ab und zerschellt am Boden.

Es geht zwar nie etwas daneben, aber es raubt mir jedes Mal die Nerven.

»Enya sitzt da hinten.«

Idiot. Vollidiot. Vielleicht hätte Janosch mich nicht gesehen. Ganz sicher sogar.

»Versteckst du dich vor mir, Bambi?«

Sein Gedankenlesen nervt mich langsam.

»Was machst du hier?«

»Ich hatte das Gefühl, ich sollte nach dir sehen. Darf ich?«

Ich nicke, und Janosch setzt sich mir gegenüber hin. Es wäre nicht nötig gewesen, er hätte es sowieso getan.

»Schreibst du?«

»Hörst du doch.«

Er grinst. »Punkt für dich.«

Hubert schnauft wie zur Bestätigung noch lauter.

»Warum hier drin? Es ist heute so schön draußen.«

»Hier drinnen ist es *immer* schön.«

»Kommst du trotzdem mit?«

»Ich muss wirklich arbeiten.«

»Wie viel hast du heute schon geschafft?«

»Zu viel.«

»Dann reicht es jetzt. Du beendest deine Szene, ich trink den Kaffee, und dann gehen wir raus. Wer schreiben will, muss auch was erleben.«

»Ich habe definitiv schon genug erlebt.«

»Keine Diskussion, Bambi.«

Janosch lehnt sich zurück.

Diese Selbstverständlichkeit, mit der er über mein Leben bestimmen will, ärgert mich. Meine eigene Verklemmtheit ärgert mich. Ich hasse es, wenn meine Pläne durcheinandergebracht werden. Gut, mein heutiges Schreibsoll habe ich mehr als erfüllt, aber trotzdem. Es ist noch mehr drin.

»Aber keine dumme Touri-Aktion«, verlange ich.

Janosch lacht. »Ich bitte dich.«

»Ich bin nicht der Typ für Sehenswürdigkeiten.«

»Ich auch nicht«, kontert er. »Ich stehe mehr auf Erlebenswürdigkeiten.«

Janosch

So putzig Enyas schlechte Laune war, so froh bin ich, als sie nach den ersten Minuten draußen verfliegt und der Ausstrahlung weicht, die ich von ihr gewohnt bin.

»Sorry, aber sag mal ehrlich, was willst du eigentlich auf Flohmärkten?«, fragt sie, und ich könnte sie dafür umarmen. Jeder andere hätte zu sehr mit sich gerungen, um mir diese Frage zu stellen, oder sie, wenn überhaupt, viel vorsichtiger formuliert, um mich ja nicht damit zu verletzen. Dabei ist sie völlig berechtigt.

»Ich mag die Atmosphäre«, sage ich also.

»Aha.«

»Mach die Augen zu«, fordere ich und nehme ihre Hand. »Für einen Moment nur.«

Sie schließt sie tatsächlich. Der Hilfe suchende Druck ihrer Finger zeigt es mir. Ich ziehe sie mit mir.

»Und jetzt riech einfach mal. All den alten Krempel, hör die Menschen miteinander verhandeln, mit Münzen klimpern, Dinge berühren und zurückstellen.«

»Ich hör ehrlich gesagt nur Lärm.«

»Mit der Zeit kannst du das besser filtern.«

»Die Autos im Hintergrund, das Hupen? Wir sind mitten in der Stadt, es gibt definitiv schönere Geräusche.«

»Es geht nicht darum, dass sie schön sind, sondern dass du sie wahrnimmst.«

Sie gibt ein unzufriedenes Geräusch von sich.

»Wenn du dich nicht drauf einlässt, funktioniert es auch nicht.«

»Ich lass mich doch drauf ein!«

»Du hast die Augen auf.«

»Das kannst du gar nicht wissen.«

»Du würdest sonst noch meine Hand halten.«

»Vielleicht war es mir unangenehm?«

»Das war es nicht. Und das weißt du auch.«

»Oh …« Etwas anderes muss ihre Aufmerksamkeit auf sich gezogen haben. »Schau mal.«

»Wird schwierig.« Ich kann es nicht lassen, sie zu necken.

»Eine Schreibmaschine …«

Ich muss grinsen.

»Ich wollte schon ewig eine.«

Ich folge dem Geräusch ihrer Schritte im Kies des Parkplatzes. Die Schreibmaschine scheint sie magisch anzuziehen.

»Ist sie hübsch?«

»Nein.« Enya schweigt fasziniert. »Aber das macht sie nur noch perfekter.«

»Hubert würde sich bestimmt über eine Lebenspartnerin freuen.«

»Er ist gerne Einzelgänger, aber vielleicht hast du recht.«

»Interessiert, junge Dame?« Dunkle Stimme, zu viel geraucht, die letzte wohl erst vor einem Moment. Ich stelle mir graues Haar und einen aufgedunsenen dicken Bauch vor.

»Ja«, bringt Enya heraus. »Die Schreibmaschine. Wie viel wollen Sie dafür?«

»Lass mich sehen. Ein antikes Stück, hervorragende Qualität. Für 150 gehört sie dir.«

Ich kann Enyas Entsetzen spüren.

»Oh, okay.« Sie schluckt. »Danke.«

Mist, will sie eigentlich sagen. *Mist, was soll das?* 150 Euro für eine verdammte alte Schreibmaschine. Sie tritt einen Schritt zurück, streift dabei meinen Arm und lächelt ein unsicheres Lächeln, das sich auf ihre Stimme legt.

»Lass uns weiter«, flüstert sie.

Ich nehme ungefragt wieder ihre Hand.

»Wie kann eine dumme Schreibmaschine so teuer sein?«, flucht sie, als wir uns ein paar Schritte entfernt haben. »Sie war nicht mal schön!«

»Dafür war sie alt.«

Enya schnaubt. »Lächerlich. Da bleib ich echt lieber bei Hubert.«

»Lass uns noch zum Naschmarkt gehen«, schlage ich vor, um sie auf andere Gedanken zu bringen.

»Ich hab doch gesagt, keine Touri-Aktionen, Janosch.«

»Ja, aber es riecht da gut.«

Enya lacht. Ich liebe dieses Lachen. Es ist echt, befreiend, man bekommt es selten zu hören.

»Na gut.«

Wir schlendern nebeneinanderher.

»Was ist dein Lieblingsgeruch?«, frage ich.

Sie zögert. »Das hat mich noch nie jemand gefragt.«

»Deshalb frage ich es dich jetzt ja.«

»Immer nur die Lieblingsfarbe …«

»Die interessiert mich nicht.«

»Hmm.« Sie verstummt. »Kaffee mag ich. Und frisch gemähten Rasen.« Sie zögert. »Und den Geruch in alten Buchläden.«

»Du stehst also auf alt und miefig?«

»Ich stehe auf authentisch und echt«, korrigiert sie mich nachdrücklich.

»Alt und miefig, gib's wenigstens zu.«

»Und deiner?«, fragt sie stattdessen. »Was ist dein Lieblingsgeruch?«

»Ich glaube, mein Lieblingsgeruch bist du.«

»Hör auf, so zu schleimen.« In ihrer Stimme höre ich ein Schmunzeln.

Es macht Spaß, Enya Komplimente zu machen. Ständig versucht sie, sie abzuschmettern. Doch ich bin mir sicher, dass sie nicht spurlos an dieser Eiskönigin vorbeigehen. Irgendwann wird ihre Hülle schmelzen.

Am Naschmarkt ist es voll. Ich erkenne die Touristenmassen daran, dass sie mir ständig im Weg stehen und mit den Auslösern ihrer Kameras klicken. Allein wäre ich wohl nie um diese Uhrzeit hergekommen. Mit Enya ist das anders. Sie scheint unterbewusst zu spüren, dass ich ein kleines bisschen verloren bin, und greift nach meiner Hand.

»Wollen wir was essen?«, fragt sie. Die Gerüche überfordern mich. Kaffee, Gewürze, fettiges Frittierzeug, Obst, Fisch. Schweiß und Rauch. Alles auf einmal. »Oder was mitnehmen und im Park picknicken?«

Ich nicke. »Das wär schön.«

»Das ist dir viel zu viel gerade, oder?«, vermutet Enya und trifft damit ins Schwarze.

»Ich hab nicht mit so vielen Menschen gerechnet.«

»Hättest du mal auf mich gehört.«

»Ich geb's ja zu.«

»Komm mit. Ich box dir den Weg frei.«

Ich grinse. »Sehr zuvorkommend von dir.«

»So bin ich.«

Ich lasse mich von Enya durch die Menschen navigieren. Ihre Hand ist der Anker, an den ich mich klammere.

»Jetzt bist du wieder dran«, meint sie, nachdem wir uns mit Essen, das für die nächsten zwölf Wochen reichen dürfte, eingedeckt haben. »Der Burggarten ist in der Nähe, aber ich vermute mal, dass wir da heute auch nicht ganz so unter uns sind.«

Ich zögere einen Moment. »Schönbrunn?«, schlage ich dann vor.

Und obwohl sie nicht nah genug vor mir steht, weiß ich, dass sie nickt.

Schönbrunn.

Enya

Satt und zufrieden in der Sonne zu liegen, gehört zu meinen Lieblingsbeschäftigungen. Den Kopf dabei auf Janoschs Bauch zu legen, inzwischen auch. Ich mag, wie er sich hebt und wieder senkt, während er atmet. Wie ein kleiner Ozean, auf dem ich fahre, aber nicht seekrank werde. Janosch ist das Meer, in dem ich Schwimmen gelernt habe. Ich bin so poetisch.

»Schläfst du?« Ich streiche behutsam über seine Schläfe.

»Ja«, murmelt er und bringt mich damit zum Lächeln.

»Okay.«

Ohne es zu wollen, zeichnen meine Fingerkuppen Muster auf seine Wange. Dieser unbändige Drang, ihn zu berühren, wird immer stärker. Unfassbar.

»Würdest du gerne sehen können, wenn du die Wahl hättest?«

Janosch schweigt ein kleines bisschen zu lange, bis ich fast glaube, er habe mich nicht gehört. Dann zuckt er leicht mit den Schultern, ohne dabei die Augen zu öffnen.

»Schon. Aber irgendwie auch nicht. Ich glaube, es würde mich total überfordern.«

»Aber du konntest es doch mal.«

»Ja, aber jetzt kann ich eben andere Sachen.«

»Hast du nicht ständig das Gefühl, was zu verpassen?«

»Wieso denn? Ich bin doch mittendrin.« Seine Stimme klingt träge. Die Augen bleiben zu. Sieht fast so aus, als schläft da gleich jemand ein. »Ich glaube, es würde mir Angst machen. Diese komische Reizüberflutung. Es ist doch ganz friedlich so.«

»Hmm«, mache ich etwas skeptisch.

»Aber dich … dich würde ich gerne sehen. Unfassbar gern.«

Ich muss lächeln, löse die Hand von seiner Wange, taste nach seiner und führe sie zu meinem Gesicht.

Janosch versteht. Erst tasten seine Finger ganz zögerlich über meine Haut. Dann erkundet er mein Gesicht. Seine Finger streifen meine Lippen. Es kitzelt.

»Du bist wunderschön.«

»Das weißt du doch gar nicht.«

»Und wie ich das weiß.« Er hält inne und blinzelt mich an. »Das eine hat mit dem anderen nämlich nichts zu tun.«

»Wie tiefgründig.«

»Autofahren …« Er schließt die Augen wieder. »Das würde ich gerne mal. Mit dreizehn hat mich mein Vater mit auf einen abgelegenen Parkplatz genommen, um mich üben zu lassen. Es war so cool. Ich hab mich immer so auf den Führerschein gefreut.«

»Aber du konntest keinen machen?«

»Nein, wie denn auch?«

»Keine Ahnung, sonst kannst du ja auch alles.«

»Du bist fies.«

»Ich weiß.«

Ich schweige einen Moment, dann kommt mir eine Idee. »Was machst du morgen?«

»Arbeiten und dir dann im Café auflauern.«

»Du kannst auch zu Hause bleiben.« Ich drehe ihm den Kopf zu. »Ich hol dich dann gegen zwanzig Uhr ab.«

Von Regen und Applaus

Janosch

»Das ist irre, das ist doch völlig irre …« Ich schlucke schwer, meine schwitzigen Finger drohen am Lenkrad abzurutschen, egal wie fest ich es umklammere. Diese ganze Idee ist absolut hirnrissig!

»Du musst nur auf der Kupplung bleiben, um den Motor zu starten.« Enyas beruhigende Stimme macht mich wahnsinnig. Wie stellt sie sich das vor?

»Enya, wenn ich richtig Mist baue …«

»Ich sitz neben dir, Janosch. Es kann nichts passieren. Zur Not kann ich eingreifen.«

»Himmel, wie denn?! Das ist komplett bescheuert, ich bin blind! Ich kann kein Auto fahren. Was, wenn uns jemand erwischt? Du bist sofort deinen Führerschein los! Sorry, aber das ist mir echt zu arg!« Der Wiener kommt in mir durch, ich wette, Enya grinst jetzt. Stattdessen spüre ich plötzlich eine Hand auf meinem Arm. Beruhigend und kühl.

»Entspann dich.«

Ich schließe die Augen. Sie hat leicht reden.

»Ich vertrau dir, Janosch. Hör zu, dieser Parkplatz ist riesig und komplett leer. Du kannst gar nirgends dagegenfahren. Alles, was du tun musst, ist anfahren und in die Richtung lenken, die ich dir sage. Schaffst du das?«

Ich schlucke. Mein Herz hämmert in meinem Kopf. Ich weiß nicht, wann ich zuletzt so aufgeregt war. Und das auch noch wegen einer solchen Lappalie. Ich brauche Kontrolle und Sicherheit. Hinterm Steuer eines verdammten Autos habe ich absolut nichts mehr davon.

»Ich weiß nicht.« Meine Stimme zittert. »Wenn ich Carlos Auto doch vor ’ne Wand setze? Ich wette, er weiß nicht mal, was wir hier gerade tun?«

Enya lacht. »Natürlich weiß er es nicht. Er würde vermutlich im Viereck springen.«

»Ich bin doch nicht mal versichert, falls was passiert!«

»Für diesen absolut unrealistischen Fall bin ich dann eben diejenige gewesen, die gefahren ist.« Sie betont jede einzelne Silbe. »Carlo wird das nicht wundern. Einparken war noch nie meine Stärke.«

»Enya, ich habe echt kein gutes Gefühl dabei …«

»Du musst jeden Tag etwas tun, das dir Angst macht. Nur so kannst du dich persönlich weiterentwickeln.«

»Ach ja?« Ich lache auf. »Und was hast du heute getan?«

»Luca gebeten, die neue Leseprobe an die letzten vier Verlage zu schicken.« Sie zögert, und ich fordere sie stumm dazu auf, weiterzuerzählen. »Wir haben uns extra eine Handvoll Adressen aufgehoben. Große Häuser, bei denen man es eigentlich gar nicht erst versuchen muss. Ich hatte Angst, es irgendwann wirklich überall probiert zu haben und abgelehnt worden zu sein. Also dachte ich, das wäre klug.«

»Das war wirklich mutig von dir.«

»Nicht wahr?« Sie schweigt für den Bruchteil einer Sekunde, und ich bemerke, dass ich mir ein Eigentor geschossen habe. »Und jetzt bist du an der Reihe, mutig zu sein.«

Ich seufze lang und schwer, doch Enya bleibt hart. Sie nimmt meine Hand und führt sie zum Schlüssel, der in der Zündung steckt.

»Linker Fuß auf der Kupplung?«

Ich nicke.

Und dann dreht sie die Hand mit meiner um, und das Gefährt unter uns erwacht mit einem drohenden Grummeln zum Leben.

»Okay«, sagt sie und führt meine Hand zurück zum Lenkrad. »Sehr gut.« Als hätte ich bisher auch nur irgendetwas geleistet. »Jetzt nimmst du den linken Fuß ganz langsam von der Kupplung, bis du einen Widerstand spürst.«

Mein Bein gehorcht mir nicht mehr. Es tut einfach das, was Enya sagt. Ich spüre die Spannung, die sich unter mir aufbaut. Der Wagen will nach vorn, aber er kann noch nicht.

»Und jetzt mit rechts ein kleines bisschen Gas dazu. Ganz vorsichtig.« Vor diesem dummen Gaspedal habe ich am meisten Angst. Ich traue mich kaum, es auch nur mit der Schuhspitze zu kitzeln. Das wütende Rumoren wird lauter. Der Drang, nach vorn zu preschen, auch. »Ruhig ein bisschen mehr!«

Ich nehme all meinen Mut zusammen. Und übertreibe. Wütend heult der Motor auf, wir machen einen Satz nach vorn. Vor Schreck nehme ich den Fuß vom Pedal und mache es damit nur noch schlimmer. Meine Finger verkrampfen sich ums Lenkrad. Wild hoppelnd bewegt sich das Auto nach vorn.

»Auf die Kupplung, linker Fuß auf die Kupplung, Janosch!« Mir bricht der kalte Schweiß aus. Instinktiv tut mein Fuß, was Enya sagt, und der Spuk hat ein Ende.

»Oh Gott, oh mein Gott …«

Enya lacht. Ich spüre ihre Hand an meiner Schulter. »Alles gut?«

»Was, was hab ich gemacht?«

»Du hast ihn abgewürgt.«

»Oh.«

Sie lacht immer noch. »Das gehört dazu, glaub mir. Noch ein Versuch? Jetzt hast du ein besseres Gefühl fürs Gas.

Nicht zu viel, nicht zu wenig. Wenn du erst einmal angefahren bist, geht es ganz von allein.«

»Und die Kupplung?«

»Die hältst du gedrückt, bis ich dir etwas anderes sage.«

»Okay.« Wenn es mit dem Schreiben nichts wird, kann sie wenigstens noch Fahrlehrerin werden. Ich glaube, ihr macht das gerade mehr Spaß als mir.

Ruckeln, Schnauben, ein kurzes Holpern ... Und dann gleiten wir plötzlich.

»Gut!«

Der Wagen unter uns bewegt sich. Rollt, rumpelt sanft über eine Unebenheit, wird schneller. Und ich bin derjenige, der ihn lenkt.

»Jetzt kannst du in den Zweiten schalten.« Enya fasst meine Hand und zieht sie mit sich zum Schaltknopf. »Kupplung gedrückt?«

»Ja.« Ich klinge atemlos. Sie führt meine Hand bis über den kleinen Widerstand hinweg. »Jetzt Kupplung kommen lassen und gleichzeitig etwas Gas dazu.«

Und meine Füße tun alles, was sie sagt, als hätten sie nie etwas anderes getan. Ein ungläubiges Lachen bricht aus mir heraus.

»Oh mein Gott!«

»Du fährst, Hase.«

»Ich fahre!«, wiederhole ich fassungslos. Ich fahre, ich fahre, ich fahre ... Ohne zu sehen wohin, fällt mir ein. »Lenkst du?«

»*Du* lenkst.« Sie klingt so überzeugend, dass ich ihr glaube. Mein Herz rast. »Probier ruhig mal aus, hier ist weit und breit kein Hindernis.«

Meine Hände ziehen das Lenkrad nach links. Nach rechts. Hin und her und wieder hin. Der Wagen unter uns gehorcht mir und meinen Bewegungen. Ich muss nichts sehen, um ihm zu sagen, was ich will. Ein Summen ertönt, ihm folgt ein sanfter Wind, der meine Wangen streift und durch die Haare fegt. Ich fahre.

»Und das, mein Lieber, ist jetzt also dieses ominöse Autofahren.« Enyas Stimme verliert sich im Fahrtwind. Dem Fahrtwind, den ich erzeuge. Es klingt wundervoll.

»Ich liebe es!«

Sie lacht. »Nicht erschrecken, ich mach das Radio an.«

»Okay.« Der Moment ist schließlich noch nicht perfekt genug …

Cheat Codes, Feels Great. Und das tut es wirklich. Während wir durch den Abend gleiten, fühle ich mich schwerelos und so frei, wie ich dachte, nie wieder sein zu können. Jetzt bin ich es. Für Enya und diesen unendlichen Moment.

Enya

Janosch ist kein Mensch, den man leicht glücklich machen kann. Er ist das komplette Gegenteil. Nachdenklich und anspruchsvoll. Vielleicht liegt das daran, dass er Dinge sieht, die andere nicht sehen, und sich für die anderen nicht interessiert.

Heute ist es mir jedoch gelungen. Ich habe ihn noch nie so aufgeregt und voller Begeisterung erlebt. Es ist nur ein bisschen Autofahren, wir hoppeln mit zwölf km/h über einen dreckigen verlassenen Parkplatz und werden dabei von der tief stehenden Sonne geblendet, die durchs staubige Glas der Windschutzscheibe drückt. Für ihn ist es alles, was er nie konnte. Lange fahren wir sinnlos im Kreis, bis sich Dunkelheit über den Horizont legt und die Sonne in den Wolkenbergen versinkt, die bedrohlich aus der Ferne zu uns hinüber grollen.

Jetzt stehen wir da, und es regnet. Der Parkplatz ist noch

immer hässlich, das Licht im Wagen aus. Janosch wirkt erschlagen von all den neuen Eindrücken, ich beobachte ihn dabei. Er sitzt noch immer hinterm Steuer, und es wäre vermutlich sinnvoll, nun die Plätze zu tauschen und zurück ins Zentrum zu fahren, doch noch will ich das nicht. Ich will noch ein wenig Zeit vertrödeln, im dunklen Wagen sitzen und dem Regen und Janoschs Atem lauschen, den ich mir wohl mehr einbilde, als dass ich ihn unter dem sanften Prasseln wirklich höre.

»Das war toll heute«, sagt er irgendwann. »Danke, Bambi.«

»Wir können es ja mal wiederholen.«

»Vielleicht.«

Er dreht mir den Kopf zu, ich erkunde sein Gesicht. Mir fällt auf, dass es vielleicht gar keine so gute Idee ist, allein mit ihm in diesem dunklen Wagen zu sitzen.

»Wenn du die Augen zumachst, klingt der Regen wie Applaus.«

Ich muss lächeln und schließe sie. »Du hast recht.«

»Schön, oder?«

»Ein bisschen.«

»Kannst du mich nach Hause fahren? Ich hab da noch was für dich.«

Ich öffne die Augen. »Was denn?«

»Das darf ich nicht verraten. Ich hätte es dir ja ins Café mitgebracht, aber dafür ist es vielleicht ein bisschen schwer, und wenn du jetzt schon mal das Auto dabeihast …«

In meinem Kopf wird die Gedankenmaschinerie angeworfen. *Vielleicht, vielleicht hat er … Hat er nicht, bestimmt nicht. Oder? Was, wenn doch?*

Wir tauschen die Plätze, ich werde nass. Eine kleine Ohrfeige der Natur, die mich daran erinnert, dass ich realistisch bleiben sollte. Doch meine Gedankenspirale dreht sich weiter, bis wir am Seitenstreifen vor seiner Wohnung stehen.

»Kommst du noch mit rauf?«

Carlos Existenz fällt mir ein. Ich verdränge sie schnell wieder und nicke.

Der Hausflur wirkt, als hätte ich ihn nie zuvor gesehen. Alles ist anders, alles sehe ich anders, seit ich das Offensichtliche weiß. Jede von Janoschs Bewegungen sitzt. Er trifft den Schlüssel auf Anhieb ins Schlüsselloch. Das Hallo, das er ins Innere der verwaisten Wohnung wirft, bleibt unbeantwortet. Wir sind allein.

»Komm.« Er nimmt meine Hand. Plötzlich lächelt er. Ich lasse mich mitziehen in sein Zimmer. Und dann sehe ich sie. *Er hat wirklich …*

»Bist du irre?«, flüstere ich tonlos, während ich sie anstarre. 150 Euro. »Das, das geht nicht! Janosch, das ist viel zu viel Geld.«

»Es ist eine andere«, sagt er, und mir fällt ein Stein vom Herzen. »Ich hab Luca heute noch mal zum Flohmarkt mitgeschleift und so lange mit ihm gesucht, bis wir eine andere Schreibmaschine gefunden haben. Luca meinte, sie ist echt ziemlich hässlich, aber dafür war sie günstig, und sie funktioniert.«

»Wow, das … das ist …« *Das Schönste, das jemals jemand für mich getan hat.* Doch ich traue mich nicht, es zu sagen. Es wäre zu melodramatisch.

Als würde sie mich magisch anziehen, trete ich näher. Die Schreibmaschine ist ein bisschen sperrig und verkratzt. Von einem dunklen Petrol, das an den Ecken abblättert, und an manchen Stellen sind die Ziffern der Tasten nicht mehr zu erkennen.

»Danke«, hauche ich noch immer perplex.

»Gefällt sie dir trotzdem?«

»Hubert wird sie lieben.«

Er lächelt erleichtert.

»Danke, Janosch«, wiederhole ich.

»Bitte. Aber du bekommst sie nur unter einer Bedingung.«

Ich schlucke. »Die wäre?«

»Dass du sie, wann immer du wieder zweifelst, anschaust und dir selbst versprichst, nicht aufzugeben.«

Ich zögere, sehe erst ihn an, dann sie. Und dann nicke ich.

»Das kriege ich hin.«

Fähnchen im Wind

Enya

Ich habe es also versprochen. Janosch und mir selbst.

Nur zwei Tage später breche ich dieses Versprechen bereits.

»Immer noch keine Zusage also?« Er schiebt sich eine Gabel ölig glänzenden Kartoffelsalat in den Mund, der scharfe Geruch von Essig steigt mir in die Nase, selbst über den Tisch hinweg. Dieser Kartoffelsalat ist die Spezialität meiner Mutter, sie ist so stolz auf ihn. Auf ihn und die fettigen Käsknöpfle, die ich spätestens in einer halben Stunde bereuen werde, wenn ich mit Magenschmerzen und einem Kopf voll giftiger Gedanken auf der harten Eckbank meines Elternhauses sitze.

»Nein.«

Ein süffisantes Lächeln zuckt an den Mundwinkeln meines Vaters. Er arbeitet als Unfallchirurg in der nahe gelegenen Schweiz und hätte gerne gehabt, dass ich in seine Fußstapfen trete. Das Linguistikstudium war ein Kompromiss. Damit kann man immerhin noch zu einer Zeitung. Nicht wahr, Enya? Das kann man doch?

»Und wie lautet dein Plan?«

»Welcher Plan?«

»Wie es nun weitergehen soll.«

»Ich weiß es nicht.«

»Du musst das doch wissen, Enya. Wie soll es weitergehen? Willst du weitere zwei Jahre deine Zeit verschwenden? Mit Abwarten und diesem albernen Traum?«

»Ich verschwende meine Zeit nicht.«

»Doch, das tust du. Du arbeitest als Gehilfin in diesem Café, kommst gerade so über die Runden. Carlo hatte sich das sicher auch anders vorgestellt, als dich jahrelang finanzieren zu müssen.«

»Carlo finanziert mich nicht!«

»Ohne ihn könntest du dir diese Wohnung niemals leisten.«

»Und selbst wenn, das geht dich nichts an.«

»Das tut es, ich bin dein Vater.«

Neben mir kaut Carlo ununterbrochen weiter. Keine Sekunde lang wirkt er, als wäre es ihm unangenehm, mitten in unsere Familienkrise geraten zu sein. Er ist es bereits gewohnt. Streit gibt es eigentlich immer, wenn wir hier sind. Das ist nur einer der Gründe, weshalb ich diese Besuche so gut es geht vermeide.

»Arthur, bitte. Fangt keinen Streit an. Nicht heute.«

»Ich streite nicht, Tanja.« Er sticht mit der Gabel durch eine verkochte Scheibe Kartoffel. Für ihren Salat kauft meine Mutter ausschließlich die Sorte Sieglinde, festkochend, natürlich bio, natürlich regional vom Hofladen der Lochers. Meine Mutter ist nachhaltig und bedacht. Die perfekte Hausfrau, Lehrerin und natürlich auch Mutter. Nur ich bin eben nicht die perfekte Tochter. Trotzdem versucht sie mir das Gefühl zu geben, ich wäre es, und dafür liebe ich sie.

»Ich möchte nur das Beste für Enya«, argumentiert mein Vater. Plötzlich scheine ich nicht mehr mit am Tisch zu sitzen. »Aber sie wirft ihr Leben weg. Soll ich dabei einfach zusehen?«

»Kunst braucht eben Zeit.« Carlo ist zum Leben erwacht. Meine Mutter lächelt hingerissen. Meine Eltern lieben Carlo. Er ist klug, kreativ, erfolgreich. Manchmal vermute ich, sie würden ihn gern gegen mich tauschen, wenn sie nur könnten.

Aber leider kam ich ohne Rückgaberecht. »Bei mir mussten auch erst Jahre verstreichen, ehe der große Durchbruch kam.«

»Mag sein, Carlo, aber der Unterschied ist, *er kam*. Und Enya, wenn wirklich all diese großen Häuser absagen, dann hat das auch etwas zu bedeuten. Das ist sicher eine bittere Pille für dich, aber du musst sie schlucken. Das Leben ist kein Wunschkonzert und erst recht kein Märchen, in dem wir alle einfach das bekommen, was wir wollen. Du brauchst etwas Handfestes, Solides. Schau, auch in der Medizin gibt es kreative Bereiche, und du bist noch jung. Du könntest noch mal an die Uni und neu starten. Dieses Künstlerleben ist doch nichts mit Zukunft. Du willst doch nicht in zehn, fünfzehn Jahren noch immer in einem Café stehen und andere Leute bedienen.«

»Es macht mir Spaß«, entfährt es mir. »Ich glaube dir gern, dass du dir das nicht vorstellen kannst, aber die Arbeit im Café macht mir wirklich Spaß!«

»Enya, das kann doch nicht dein Ernst sein. Du wirst nicht jünger, du verschwendest deine Zeit. Wir haben dir stets alle Möglichkeiten geboten. Die Matura, die Sprachreisen, du bist für so eine lächerliche Tätigkeit überqualifiziert. Such dir einen ordentlichen Job, ich bitte dich. Und wenn es unbedingt etwas mit Schreiben zu tun haben muss, dann wenigstens bei einem halbwegs seriösen Magazin, das dir endlich diese entsetzliche Lücke im Lebenslauf schließt.«

Das Messer kratzt übers teure Porzellan, zerteilt den Berg Magenschmerzen und zieht etliche lange, dünne Fäden aus triefendem Bergkäse.

»Noch jemand Nachschlag?« Meine Mutter klingt gehetzt und peinlich berührt. Beinahe fluchtartig verschwindet sie in der Küche.

»Wie läuft es bei dir, Carlo?« Das Thema scheint für meinen Vater erledigt zu sein.

Carlo grinst. »Bestens.« Er spricht von Konzerten, L.A. und Platinalben, während ich ein bisschen weiter neben ihm existiere. Wäre ich allein, würde ich jetzt wohl heulen. Mir fällt wieder ein, warum ich es tunlichst vermeide, herzukommen. Diese passiv-aggressive Atmosphäre ist Gift für meine labilen Gedanken. Alles in Vorarlberg steht dafür, wo ich herkomme und niemals hin zurückkehren will.

Das kleine Siebenhundert-Seelen-Dorf links vom Inntal, kurz nach der Grenze zu Tirol muss für die meisten Menschen der Inbegriff Österreichs sein. Hier kennt man die Nachbarn noch persönlich, wird beim Einkaufen mit Namen begrüßt und kann das ganze Jahr über in Tracht auf die Straße, ohne schief angeschaut zu werden. Es ist eben sehr ländlich.

Für manche bedeuten sie Freiheit, mir wird jedes Mal ganz eng in der Brust, sobald sich die Gipfel der ersten Dreitausender am Horizont der endlos langen Rheintalautobahn vor mir auftürmen. Achtzehn lange Jahre war ich hier gefangen. In einem Tal, das nur zu einer Tageszeit Sonne abbekommt und von zwei steingrauen Straßen zerteilt wird. Eine ist die Bundesautobahn, die andere die schmutzige Ill, die sich einen Weg durchs Gestein geschlagen hat. Zumindest der Fluss ist mir sympathisch. Er rauscht stets geradlinig nach vorn, unbeeindruckt von der doch so herrlichen Landschaft. Immer auf der Flucht gen Deutschland, gen Freiheit

Ich hätte es ihm gleichtun sollen. Doch immerhin habe ich nicht im nahen Innsbruck, sondern in Wien studiert. Zwar immer noch Österreich, dafür weit genug weg von diesem schrecklichen Zuhause. Wäre Carlo nicht gewesen, hätte mich nichts in diesem Land gehalten. Er ist im Burgenland aufgewachsen und hat seine Jugend in Eisenstadt verschwendet, einem Ort, der genauso hässlich ist, wie er klingt. Für ihn stand seit jeher fest, nach Wien zu ziehen. Kennengelernt haben wir uns beim Donauinselfest, der einzigen Großveranstaltung, die jährlich dort geduldet wird. Ich war siebzehn und betrunken, Carlo geheimnisvoll und atemberaubend attraktiv. Nie hätte ich geglaubt, dass aus einer Festivalaffäre wirklich so etwas wie Liebe werden könnte, doch nach anderthalb Jahren Fernbeziehung besiegelten wir sie mit unserer ersten gemeinsamen Wohnung in der Stadt, in der wir uns kennengelernt hatten.

Eigentlich ist das ziemlich romantisch und auch ein bisschen süß. Doch jetzt, wo mir ein beinahe blinder Typ gezeigt hat, wie das mit dem Sehen eigentlich funktioniert, schaue ich ganz anders auf meine Vergangenheit.

Janosch … Der Gedanke an ihn und mein Versprechen wirkt momentan völlig abstrus.

Meine Eltern würden Janosch mögen, vielleicht sogar bewundern. Er sie aber nicht. Er könnte die Vorwürfe spüren, die vielen Erwartungen und das mangelnde Lob. Er würde kopfschüttelnd nach meiner Hand greifen, aufstehen und gehen. Vielleicht hat mein Vater recht. Ich verschwende meine Zeit – doch sicher nicht mit dem Schreiben, sondern mit meiner Mutter und ihm, mit ihren Zweifeln, die mich vergiften und blockieren, die wertvolle Kreativität aus mir saugen und vor dem Haus auf die fein säuberlich gepflasterte Einfahrt spucken.

»Aufgeben ist keine Option«, hat Janosch gesagt. Und ich würde ihm gern glauben, in genau diesem Moment würde ich nichts lieber als diese Schreibmaschine – ich habe sie Elda getauft – ansehen, doch sie ist in Wien und hat versprochen, dort zu warten. Zusammen mit meinem Selbstvertrauen und dem letzten bisschen Hoffnung, dass es so etwas wie Gerechtigkeit gibt.

Carlo fand die langen Haare toll. Natürlich fand er das. Wie sonst hätte ich in die Reihe seiner Ex-Freundinnen gepasst? Sie waren alle wie ich. Groß, dünn, langhaarig und schön. Mal blond, mal brünett. Öfter blond. Hauptsache gut aussehend.

Vielleicht wollte ich ihm einfach nicht mehr gefallen, als ich mir die Haare in einer Hauruck-Aktion auf Kinnlänge abschneiden ließ, kaum dass ich zurück in Wien war. Ihm ist daraufhin alles aus dem Gesicht gefallen. Er fand es schrecklich. Ich hab's genau an seinem Blick und dem mahlenden Kiefer gesehen.

Janosch fand das nicht. Aber er konnte die Frisur ja auch nicht sehen, als ich mich am Abend mit ihm im Park getroffen habe. Und das war ziemlich angenehm nach den schrägen Blicken und dummen Kommentaren bei der Arbeit.

Ob ich mich getrennt habe und das mittels meiner Typveränderung aller Welt mitteilen wolle. Hannes hatte gelacht, aber in seiner lustig gemeinten Aussage steckte ein gewaltiger Brocken Wahrheit. Ich habe mich getrennt, aber nur von einer kleinen Portion Vergangenheit, weil ich nicht mutig genug war. Dem Stück von mir, das immer in der Luft flatterte, mich zu diesem Fähnchen im Wind machte. Meine Haare haben mich lange Zeit definiert. Lang, dunkel, Schneewittchen. Ich habe irgendwann aufgehört zu zählen, wie oft ich gefragt worden bin, ob die Haarfarbe und die Locken echt seien. Weil sie *so schön* sind.

Herrgott noch mal, ich möchte nicht schön sein, sondern auffallen, das möchte ich. Und zwar mit Worten, mit dem, was ich bin.

Als Carlo meinte, die kürzeren Haare seien auch hübsch, sollte das wohl ein Kompliment sein. Für mich war es ein weiterer Schlag mitten ins Gesicht.

Ach Carlo, ich liebe ihn wirklich. Wir hatten sieben wundervolle Jahre, und ich will nicht undankbar klingen, aber heute sind wir beide älter, anders, besser. Ich mehr bei mir, er mehr bei der Musik, der Band, den Fans, seinem neuen Album, den Charts und der nächsten Tour. Früher war er das auch, aber da hat es mir nichts ausgemacht. Da wusste ich noch nicht, wie schön es sein kann, neben jemandem zu sitzen, der zuhört und sich *wirklich* interessiert. Jemandem, der mich zwingt vorzulesen, dabei nicht lacht oder die Augen verdreht, wenn ich mich geniere, sondern sie schließt und mit einem feinen Lächeln auf den Lippen zuhört und genießt.

Sushi

Enya

»Du bestellst auch echt immer dasselbe, Süße.«

Es heißt das Gleiche, denke ich. Ich bestelle verdammt noch mal nicht immer dasselbe, sondern das Gleiche. Und das ist ein himmelweiter Unterschied.

»Tja«, sage ich stattdessen, doch Anouk hört den implizierten Vorwurf aus diesem Seufzer nicht heraus. Stattdessen redet sie weiter. Redet und redet und redet. Ich nicke. Gefühlt schon seit Stunden, obwohl wir erst seit einer halben hier sind.

»Hast du überhaupt schon mal was anderes probiert als dein Sushi mit Lachs und Avocado?«

»Ja.« Ich will knurren, aber meine Stimme klingt freundlich. »Aber es hat mir eben nicht so gut geschmeckt.«

»Du musst mal aus deiner Komfortzone rauskommen, Schatz.«

Vielleicht bilde ich es mir auch nur ein, aber Anouk klingt heute so richtig herablassend.

»Du traust dich nie, was auszuprobieren, das vielleicht besser sein könnte als das, was du schon kennst.«

»Darf ich dich daran erinnern, dass ich gerade erst meine Haare abgeschnitten habe?!«

»Ach, das …« Die geschminkten Lippen machen ein schmatzendes Geräusch. »Das war vielleicht ein erster Schritt. Ich bin stolz auf dich, dass du das geschafft hast, wirklich.«

»Aber es geht dir jetzt trotzdem um dieses dumme Sushi,

von dem ich eben einfach sicher sein kann, dass es mir gut schmeckt?«

»Enya, Schatz, es geht nun mal besser als gut. Und ich will nur das Allerbeste für dich. Das hältst du mir doch nicht etwa vor?«

»Nein.« Ich kapituliere.

»Siehst du, ich wusste, du verstehst mich.« Anouk plappert weiter. Ich nicke belanglos. Unser Essen kommt.

»Klasse, danke schön! Sieht das nicht mega aus, Enya? Gott, ich liebe Sushi, es war die beste Idee herzukommen!«

»Hmh«, murmele ich.

»Warte, erst noch ein Foto!« Anouk zückt ihr Handy, und ich lasse meine Stäbchen fallen, als hätte ich mir soeben die Finger daran verbrannt. Laut scharren die Beine ihres Stuhls übers Parkett, Anouk steht schwungvoll auf, zieht die Aufmerksamkeit der umliegenden Tische auf sich und hält das Telefon über unser Essen. Ich schäme mich, als wäre ich diejenige, die sich hier zum Affen macht. »Ach, nur das Licht ist hier immer so schlecht!«

Weil das hier nun mal kein Fotostudio ist, sondern ein Restaurant. Der Kellner wendet verlegen den Blick ab, alle anderen beobachten uns. Ich versuche mich unsichtbar zu machen, würde am liebsten sagen, dass ich zwar mit ihr hier bin, aber mich genauso fremdschäme wie gerade jeder im Raum.

»Mann, jetzt ist der Schatten von meinem Arm quer drüber.« *Der Schatten meines Armes …* »Aber egal, ist ja nur für Insta.«

Ich unterdrücke den Drang, die Augen zu verdrehen. Es ist so bezeichnend für Anouk. Ihr ganzes Leben besteht nur daraus, dem perfekten Bild nachzujagen. Was sie nicht fotografiert hat, existiert anschließend nicht mehr für sie. Alles muss dokumentiert und geteilt werden. Während sie Bilder schießt, verpasst sie zwar, was eigentlich um sie herum geschieht, doch das macht nichts. Dafür kann sie es sich dann später ja noch mal ansehen.

»Ich schick dir die dann, ja?« Ihre Stimme dröhnt in meinem Kopf. Solch schreckliches Getöse. Heute macht es mich wirklich wahnsinnig.

»Tu das.«

»Mega, dann lass es dir schmecken, Süße! So schön, mit dir hier zu sein und gemeinsam den Abend zu verbringen!«

Warum muss sie eigentlich immer so furchtbar laut sein? Bei allem, was sie tut, entsteht Lärm. Manchmal frage ich mich, ob ich die Einzige bin, die sich daran stört.

Ihre vielen Sätze verderben meinen Sushi-Genuss. Ich hasse es, mich beim Essen zu unterhalten. Je lauter Anouk spricht, desto leiser werde ich, als könnte ich es damit irgendwie ausgleichen. Ich schiele auf meine Uhr und frage mich, ab wann es wohl als sozial verträglich gilt, sich zu verabschieden.

»Gehen wir nachher noch was trinken, Süße?«

Oh Grundgütiger. Sehe ich wirklich so aus, als würde ich diese Möglichkeit in Betracht ziehen?

»Hmm, ich weiß nicht«, meine ich zwischen zwei Bissen.

Anouk seufzt. »Ach Süße. Du musst auch mal rauskommen und was unternehmen!«

»Wir unternehmen doch gerade was.«

»Jaaa.« Wie sie das Wort unnötig in die Länge zieht, macht mich unfassbar aggressiv. »Aber doch nicht immer nur mit mir.«

»Ich hab heute echt keinen Nerv, noch wegzugehen. Außerdem muss ich schreiben.«

»Mann, Enya. Du machst doch den ganzen Tag nichts anderes.«

»Ja, und?«

»Du musst auch mal unter Menschen. Nicht nur den ganzen Tag in deiner Traumwelt abhängen und Melancholie schieben.«

»Im Gegensatz zu gewissen anderen Leuten habe ich eben kein Problem damit, mit mir allein zu sein.«

Anouk lacht. Es klingt überheblich und beinahe stechend. »Du bist nie allein, Schatz. Du hängst in jeder freien Minute mit deinen Protagonisten in eurer kleinen Welt ab.«

Ich starre sie an. Sie hat es lustig gemeint, aber ihre Worte haben mich verletzt. Ich kann überhaupt nichts mehr sagen.

»Das kann doch nicht gesund sein für die Psyche. Ich will dir ja nur helfen, Enya. Und du erzählst ständig, wie viel du schon geschrieben hast und wie fertig es dich macht. So würdest du wenigstens mal auf andere Gedanken kommen.«

Jetzt reicht es also nicht mehr, dass ich mich an meinem freien Abend nach draußen in die Öffentlichkeit gequält habe, nein, da kommt sie direkt mit der nächsten Schnapsidee um die Ecke. Anouks Vorwürfe sind ein abendfüllendes Programm. Ich ärgere mich über sie und diese Dreistigkeit, mit der sie in mein Leben dringt und mir vorschreiben will, was mir Spaß zu machen hat. Über diese passive Aggressivität in ihrer scheinbar belustigten Stimme. Aber am meisten ärgere ich mich über mich und meine Unfähigkeit, ihr dabei ruhig gegenüberzusitzen und meinen Standpunkt zu vertreten.

Überall wäre ich gerade lieber als an diesem Ort. Und als hätte man mich erhört, befiehlt eine höhere Macht meinen Füßen, sich in den Boden zu stemmen. Quietschend rutscht mein Stuhl zurück. Anouk verstummt erst, als ich aufstehe, nach meiner Tasche greife und den einzigen Schein, der sich noch in meinem Geldbeutel befindet, vor ihr auf den Tisch klatsche.

»Enya, was tust du?«

»Ich ertrage dich nicht mehr.«

Anouk wird blass. Die Leute am Nebentisch drehen sich um. »Es tut mir leid, Anouk, aber heute ertrage ich dich einfach nicht.«

Und dann gehe ich.

»Schon zurück?«

Carlo schaut überrascht in meine Richtung, kaum dass ich die Wohnungstür aufgeschlossen habe und in den Flur trete. Auf dem Wohnzimmertisch vor ihm stehen zwei leere Flaschen Heineken. Das Zettelchaos, inmitten dessen er sitzt, deutet darauf hin, dass er gerade an Texten für neue Songs tüftelt.

»Ja.« Ich halte den Blick gesenkt, während ich mich aus meiner Jacke schäle. Eigentlich will ich gar nicht reden, sondern mich nur im Bett verkriechen. Nicht darüber nachdenken, was eben in der Sushi-Bar passiert ist. Dass mir mein Abgang schon in der Bahn, fünf Minuten später, völlig übertrieben und albern vorkam. So albern, dass ich Anouk tatsächlich noch per WhatsApp eine Entschuldigung geschickt habe, die sie sofort angenommen hat.

Carlo hat seinen Stift zur Seite gelegt. »Was ist los?«

Toll. Jetzt habe ich ihn aus dem kreativen Fluss gerissen.

»Ach, nichts. Ich war müde und wollte heim.«

»Enya, es ist halb acht.«

»Ja, und?« Ich blinzele. Jetzt bloß nicht heulen. Doch Carlo kennt mich. Er ist aufgestanden.

»Habt ihr euch gezofft?«

Ich zucke mit den Schultern. »Keine Ahnung. Eigentlich nicht. Es lag nur an mir.« Ich lasse mich von ihm zur Couch ziehen und in seine Umarmung fallen. Er ist warm und riecht nach Geborgenheit und Vertrauen.

»Willst du erzählen?«

»Ach, ich weiß doch auch nicht. Wir waren Sushi essen, und eigentlich ist überhaupt nichts Schlimmes passiert. Ich war einfach total dünnhäutig und irgendwann so genervt, dass ich aufgestanden und gegangen bin.«

Carlo hebt erstaunt die Augenbrauen. Kein Wunder. Er kennt Anouk und mich nur als ein Herz und eine Seele.

»Jetzt schau nicht so.« Ich vergrabe das Gesicht an seiner Schulter. Carlo streicht mir über den Rücken.

»Tut mir leid, dass du einen blöden Abend hattest.«

Ich halte still.

»Anouk ist der Meinung, ich hänge zu viel mit Elliott und Lynn ab.«

»Das ist ja ihr Problem, nicht deins, findest du nicht?«

Misstrauisch blinzele ich zu ihm hinauf. Aber Carlo spricht weiter: »Und als deine Freundin sollte sie dich wirklich nicht dafür verurteilen.«

Ich schweige, während ich mich von seinen Atemzügen langsam auf und ab schaukeln lasse. »Denkst du wirklich?«, frage ich leise.

»Denke ich«, bestätigt Carlo, und ich schließe die Augen, weil die Tränen in ihnen zu brennen beginnen.

»Wollen wir uns morgen einen schönen Tag zu zweit machen?«, fragt er dann. »Ich kann mir freinehmen. Wir könnten frühstücken gehen und anschließend …«

»Ich muss arbeiten«, unterbreche ich ihn schweren Herzens und schlucke. »Und danach … also, Janosch hat gefragt, ob wir uns sehen.«

»Okay, klar.« Carlo klingt überraschend ruhig. Er scheint mein Erstaunen zu bemerken. Ich zögere.

»Bist du okay damit?«, wage ich einen Vorstoß.

»Bin ich.« Er legt den Arm um mich. »Wenn du sagst, da läuft nichts zwischen euch, vertraue ich dir. Und du bist so glücklich, seit ihr euch kennt. Er kann dir die Wertschätzung fürs Schreiben geben, die du so sehr verdient hast und die ich … na ja.« Carlo schlägt die Augen nieder. »Die ich dir gern ebenso entgegenbringen würde.«

Mit jedem seiner Worte wird meine Brust enger. *Wenn du sagst, da läuft nichts zwischen euch …*

Er vertraut mir. *Verflucht.*

Mein Mund ist plötzlich staubtrocken, als mir das Ausmaß der Katastrophe bewusst wird, auf die ich seit den letzten Wochen zusteuere. Ich hatte nicht vor, Carlo zu betrügen. Ich wollte wirklich nicht diese Person sein. Doch ehe ich es überhaupt selbst verstanden habe, war ich sie plötzlich.

Ich muss es ihm sagen. Ich muss ihm alles beichten. Meine widersprüchlichen Gefühle und Janosch, der mein Herz schneller schlagen lässt.

»Carlo, ich …« Mein Krächzen klingt erstickt. Das Herz hämmert von innen gegen meine Rippen. Carlo sieht zu mir, und aus seinen hellbraunen Augen mustert er mich so unschuldig und gutgläubig, dass mir kalt wird. Wie soll ich ihm das antun? »Hör zu, ich glaube …«

Sein Handy klingelt. Mein Herz bleibt stehen.

»Sorry«, murmelt Carlo abwesend, während er rangeht. Die Stimme, die ihm aus dem Telefon entgegenschallt, verheißt nichts Gutes. Die flache Hand, die er sich einen Moment später gegen die Stirn schlägt, noch viel weniger. »Shit. Stimmt, Mist … Ich bin auf dem Weg, versprochen. Zehn Minuten! Sag denen, ich stand im Stau. Tut mir leid, Mann!« Noch bevor er aufgelegt hat, ist Carlo bereits aufgesprungen. »Ich hab den Termin mit den *Universal*-Jungs total vergessen.« Seine Stimme vibriert vor unterdrückter Panik. »Scheiße, Baby, tut mir echt leid! Ich muss sofort los, wie konnte ich das vergessen, Herrgott noch mal.«

Er klopft seine Hosentaschen nach den Schlüsseln ab, während mir ein ganzer Fels vom Herzen fällt. Völlig zu Unrecht.

Ich werde es ihm sagen müssen, doch wenn das Schicksal nicht will, dass ich das heute schon tue, dann muss ich das akzeptieren. Vielleicht ist es ja besser so. Vielleicht finde ich dann eher die richtigen Worte, wofür es nur falsche gibt.

Ich halte Carlo fest, nachdem ich aufgestanden bin und er mir einen kurzen Kuss auf die Lippen drückt.

»Kein Thema«, sage ich. Er ringt sich ein gestresstes Lächeln ab. »Aber so fährst du nicht mehr.«

Er folgt meinem Blick zu den Bierflaschen auf dem Couchtisch, und sein Gesicht friert ein. Ich halte ihm die offene Hand hin.

»Also, gib mir den Schlüssel.«

»Enya, ich bin schon viel zu spät«, startet er einen schwachen Versuch. Voller Widerstreben überlässt er mir den Schlüssel, als er erkennt, dass ich es ernst meine.

»Ich weiß.« Ich schließe die Finger um das glatte Plastik und laufe in den Flur. Carlo folgt mir wie ein geprügelter Hund. Seine Miene verändert sich, sobald ich mir meinen Mantel überwerfe. »Also sag mir die Adresse und bete, dass der Berufsverkehr für heute schon um ist.«

Unter der Oberfläche

Enya

Die Schwüle des Sommertages weicht endlich dem erhofften Abendblau, das sich über die Stadt legt und der Luft die drückende Hitze nimmt. Zu warm ist mir immer noch. Die Donau glitzert verlockend. Im Halbdunkel schimmert ihre Wasseroberfläche als spiegelglatte makellose lila Haut. Sie glänzt, als wäre sie soeben abgeschliffen und frisch versiegelt worden.

»Worüber denkst du nach?«, fragt Janosch, und ich muss lächeln.

»Darüber, wie wundervoll die Donau heute wieder aussieht.«

»Ja?« Seine Stimme klingt auffordernd. Er möchte sie auch sehen. Die Welt durch meine Augen.

»Ja«, bestätige ich also und lasse meinen Blick erneut über die Kulisse wandern. Auf unserem kleinen Holzsteg am Ufer der Alten Donau sind wir inzwischen allein. Wir kamen spät und hatten Glück, die meisten Badegäste waren längst fort. Ich wollte eine Flasche Wein mitbringen, dann fiel mir ein, dass Janosch nicht trinkt und ich seinem Beispiel besser folgen sollte. Was in angetrunkenem Zustand noch alles aus mir herauskommen würde, möchte ich lieber nicht wissen. Gefährlich genug, hier im magischen Licht der lauen Abenddämmerung neben ihm zu sitzen, ihm dabei zuzusehen, wie schön er ist, und ein bisschen über Gott und die Welt zu spinnen.

Ich wende mich ihm zu. »Du solltest das sehen. Das Wasser ist dunkelblau, fast schwarz, dort hinten geht gerade die

Sonne unter, sie übertrifft sich wirklich bald jeden Abend selbst. Am Himmel stehen Puderzuckerwolken, unfassbar groß und flauschig, und am liebsten würde ich mich in sie hineinlegen, vor allem jetzt, wo sie so hübsch eingefärbt sind. Pinke Zuckerwatte, orangene, hellblaue. Welche wohl am besten schmeckt?«

Ich halte einen Moment inne und lausche in die Stille.

»Ich glaube, die hellblaue«, erklärt Janosch.

Ich muss lächeln. »Ich glaube auch.« Leise räuspere ich mich und ziehe die Beine in einen Schneidersitz. »Jedenfalls, die Sonne ist fast verschwunden. Im Himmel hängen ihre letzten Spuren, wie Abschiedsgrüße nach einem langen Tag. Helle Schlieren, kontrastreich gegen dieses dunkler werdende Blau. Es ist wunderschön. Und es bleibt nur für diesen winzigen Moment. Eigentlich ziemlich traurig. In einer Sekunde schon wird alles anders sein. Nichts mehr wie in genau diesem Augenblick. Vielleicht noch schöner, vielleicht aber nur dunkler.«

»Dir wäre es lieber, dieses Bild wäre unendlich?«

»Möglicherweise.«

»Unendlich …« Er lächelt. »Wie unsere Liebe es nie war.«

Ich schlucke. Kann er bitte damit aufhören? »Gleich sieht man nichts mehr. Gleich ist alles schwarz. Das Dunkelblau der Donau ist spiegelglatt, frei von jeglicher Bewegung – noch. Nur irgendwer bräuchte einen Stein hineinzuwerfen, einen ganz kleinen nur, und diese unendlich perfekte Oberfläche würde zerreißen, auseinanderbersten, wild schaukeln, ein bisschen wütend vielleicht, und sich dann wieder beruhigen, sobald die Kreise fortlaufen und sich in der Weite des Flussbettes verlieren. Fast unvorstellbar, jetzt, wo diese perfekte Oberfläche aussieht, als könnte sie nichts in der Welt aus der Ruhe bringen. Ich mag, wie verletzlich sie ist, obwohl sie dem Außen kaum etwas entgegenzusetzen hat. Am Ufer spiegeln sich die Bäume und die schwarze Silhouette des Donau Towers. Wenn du ganz genau schaust, ist da sogar der dunkle Umriss des Prater-Riesenrads, ja, ich glaube, er ist es wirklich. In Wien habe ich nur manchmal das Gefühl, in einer Hauptstadt zu sein, das macht sie so schön. Die Donau ist nur bei Nacht schön. Oh, ich würde wirklich gerne mal wieder schwimmen.«

»Was hält dich davon ab?«

»Ähm ... alles?« Jetzt hat er mich aus dem Konzept gebracht. Das Dunkelblau hat sich schwer auf sein Gesicht gelegt und lässt nur noch Konturen erkennen. Ohne Mimik kann ich ihn plötzlich nicht mehr einschätzen.

»Unsinn.« Ich sehe sein Kopfschütteln. Er stützt sich auf das Holz des Steges und stemmt sich hoch. »Nichts hält dich ab, gar nichts.«

»Janosch«, beginne ich, doch gerate ins Stocken, als er sich das T-Shirt über den Kopf zieht. Das Shirt fällt neben mir zu Boden. Ich sitze da wie gelähmt und kann nicht wegschauen.

»Jetzt tu nicht so verklemmt.«

»Vielleicht bin ich ja verklemmt.«

Er lacht. »Das hätte ich gemerkt.«

»Aber warte, das ist gefährlich!«, rufe ich, als seine Jeans zu Boden rutschen und er nur noch in Boxershorts und voller Tatendrang vor mir steht.

»Wieso? Was soll daran gefährlich sein?«

»Ich weiß nicht, du bist blind! Du kannst nicht schwimmen.«

Jetzt lacht er erst recht. »Hörst du dir selbst zu? Weshalb sollte ich nicht schwimmen können?«

»Keine Ahnung! Es ist nachts, und das hier ist keine gute Idee.«

»Dann passt es ja zu uns.«

Er greift nach meinem Arm, findet ihn sofort und zieht mich zu sich.

»Du hast noch zu viel an.«

Ich schlucke.

»Keine Angst, ich gucke dir schon nichts weg.«

»Was du nicht sagst.«

»Du könntest nackt sein, es würde mich nicht interessieren.«

»Und dann wunderst du dich nach solchen Aussagen, warum du keine Freundin hast?«

»Enya, Bambi, zieh dich einfach aus.«

»Geht's noch? Weißt du, wie das klingt?!« Ich kann mich nicht entscheiden, ob ich entsetzt oder belustigt sein soll. Beinahe trotzig streife ich mir das Kleid ab.

»Jetzt komm schon.«

Er packt mich am Handgelenk, und noch bevor ich darüber nachdenken kann, dass er das hoffentlich nicht wagen würde, werde ich nach vorn gerissen. Meine nackten Füße fliegen übers warme Holz, ich laufe, fort, fort, fort, als hätte ich nur auf diese Gelegenheit gewartet, dann fliegen wir, den Bruchteil einer Sekunde fliegen wir wirklich, es ist Freiheit, pur und ganz klar. Und dann umhüllt mich die Eiseskälte.

Ich will schreien, tauche unter, kaltes Wasser überall, Janoschs Hand verliert mich, ich stoße mich zurück an die Oberfläche und hole prustend Luft. Das ist das pure Leben. Ein Sommer in Wien, und alles an ihm ist verboten. Geheim und aufregend.

Meine Beine bewegen sich in automatisierten Schwimmstößen, ich wische mir das Wasser aus den Augen, schnappe nach Luft und sehe mich um. Die glatte Oberfläche ist zerrissen. Es wurde kein Stein geworfen. Zwei Menschen sind geflogen. Ins verbotene Dunkelblau. Doch oben treibe nur ich. Langsam drehe ich mich schwimmend um die eigene Achse, das Wasser brennt in meinen Augen, und mit jeder Sekunde, die ich weiter die schaukelnde Wasseroberfläche absuche, wächst meine Angst.

»Janosch?« Mein Herz zieht sich in Zeitlupe zusammen. »Janosch?! Das ist nicht witzig!«

Meine Schwimmzüge werden hektischer. Ist er noch unter Wasser?

Ich hole Luft, tauche unter, mache ein, zwei Züge, ehe ich die Augen aufreiße, nichts erkenne außer Schwarz. Das Brennen nimmt zu. Ich will rufen, doch statt Worte verlassen nur Luftblasen meinen Mund. Er ist nirgends. Mir geht die Luft aus, meine Lungen rebellieren lautstark, drängen mich aufzutauchen, ich gebe ihnen nach. Mein Luftschnappen klingt laut und verzweifelt durch die Nacht. Die Augen schmerzen, ich sehe nur verschwommen. Mit erstickter Stimme schreie ich es in die Dunkelheit: »Janosch? Verdammt …!« Panik nimmt von mir Besitz. »Wo bist du?!«

Im selben Augenblick fahre ich zusammen. Zwei Arme ziehen mich nach hinten, ich wirbele herum, sehe ihn nicht, dafür rieche ich ihn und spüre seine glatte Haut.

»Hier, Bambi.«

»Idiot!« Mit kraftlosen Fäusten schlage ich gegen seine Brust. »Du Idiot, ich dachte … ich dachte …« Ich bringe es nicht über die Lippen, schnappe schwer nach Luft und klammere mich an seine Schultern.

»Dass ich zu blind bin, um zu schwimmen? Ich bitte dich.«

»Du hast das extra gemacht«, bringe ich heraus. »Das war nicht witzig.«

»Ich weiß.« Seine Stimme ist plötzlich ganz ruhig. »Das war es nicht.«

Obwohl sie es nicht sollten, gleiten meine Finger über seinen nassen Körper. Er hält mich immer noch bei sich. Wie selbstverständlich legt er die Hände an meine Taille. Ich hebe den Blick, von seinem Gesicht tropft das Wasser.

Wir neigen uns im gleichen Augenblick einander zu, ich finde seine Lippen. Das Feuerwerk explodiert, ich klammere mich mit den Fingern in seinen Nacken, sein Griff wird fester. Es ist unfassbar anstrengend, dabei zu schwimmen, doch er zieht mich zurück, wohl so weit, bis seine Beine den Boden finden, meine schlingen sich unwillkürlich um seine Hüften. Janosch zieht mich enger an sich, nur dünner Stoff von Slip und BH trennt meinen bloßen Körper noch von ihm. Unser Atem geht synchron, er fasst in mein Haar, zieht meinen Kopf zurück und küsst mich erneut. Ich schließe die Augen, weil ich es genauso erleben will wie er. Nur fühlen, nur schmecken und riechen. Nichts sehen. Ich werde überrascht von seiner Zunge, kann mich kaum an ihm festhalten, so sehr raubt mir sein bloßer Körper die Sinne.

Seine Finger wandern über meinen Rücken, einen Augenblick später löst sich mein BH. Die Träger rutschen über meine nackten Schultern, die Arme hinab, und dann ist er fort, als ich kurz die Hände von Janosch löse. Ich folge ihm weiter ans Ufer, wir erreichen den Steg, ich glaube es zumindest, mein Kopf ist zu benebelt von seinen Küssen. Ein Ruck, ich greife nach der Leiter und ziehe mich aus dem Wasser. Trockenes warmes Holz unter mir, tropfender kühler Janosch über mir. Ich sinke rücklings auf den Steg und ziehe ihn näher. Erst Lippen auf Lippen, dann küsst er sich Zentimeter für Zentimeter tiefer. Seine Zunge tut Dinge, die ich nie für möglich gehalten hätte. Mein Körper drängt zu ihm, ich hebe das Becken, seine Zunge gleitet über meine Brüste, dann weiter, der nasse Slip ist zunächst widerspenstig, erst als er meine Oberschenkel entlangrutscht, begreife ich, was geschieht.

Ich liege fast nackt rücklings auf einem Stück Holz in Wien, tue Dinge, die verbotener sind als alles, was ich mir bislang vorstellen konnte, und zu Hause wartet Carlo. Dieser Gedanke kann noch nicht auf meinen Körper gewirkt haben, doch Janosch hält längst inne. Ein kurzes Zögern, ein Blick.

Ich schlucke.

»Wir können nicht ...« Ich höre mich selbst kaum, so unendlich weit fort scheint meine Stimme zu sein.

»Nein. Nein, du hast recht.«

»Das ist falsch.«

»Ja.«

Als er seine Finger von mir löst, möchte ich mich an ihm festklammern. Doch er weicht zurück. Sein Gesicht leer, unbeschrieben wie ein blankes Blatt Papier. Es ist das Spiegelbild meiner Emotionen. Keiner sagt ein Wort. Wir stehen auf, ziehen uns wieder an, und es ist nie geschehen.

Es ist geschehen, denn in der Bahn drückt mein nasser Slip verräterische Zeichen gegen den dünnen Stoff des Kleides, was abwertende Blicke der übrigen Fahrgäste auf sich zieht. Vor Kälte starre Nippel zeichnen sich ab. Ich stehe da und bin zu gelähmt, um mich zu schämen.

Gleich werde ich auf Carlo treffen. Mit jeder Haltestelle, die ich mich der Wohnung nähere, wächst meine Angst. Als ich den Schlüssel im Schloss drehe, ist sie einer bleiernen Ohnmacht gewichen.

Carlo liegt auf der Couch. Im Fernsehen läuft etwas Beliebiges, und er ist eingeschlafen. Das ist meine Chance, mich nun einfach schnell zu duschen, die Spuren zu beseitigen und dann ins Bett zu legen. So zu tun, als wäre nichts gewesen, es so lange zu verdrängen, bis nicht nur Carlo, sondern auch ich selbst mir glaube.

Doch ich entscheide mich anders.

Sein Schlaf ist tief und endet erst, als ich die Fernbedienung nehme und abschalte. Carlo blinzelt, und bitteres Mitleid überkommt mich. Er wirkt so unschuldig und müde. Der benommene Ausdruck verschwindet aus seinen Augen, Carlo tastet neben sich und setzt sich auf.

»Hey«, sage ich.

»Hey, wo warst …«, beginnt er, und dann erst sieht er mich richtig an. Sein Blick wandert über mein feuchtes Haar, hinab zu dem durchnässten Kleid. Carlo wird blass, er versteht sofort, was passiert ist.

»Ich war noch schwimmen«, sage ich. Zum ersten Mal seit Langem lüge ich nicht.

Carlo nickt.

Dies ist einer dieser Momente, die das Leben in ein Vorher und ein Nachher teilen. Ich habe es herausgefordert. Und jetzt ist es an der Zeit, endlich die Notbremse zu ziehen, bevor ich alles, was uns noch ausmacht, endgültig gegen die Wand lenke.

»Es tut mir leid«, bringe ich heraus und klinge so fremd, dass ich mich selbst kaum wiedererkenne. Mein Kopf ist leer. Ich kann nicht mal weinen. »Hör zu, es tut mir so, so unendlich leid, aber ich …«

»Nein.« Seine Miene ist undurchdringlich. Carlo springt auf. Etwas Flehendes tritt in seinen Blick. »Enya, Baby. Nein, bitte. Ich, ich weiß, was du sagen willst. Aber glaub mir, du willst das nicht wirklich. Du denkst das jetzt nur, du denkst, du müsstest das tun, aber …« Er schluckt schwer, und mit jedem weiteren Wort, das er sagt, wird mein Inneres tauber. Bis ich nichts mehr empfinde. »Es ist mir egal. Es spielt keine Rolle, was zwischen dir und Janosch passiert ist. Wir gehören zusammen, okay? Ich weiß, nach all den Jahren ist unsere Beziehung nicht mehr wie zu Beginn, und ja, vielleicht war das alles ein Weckruf. Aber Enya, ich hab ihn gehört, verstehst du?!«

Bei den letzten Worten ist Carlo ein Stück näher gekommen, und nun, wo er direkt vor mir steht, muss ich mich zwingen, nicht einfach vor ihm zurückzuweichen. Das Blut rauscht ohrenbetäubend laut in meinem Kopf. *Nein, nein, nein.* Dieses Gespräch läuft in eine völlig falsche Richtung.

»Carlo, hör mir zu!« Meine panische Stimme stoppt ihn in seiner Bewegung. »Das alles, das geht nicht mehr. Wir machen uns was vor. Und wir wissen es beide! Ich ... Janosch und ich, wir haben uns geküsst. Es tut mir so unendlich leid, ich hab es nicht kommen sehen, und irgendwie hab ich es doch! Ich, ich hab alles kaputt gemacht, aber wir wissen doch beide, dass das mit uns ...«

Die Worte bleiben mir im Hals stecken, als Carlo einen schnellen Schritt auf mich zu macht und nach meinen Händen greift.

»Enya Unterberger, bevor du auch nur ein weiteres Wort sagst, verlange ich, dass du mir zuhörst. Das bist du mir schuldig!« Schnell und unkontrolliert finden die Worte ihren Weg über Carlos Lippen. Seine Brust hebt und senkt sich schwer. Ich bin wie versteinert. »Was du getan hast, das ist ... es ist nicht von Bedeutung, nicht für mich, verstehst du? Ich werde damit leben müssen, denn du bist die Einzige. Was wir in den letzten Jahren miteinander hatten, das war unbeschreiblich, und ich werde dich nicht einfach gehen lassen. Ich kann das nicht, ich brauche dich, ich kann ohne dich nicht existieren! Wir gehören zusammen, denk an alles, was wir zusammen erlebt haben, ich bitte dich, erinner dich, denk daran. Denk ans Donauinselfest, unsere erste Begegnung, denk an all die gemeinsamen Jahre. Denk an alles, was du mir bedeutest.« Seine Stimme bebt. »Und dann sieh mich an, sieh mir in die Augen, und wenn du trotz allem sagst, dass das alles nicht länger die Realität sein kann, dann ... dann werde ich das wohl akzeptieren müssen. Aber nicht einfach so.«

Die Welt um uns herum kommt mit einem Schlag zum Stillstand. Mir wird schwindelig, und ich fühle, wie mir die gesamte Farbe aus dem Gesicht weicht. Das, das kann er nicht machen. *Renn!*, schreit mein Kopf. *Trenn dich, trenn dich von ihm. Tu es, für euch beide.* Doch mein Körper und meine Gedanken sind nicht länger eine funktionierende Einheit. Die Erinnerungen brechen über mich herein. Carlo, Festivalsommer, unsere Küsse, die ersten Monate, während denen ich wie in Trance durchs Leben ging. Das war Liebe. Das war pures Glück, bedingungslos und atemberaubend echt. Jetzt steht es vor mir, mit Tränen in den Augen und zitternden Fingern, die meine noch immer umklammern. Ich kann nicht. Ich kann das nicht. Mein Kopf weiß, was er zu tun hat, mein Körper wehrt sich gegen alles, was Sinn ergibt. Carlo starrt mich weiter an.

»Sag was«, stößt er atemlos hervor. »Enya, bitte ...«

Ich schnappe nach Luft. *Komm schon. Tu einmal das Richtige.* Kein Ton verlässt meine Lippen, als ich den Mund öffne. Nur regungslos vor ihm verharre und mich zwinge, weiter zu atmen. Sag was. Sag was, irgendwas ... Ich presse die Lippen wieder aufeinander, der Druck hinter meinen Pupillen nimmt zu. Carlo verschwimmt vor meinen Augen, und die Panik raubt mir den Atem, während die Tränen über meine Wangen rinnen.

»Baby ...« Seine Stimme klingt erstickt, ist noch immer diese schreckliche Mischung aus Flehen und Entschuldigung.

»Es tut mir leid«, presse ich hervor. Immer und immer wieder. »Es tut mir leid, es tut mir ...«

Mit einem heftigen Ruck werde ich nach vorn gerissen. Stolpere gegen Carlos Brust. Und als hätte ich nur auf Erlaubnis gewartet, schlinge ich die Arme um seinen bebenden Körper. Mein Kopf schaltet ab.

»Mir tut es leid, mir tut es doch auch leid. Dass alles schiefgegangen ist in letzter Zeit.«

»Hör auf, hör einfach auf zu reden.« Plötzlich bin ich diejenige, die ihn anfleht. Ich ertrage es kaum. Alles passiert wie von selbst. Als ich mich etwas von ihm löse, glitzern Tränen in Carlos Augen. Nur Zentimeter voneinander entfernt verharren unsere Gesichter voreinander. Und dann beugt er sich vor und drückt seine Lippen auf meine.

Meine Lider schließen sich von selbst, und die Beine drohen unter mir zu versagen. Carlo hält mich fest, wir taumeln rückwärts, fallen, plötzlich liege ich auf der Couch. Carlo küsst mich, Sommernächte, Festivallichter. Die Bilder erscheinen vor meinem inneren Auge. Ich keuche. Mein Körper gehört nicht länger zu mir. Carlos Lippen wandern tiefer, mein Atem stockt. Jeder Muskel meines Körpers spannt sich an, während er mir die Kleider vom Leib reißt. Ich werfe den Kopf in den Nacken und grabe die Finger in Carlos Schultern. Er drückt mich tiefer in die Polster. Mit jeder seiner beinahe groben Berührungen zeigt Carlo mir, wie sehr er mich will. Ich winde mich unter seinem Körper, während wir atemlos auf den Höhepunkt zusteuern. Ich hebe Carlo das Becken entgegen, will ihn näher, will das alles zurück. Und in dem Moment, als unsere Vergangenheit in Form eines gleißend hellen Lichtes durch meinen Körper zuckt, sehe ich alles plötzlich ganz klar.

Auf den Knien

Enya

Carlo, es tut mir leid. Ich werde dich für immer lieben, aber es reicht nicht mehr. Du hast es nicht verdient, betrogen zu werden, und ich habe es verdient, dass mich jemand sieht.

Nein. Löschen.

Neuer Versuch. Ich schreibe ihn mitten in mein Manuskript. Zwischen Elliott und Lynn.

Carlo, hör zu, ich habe alles falsch gemacht und geschwiegen, weil ich dir nicht wehtun wollte, aber mit jedem weiteren Tag werde ich es noch mehr, und es lähmt mich und bringt mich so weit, alles nur noch zu verschlimmern.

Seit drei Tagen ist alles falsch. Ich verdränge Janosch und die Erinnerung, wie ich nackt unter ihm lag und ihn wollte, und kann gleichzeitig an nichts anderes mehr denken. Nachdem ich mit Carlo geschlafen und den Abend abgeduscht habe, lag ich neben ihm im Bett. Er hat mich in den Arm genommen, so wie er es jeden Abend tut, und hinter geschlossenen Lidern habe ich mich in unsere Erinnerungen geflüchtet.

Seitdem trägt Carlo mich auf Händen. Es steht etwas Unausgesprochenes zwischen uns, und wir wissen es beide. Ich fühle mich schlecht, weil ich Carlo nicht mehr ins Gesicht schauen kann und Janoschs Nachrichten ignoriere. Es ist anstrengend, und es überfordert mich. Selbst ins Manuskript abzutauchen, scheint unmöglich. Später denke ich, es war vielleicht die finale Warnung.

Erst habe ich nicht verstanden, wieso Carlo heute mit mir essen gehen will. Schließlich ist doch erst morgen Mittwoch, Date Night. Schon seit einer halben Ewigkeit waren wir nicht mehr so spontan aus. Carlo verheimlicht mir etwas. Ich spüre es schon die ganze Zeit, und es macht mich nervös. Ich sehe nur sein nervöses Lächeln, das er kaum vor mir verbergen kann und nicht erklären will. Er springt aus seinem dunklen Benz und öffnet mir die Beifahrertür. Das hat er schon lang nicht mehr gemacht. Kaum ausgestiegen legt er den Arm um mich. Wir gehen nebeneinander zu unserem Stamm-Italiener. Alles daran fühlt sich falsch an, doch ich kann es nicht beenden. Carlo begrüßt den Besitzer mit Handschlag. Reservieren muss er schon lang nicht mehr. Wir bekommen auch so den besten Tisch auf der vollen Dachterrasse mit Blick auf den Stephansdom, dessen gewaltiger Turm sich in zartem Orange vom Pastell des Sommerabends abhebt.

Fast alle weiblichen Gäste wenden sich uns ungläubig zu, als Carlo an ihnen vorbeigeht, die Hand noch immer an meinem Rücken, das nervöse Getuschel im Nacken. So ist das meistens, und ich kenne es gar nicht mehr anders.

»Den *Moet* heute, Manu«, sagt Carlo, als wir abseits der anderen Tische und neugierigen Blicke Platz genommen haben. Ein lauer Sommerwind streicht über die Dachterrasse. Über uns spannen sich Lampions vor dem Himmel. Wien liegt uns zu Füßen. So wie Carlo die ganze Welt.

»Wir haben etwas zu feiern, Babe«, sagt er, als der Kellner uns den Champagner eingeschenkt hat und ich das Glas nehme.

Ich werde hellhörig. Einen kurzen Moment lang hüpft mein Herz. Könnte das sein? Hat er bei all seinen prominenten Kontakten vielleicht doch jemanden gefunden, der Beziehungen in die Buchbranche hat? Ein interessierter Filmregisseur wäre auch okay. Ich kann es schon sehen: *Now a Major Motion Picture.* Gedanken zur Besetzung habe ich mir heimlich längst gemacht. Mein Herz schlägt schneller, meine Finger werden feucht und rutschen vom teuren Kristall.

»*Universal* hat mich gestern unter Vertrag genommen. Wir nehmen das Album in L. A. auf, nächste Woche schon. L. A., Enya! Ich geh wirklich nach L. A.!«

Ein ungläubiges Lachen findet den Weg aus Carlos Kehle. Er ist glücklich, überglücklich. Und ich sollte es mit ihm sein.

Stattdessen spricht das pure Entsetzen aus mir. »Wirklich?!« Ich klinge völlig hysterisch. »Wow, das ist … Das ist fantastisch, ich freu mich für dich.«

»Ja, oder? Gott, ich glaub's nicht, das ist so krass!« Seine Augen strahlen. Sein Lächeln auch. Ich heule gleich. Wie lächerlich war es zu glauben, er könnte gute Neuigkeiten für mich haben? Nur ein einziges Mal …

Wie paralysiert sitze ich vor ihm. Wir stoßen an. Kristall klirrt. Carlos Stimme klirrt. Alles gleichzeitig in meinem Kopf.

»Auf uns, Enya.« Ich kann dem Blick aus seinen Haselnuss-Augen nicht ausweichen.

»Auf dich«, verbessere ich ihn.

Ich senke den Blick, der Champagner perlt meine Kehle hinab. Als ich das Glas absetze, tastet Carlo nach meiner Hand. Sein Lächeln hat sich verändert, auf einmal erkenne ich so viel Liebe darin. Es passt nicht dazu, wie wir uns noch vor drei Tagen gegenüberstanden.

»Sieben Jahre, Enya«, sagt er.

Tatsächlich, schon sieben? Ich schlucke.

»Sieben Jahre, und du warst immer an meiner Seite, hast mich unterstützt, egal wie hart es war.« Meine Finger beginnen zu schwitzen.

»Ich kann nicht sagen, dass ich dich noch liebe wie am ersten Tag.«

Erleichterung. *Ich auch nicht, Carlo!*

»Ich liebe dich noch so viel mehr. Ich weiß nicht, wie das möglich ist, doch ich sehe dich an und verliebe mich jeden Tag neu. Und ich will dich niemals verlieren. An nichts und niemanden. Enya, du bist die Frau meines Lebens.«

Er steht auf.

Nein.

Wie festgefroren sitze ich auf meinem Stuhl und schaffe es kaum, zu atmen.

Und dann geht er tatsächlich vor mir auf die Knie.

Das Alphabet zählt sechsundzwanzig Buchstaben. Aber was ist mit den Umlauten? Sind die darin schon enthalten? Nichts ergibt mehr Sinn. Mein Gehirn beschäftigt sich mit Beliebigem, um nicht in Flammen aufzugehen.

Ich presse die Handballen gegen meine geschlossenen Augen, bis Sterne vor ihnen tanzen. Das Wasser rinnt über mein Gesicht, die Unterarme entlang, ehe es laut prasselnd auf die dunklen Natursteinfliesen der Duschkabine fällt. Dies war die einzige Möglichkeit, fünf Minuten für mich zu haben, und obwohl mein Körper von der Dusche vor vier Stunden noch frisch und sauber ist, kam Carlo nichts komisch daran vor, als ich mich zum zweiten Mal an diesem Tag ins Badezimmer eingeschlossen hatte.

Wahrscheinlich telefoniert er. Informiert alle darüber, dass ich Ja gesagt habe. Dass es geklappt hat. Dass wir verlobt sind. *Verlobt!*

Ich nehme die Fäuste von den Augen und sehe für Sekunden verschwommen und Nebel. Janosch, wie Janosch … So sieht er auch.

Ich raufe mir die nassen Haare. Verdammt, was tue ich? Wie konnte ich Ja sagen? Wie konnte ich das tun, obwohl das Ende näher scheint als je zuvor?

Wie Carlo mich angesehen hat, diese braunen Rehaugen gefüllt mit all den Erwartungen, der Vorfreude, leisen Nervosität und unendlichen Liebe. Er liebt mich, er liebt mich wirklich! Und ich? Ich mache ihm etwas vor. Denke an blaue Augen, während ich in seine schaue, und überlege, wann ich Janosch das nächste Mal treffen kann. Ich ertrage mich selbst kaum noch.

Natürlich habe ich mir entsetzt die Hand vor den Mund geschlagen, und natürlich habe ich am ganzen Körper gezittert. Das alles muss ausgesehen haben, wie jeder Mann dieser Welt sich die Reaktion seiner Zukünftigen vorstellt. Doch mein Entsetzen war echt!

All die Blicke der übrigen Restaurantgäste, das überraschte Luftschnappen, die abwartenden Gesichter. Mamas Stimme, als sie mich Sonntag vor unserer Rückreise nach Wien in den Arm genommen hat. *Enya, Liebes, tu dir selbst den Gefallen und stoß nicht auch noch diesen Mann von dir. Er liebt dich. Und du bist verloren ohne Carlo!*

Verloren, das bin ich doch schon lang. Auch mit ihm.

Sekundenlang habe ich nichts gesagt, sondern Carlo nur angestarrt, ihn und den Ring, der da vor meiner Nase schwebte wie ein schlechter Scherz. Ich will nicht wissen, was er gekostet hat. Jetzt steckt er an meinem Ringfinger wie ein aufdringlicher Parasit.

Ich hielt all dem Druck nicht mehr stand, wie von allein formte mein Mund dieses verdammte Wort, ohne dass ich es noch hätte verhindern können. Die Anspannung, die von Carlo abfiel, sein Strahlen, die klatschenden Menschen, unser Kuss. Nur bruchstückhaft erinnere ich mich an diese Szenen.

Ich krümme mich und presse die Handflächen gegen die Wandfliesen. Ich muss es ihm sagen, ich muss das beenden. Bevor es ganz aus dem Ruder läuft.

Aber Enya, ist es das nicht längst? Anouks dumme Stimme. Ich verbanne sie aus meinem Kopf. Carlo nimmt ihre Stelle ein. *Ich liebe dich, Babe. Wirklich. Ohne dich wär das alles nicht möglich.*

Natürlich wäre es das. Doch vielleicht würde es ihm nicht so viel Spaß machen. Wären wir beide erfolgreich, wäre seine eigene Leistung nicht mehr außergewöhnlich, sondern nur noch normal.

Ich habe mich verlobt. Vor Jahren noch dachte ich, dieser Moment würde mich zur glücklichsten Frau der Welt machen. Ich habe mir ausgemalt, allen begeistert davon zu erzählen. Spätestens morgen wird die Boulevardpresse voll davon sein. Warum musste Carlo mich in der Öffentlichkeit fragen? Alle werden es erfahren. Alle. Auch Janosch. Ich habe mich verlobt.

Ein Schluchzen bricht aus mir heraus. Meine Schultern beben.

Und dann greife ich nach dem Shampoo und wasche mir die Haare.

Nichts und gleichzeitig alles

Enya

»Stimmt das?«, zischt Luca. »Ihr habt euch verlobt?«

»Ja.« Dieses Wort ist anscheinend das einzige, das ich überhaupt noch von mir geben kann. Ja, zu allem, was ich verneinen möchte.

»Krass … Herzlichen Glückwunsch.«

»Danke.« Ich schlucke. »Weißt du, ob Janosch …?«

»Er hat es noch nicht gesehen.«

Wie denn auch?

»Ich wollte dich erst fragen, ob du …«, beginnt Luca zögerlich.

»Sag ihm nichts.« Ich flehe beinahe. »Bitte, Luca. Ich muss ihm das persönlich sagen.«

»Das dachte ich mir.«

Ich schließe für einen Moment die Augen.

»Also gut. Meine Lippen sind versiegelt.«

Meine sind es auch. Den ganzen Nachmittag, den wir im Volksgarten verbringen und den Herumspazierenden hinterherschauen – zumindest ich –, bringe ich kaum ein Wort heraus. Janosch ist wie immer. Offenbar reicht es aus, blind zu sein, um nichts von den Schlagzeilen in der Zeitung Krone und all ihren garstigen Nebenbuhlern mitzubekommen. Oder gar dem Verlobungsring, der sich anfühlt wie eine öffentliche Brandmarkung.

Janosch sieht nichts davon, und während wir nun in der Sonne sitzen und ich vorlese, ist es plötzlich, als wäre nie etwas passiert. Als wäre der gestrige Tag nichts als ein schlimmer Albtraum gewesen. Ein Weckruf, eine schallende Ohrfeige, die mir das Schicksal verpasst hat, um mich aufzurütteln.

Alles, was du hast, hat irgendwann dich, Lynn. Dass du immer so schrecklich philosophisch und klug daherreden musstest. Jeden Tag habe ich mich darüber geärgert. Mir den Kopf zerbrochen, an dir und deinen Gedanken. Alles, was du hast, hat irgendwann dich. Natürlich hattest du mich. Von der ersten Sekunde an, wenn wir ehrlich zueinander sind. Du hast dieses Käsebrot gegessen, und ich habe dir dabei zugesehen. Und dann hast du meins auch noch gegessen. Es war dumm von ihnen, uns am gleichen Tisch sitzen zu lassen. Dich bei all den anorektischen Mädchen und Max, dem einzigen Jungen. Ich habe dieses Brot also klein geschnitten, ganz akkurat, so wie ich es jeden Morgen getan habe. Immer eines von drei kleinen Brotquadraten habe ich mir in den Mund gesteckt und nach siebzig Mal Kauen heruntergewürgt, die anderen beiden hast du von meiner Gabelspitze gepflückt. Keiner hat es gesehen. Vor knappen 370 ekelhaften Kalorien hast du mich so Morgen für Morgen bewahrt.

Jetzt stellt er bestimmt Fragen, denke ich noch, doch das tut er nicht. Er philosophiert übers Leben und hält Smalltalk mit mir, gerade noch in der Größenordnung, dass man sich später an das Gespräch erinnert

Nun fühle ich mich Janosch seltsam fremd, als wir an der Tram-Station stehen und wieder mal nicht wissen, wie wir uns verabschieden sollen. Ist Umarmen okay oder schon ein kleiner Verrat, vor allem jetzt, da ich die Hand dabei am liebsten in seinen Haaren vergraben würde, mein Gesicht in seiner Halsbeuge, für immer, Himmel, am liebsten für immer.

Doch ich achte darauf, dass ich ihn nicht mit der Hand mit dem Ring berühre, und umarme ihn kurz und fest. Fast ist es unverfänglich, mein Herz schlägt aber trotzdem schneller, doch das tut es in letzter Zeit ständig. Vielleicht sollte ich damit mal zum Arzt gehen.

Mein schwerer Körper schlägt unaufhörlich gegen den harten Plastiksitz, während die Tram durch Wien ruckelt. *Sunglasses* von *Hopium* dröhnt über die Kopfhörer gegen meine Trommelfelle. Mit geschlossenen Augen lege ich für einen Moment den Kopf in den Nacken. Eine seltsame Gleichgültigkeit hat von mir Besitz ergriffen. Was ergibt überhaupt noch Sinn? Dieses Manuskript? Janosch? Carlo? Beziehungen generell? Und heiraten? Ich fühle mich, als würde ich ertrinken. Eine Berührung am Arm lässt mich die Augen aufreißen. Neben mir sitzt eine gut gekleidete Dame. Ihre Lippen bewegen sich. Ich reiße mir die Kopfhörer von den Ohren.

»Entschuldigen Sie«, wiederholt sie. Ihr Lächeln macht mich auf eine seltsame Art und Weise traurig und glücklich zugleich. »Ist alles in Ordnung, junge Dame?«

»Ja«, bringe ich heraus. »Ja, sicher.«

»Sie weinen ja.«

»Oh.« Ich berühre meine Wangen. »Tatsächlich.«

»Brauchen Sie Hilfe?«

»Danke, nein … Aber ich muss jetzt aussteigen.«

In diesem Moment kommt der Anruf.

»Enya?«, meldet sich Luca. »Etwas Unglaubliches ist passiert.«

»Was?«, frage ich, während ich über die Schwelle der Tram in die Freiheit trete.

»Hör zu: Ich stehe seit einigen Wochen in Kontakt mit *Protagoras.*«

Mein Herz hüpft. *Protagoras*. Der Traumverlag aus Zürich, der eine ganze Nummer zu groß für mich ist. In Lucas Agentur tummeln sich einige Autoren, die dort veröffentlichen.

»Eine der Lektorinnen war bei uns, wir haben uns wegen eines anderen Autors getroffen. Dann, während einer Pause, dachte ich, jetzt oder nie, und habe ihr von Elliott und Lynn erzählt.«

Mein Herz stolpert. *Er hat was?!*

»Der Pitch hat ihr gefallen. Zurück in Zürich habe ich ihr das Exposé geschickt. Sie hat daraufhin das ganze Manuskript angefordert. Gerade haben sie sich bei mir gemeldet. Daniel Wang ruft dich gleich an.«

Ich kann längst nicht mehr denken.

»Wer ist das?«

»Der Programmchef.«

»Was?!«

»Ich wollte dich nur vorwarnen. Es tut mir leid, dass ich dich nicht eher eingeweiht habe, aber ich wollte verhindern, dass du enttäuscht wirst. Ich hätte nicht gedacht, dass sie sich so schnell melden …«

Mein Herz. Komm schon! Schlag weiter.

»Aber wieso ruft er an? Was heißt das?«

»Enya, ich will nicht die Leitung blockieren. Es wird wohl etwas Gutes bedeuten. Er meinte zu mir, er sei angetan, und wollte deine Nummer. Behalt die Nerven, ich drücke alle Daumen! Und ruf mich anschließend an.«

Aufgelegt. Einfach aufgelegt. Mit dem stummen Telefon in der Hand stehe ich irgendwo mitten in Wien und begreife die Welt nicht mehr.

Meine Hände zittern. Alles zittert.

Protagoras. Der einzige Verlag, bei dem ich nie etwas eingereicht hatte, weil ich ihn zu sehr verehre. Weil bei *Protagoras* keine Bücher veröffentlicht werden, sondern Werke. Literatur. Die höchste Kunst. So akkurat und perfekt, wie es nur die Schweizer können. Ich vergöttere jede Veröffentlichung.

Das Telefon leuchtet auf. Und fast gleitet es über die schwitzige Haut meiner Handflächen gen Boden. Ich glaube, einen fassungslosen Schrei unterdrücken zu müssen. Doch meine trockene Kehle verlässt kein Ton.

+4144.

Schweizer Vorwahl. Zürich. Daniel Wang.

»Spreche ich mit Enya Unterberger?«

»Das bin ich, ja«, bringe ich heraus und bin erstaunt, dass meine Stimme noch funktioniert.

»Freut mich sehr, Frau Unterberger. Wang mein Name. Ich rufe an vom *Protagoras Verlag*. Ich habe Ihr Manuskript gelesen.«

Atmen. Atmen. Nicht zusammenbrechen.

»Oh.«

»Ich möchte Ihr Buch veröffentlichen.«

Während ich nach Hause stürze, mache ich mir ernsthafte Sorgen, mein Herz könnte jeden Moment stehen bleiben. Ich würde dann einfach tot umfallen. Alles umsonst. Ich klingele Sturm.

»Carlo? Carlo!« Panisch stolpere ich die letzten Stufen hinauf, während ich vergeblich nach meinem Schlüssel in der Tasche suche. Carlo steht bereits in der geöffneten Tür.

»Enya?« Seine Miene ist fassungslos, sobald er mich entdeckt. »Um Gottes willen, was ist denn geschehen?!«

»*Protagoras*! *Protagoras* hat angerufen. Der Programmchef persönlich!« Die Tränen ringen meine Stimme nieder. Ich fliege. Es kann nicht wahr sein.

»Mein Gott.« Seine Stimme passt nicht zur Situation. Wie er da beinahe provozierend gelassen im Türrahmen steht, während ich dabei bin, den Verstand zu verlieren. »Ich dachte schon …«

»Wie …?«

»Du siehst aus, als wäre weiß Gott was passiert.«

»Es *ist* weiß Gott was passiert!«, schreie ich.

»Was hat der denn gesagt?«

»Dass er das Buch veröffentlichen will.«

»Was? Einfach so?«

»*Einfach so*?!«, wiederhole ich, als könnte Carlo dabei ein Licht aufgehen, wie absurd er sich gerade verhält. »Luca hat es heimlich in die Wege geleitet und ihm das Manuskript geschickt.«

»Krass.«

»Es ist *Protagoras*, ist dir das klar? An die kommt man so gut wie gar nicht ran. Ich fass es nicht, dass ihnen mein Buch gefällt, es kann einfach nicht wahr sein, ich …«

»Und was bieten sie dir?«

Was sie mir bieten?! Um Himmels willen, ich würde ihnen vermutlich sogar noch Geld dafür bezahlen, dass sie mein Buch veröffentlichen! Natürlich hat Daniel Wang über Zahlen gesprochen, die ich sofort wieder vergessen habe. *Ich denke, wir werden uns sicher einig, Frau Unterberger. Alles Weitere kläre ich mit Ihrem Agenten.* Ich konnte nur nicken. Mir egal. Mir scheißegal, selbst wenn es nur ein Hungerlohn ist. Hauptsache *Protagoras*.

»Ich weiß nicht genau, das klärt Luca.«

»Und der Vertrag?«

»Es war ja nur ein erstes Telefonat.«

»Ich würde das erst feiern, wenn es eine handfeste Sache ist. Du hast doch selbst oft genug miterlebt, wie jemandem etwas versprochen wurde und der Deal dann …«

»Carlo, es *ist* eine handfeste Sache!« Ich fasse ihn an beiden Oberarmen, will ihn schütteln, damit er aufhört, mir die Euphorie zu rauben, und endlich versteht, was das bedeutet. Doch der Ausdruck in seinen Augen genügt, und plötzlich weiß ich, er wird mich nie verstehen.

Nie, niemals. Ruckartig nehme ich die Hände von seinem Körper.

»Scheiße, Carlo.« Die Freudentränen weichen denen bitterer Erkenntnis. Plötzlich sehe ich es glasklar. Alles, wovor ich so lang die Augen verschlossen gehalten habe. Aus Hoffnung, es wäre vielleicht nicht wahr. Doch das ist es, und in diesen Sekunden schmerzt es nicht einmal mehr. »Es wäre deine verdammte Aufgabe, dich mit mir zu freuen.«

Und er sagt nichts. *Nichts!*

Und gleichzeitig alles.

Eisbrecherin

Enya

Ich läute Sturm und wische mir den Schweiß von der Stirn. Keuchend von einer Hetzjagd quer durch Wien, presse ich meine Fingerkuppen auf das Klingelschild meines Ziels.

»Ja?«

In der Gegensprechanlage knackt es.

»Janosch! Ich bin's.« Meine Stimme besteht aus nichts als panischer Euphorie.

Einen Moment Pause, verhaltenes Zögern, dann der Summer. Erneut ein Treppenhaus, das ich bezwinge, ohne zu begreifen, wie mich meine Beine überhaupt noch tragen, erneut ein ratloses Gesicht in der geöffneten Tür. Déjà-vu. Und doch ist alles anders.

»Was ist passiert?«

»*Protagoras*«, keuche ich. Mehr bringe ich nicht hervor. Vierter Stock, kurzatmig. Stille. Und dann blicke ich plötzlich in einen Spiegel.

»Nein …«

»Doch, doch!« Ich weine, will schreien, beben und tanzen. »Sie haben eben angerufen, der Programmchef will Elliott und Lynn. Diesen Herbst noch. Als Hardcover.«

Janosch hat es die Sprache verschlagen. Sämtliche Farbe ist aus seinem Gesicht gewichen. Außer einem ungläubigen Kopfschütteln bekommt er nichts mehr zustande. Und dann doch.

»Ich wusste es.«

Ich beginne zu weinen, finde mich in seinen Armen wieder. Wir stolpern in die Wohnung, lachen, schreien, tanzen.

»Oh Gott, oh mein Gott …« Alles an Emotionen, was ich noch besitze, bricht in diesem Augenblick aus mir heraus.

»Enya!« Seine Hände finden mein Gesicht. Sie zittern. »Das ist …«

»Ja.«

Dann küsst er mich. Mit allem, was er ist und Carlo nie für mich sein konnte.

Janosch

Ich küsse sie, ohne darüber nachzudenken, was ich tue. Himmel, endlich! Endlich bekommt sie das, was sie verdient.

Der schmale Körper bebt. Ich drücke Enya an mich, halte sie fest, während wir durch die Wohnung stolpern, trunken vor Glück und Euphorie.

Dieser große Verlag mit den Büchern, über die wir uns zu Schulzeiten die Haare gerauft haben, um Jahre später freiwillig wertvolle Stunden mit den langen Sätzen zu verbringen, die man erst beim vierten Mal Lesen so richtig versteht. Die Autoren des Verlags sind Ausnahmetalente. Jeder auf seine eigene Art und Weise. Nicht Autoren, sie sind Schriftsteller. Wahre Schriftsteller, die Lesungen halten, ein Glas Wein statt Wasser auf dem Pult, und meine Enya wird eine von ihnen. Ein Ausnahmetalent.

Ausnahmen. Das hier ist auch eine. Ich reiße sie an mich, als könnte ich sie so für einen winzigen Moment länger bei mir halten und der Erkenntnis vorziehen, wie falsch das alles eigentlich ist. Gleich wird sie zuschlagen. Oh, bitte. Nur einen kleinen Moment noch.

Ihr Atem wird schneller, meiner schwerer, die Küsse verlangend und wild. Ein weiteres Mal erschlägt mich die Wucht der Emotionen. Wie eine Droge, sie geht sofort ins Blut, knockt mich aus, steigt hoch in meinen Kopf, ich bin benebelt und meine Sinne sind zur gleichen Zeit aufs Äußerste geschärft.

»Janosch.« Ihre Stimme.

Ich bringe sie zum Schweigen. Sie soll nicht reden. Nicht jetzt. Ihre Hände sind überall.

In diesem Moment sehe ich es völlig klar. Enya hält mich nicht fest, sie hält sich *an mir* fest. Längst sind unsere Körper eine eigene Einheit. Sie bewegt sich im Takt unserer tiefer werdenden Atemzüge, gemeinsam taumeln wir den Flur entlang und streifen dabei die kühle Raufasertapete.

Luca ist ausgeflogen. Ich schiebe Enya trotzdem in mein Zimmer, spüre ihre Angst zu fallen, so blind vor lauter Küssen und ohne ihr wertvolles Sehvermögen. Ich muss lächeln, gegen ihre Lippen und die zarte Orientierungslosigkeit, die von ihr Besitz ergreift, sobald ich ihr die Sinne raube.

Ich kenne jeden Schritt, zum Bett noch drei, noch zwei, noch ein kleiner Schrei, der ihre Lippen verlässt, ein kurzer Moment der Überraschung, als sich die Bettkante in ihre Kniekehlen drückt, sie zwingt, nach hinten zu sinken, und ich plötzlich über ihr bin. Nur für einen Wimpernschlag, dann ziehen mich diese zarten Hände näher, sie tun es mit einer Bestimmtheit und Überzeugung, die mir für einen Augenblick den Atem raubt. Ich liege über ihr, die Hände an ihr, die Lippen auf ihr. Und ich will in ihr sein, sie ausfüllen, all ihre Leere mit all meiner Leere, Himmel, dieser Satz. Schon als sie ihn mir zum ersten Mal vorgelesen hat, wollte ich es.

Und sie auch, es war offensichtlich. Ihre Finger gleiten unter mein Shirt, meine unter was auch immer sie trägt. Ein

Kleid, es ist ein Kleid, schon wieder. Fast gleichzeitig reißen wir dem anderen die Kleidung vom Leib, um einen Atemzug später wieder aufeinanderzutreffen wie zwei Verdurstende mitten in der Wüste. Enya ist meine Fata Morgana, ich weiß, dass es sie eigentlich nicht gibt, dass ich mich irre, einen Fehler begehe, bei vollem Bewusstsein. Doch richtig und falsch gibt es längst nicht mehr, es gibt nur noch sie und mich und meine Lippen an ihrem Hals und ihre Vollkommenheit, die sich mir entgegenhebt, sich aufbäumt unter mir, ihr Becken an meinem Becken, Keuchen, Finger, Haut. Gänsehaut unter meinen Fingerspitzen, dann Spitze, ein Slip rutscht zur Seite, ihre Hände finden meine. Wir verschränken unsere Finger, und dann ist da etwas, das mich stört, ganz kurz nur, nebensächlich, ich sollte es eigentlich kaum bemerken. Doch all meine Aufmerksamkeit wandert nach dort oben. Warmes Metall drückt sich gegen meine Haut, Ringfinger, links. Kurz halte ich inne. Man trägt ihn doch links. Oder?

»Was ist?«, haucht sie, doch ihre Stimme dringt kaum zu mir durch.

Wie gelähmt verharre ich über ihr.

Linker Ringfinger. Erst in diesem Moment scheint die Hand wieder Teil ihres Körpers zu werden. Sie entreißt sie mir, als könnte ich den Ring so auf der Stelle wieder vergessen.

»Ihr … ihr seid …?« Meine Stimme klingt fremd.

Plötzlich steht die Zeit still. Wenn das stimmt, wenn sie wirklich, er und sie …

»Janosch!« Mein Name vermischt sich mit einem verzweifelten Schluchzen.

Fast panisch weiche ich zurück. Ihre Hände wollen mich halten, ich kann sie nicht länger ertragen.

»Du bist verlobt.« Ich stelle es eher fest, als dass ich nachfrage. Sobald ich es laut ausgesprochen habe, wird es zur Realität. Gerade hätte ich zum zweiten Mal beinahe mit ihr geschlafen, unwissend, dass sie sich längst einem anderen versprochen hat. Mir wird schlecht. Bittere Galle steigt meine Speiseröhre hinauf, und ich reiße mich los. Die ganze Zeit über war ich nichts als ein Vergnügen, ein bisschen Abenteuer, Enyas ganz persönlicher Junggesellinnenabschied oder so was in der Art. »Ist das dein verdammter Ernst?«

»Ich … Janosch!« Ihre Augen füllen sich mit Tränen. Ich höre es an ihrer Stimme und bin froh, es nicht sehen zu müssen. Diese Bambiaugen. Das Bild zwängt sich mir auf.

»Wie lange seid ihr verlobt? Wann hattest du vor, mir die Wahrheit zu sagen? Mit der Einladung zur Hochzeit?« Ich schleudere ihr die Sätze entgegen. Normalerweise werde ich nicht laut, doch was spielt das nun noch für eine Rolle? Soll sie doch bemerken, wie sehr es mich trifft! Ich bin nicht verletzt. Ich … ich bin einmal wieder nur der blinde Typ, der sich von der ganzen Welt verarschen lässt. Wut kocht in mir hoch. Wut über mich, über Enya und die Vorstellung, sie würde tatsächlich etwas für mich empfinden.

»Er hat mich doch erst gestern gefragt!«, schreit sie zurück, und ihre Stimme klingt schrill. Sie rotiert in meinem Kopf.

»Gestern«, wiederhole ich wie eine wertfreie Versicherung für mich selbst. »Du hast dich gestern mit Carlo verlobt, und jetzt bist du hier?!« Es erschüttert mich selbst, wie hart ich klinge. Dabei ist es die bittere Wahrheit.

Ihr Schluchzen reißt ein Loch in die Stille. Irgendwo ganz tief in mir tut es weh. Doch Gleichgültigkeit betäubt die Stelle. Es ist reiner Selbstschutz.

»Janosch, es tut mir leid! Ich wollte das nicht, ich wollte nicht Ja sagen. Ich will Carlo nicht heiraten, ich will nur dich! Ich hab alles falsch gemacht, es tut mir so schrecklich leid …« Sie redet, ohne Luft zu holen, ohne Sinn und Verstand, der liegt da unter unseren Klamotten wahllos von uns geschleudert, bereit, ihn wieder anzulegen, jetzt, genau jetzt, ehe ich all die Worte nicht mehr zurückhalten kann und den vielleicht größten Fehler meines Lebens begehe.

»Geh jetzt.« Ich stehe auf.

Sie bewegt sich nicht. Alles ist still. Ich spüre ihr Entsetzen. Meine Hände ballen sich zu Fäusten. Was hat sie erwartet?

»Geh und komm um Himmels willen nie wieder her.«

Augenblicklicht

Enya

Ich weine nicht.

Seit ich die Wohnung im achten Bezirk verlassen habe, hat etwas von mir Besitz ergriffen. Etwas Fremdes, Bedrohliches. Wie ferngesteuert lässt es mich durch die Straßen hetzen. Ich weiß nicht, was ich tue, doch ich weiß, dass ich es ernst meine. Meine Gedanken sind stillgelegt, festgefroren, so wie das Eis in Janoschs Augen. Der Anblick, wie es brach, verfolgt mich. Dunkelblau, fast schwarz. Der Ozean in ihnen ist leer. Jemand hat den Stöpsel gezogen. Das war ich.

Er ist da. Als ich die Wohnung aufschließe, hängt sein Schlüssel am Brett. Mechanisch gehe ich durch den Flur.

»Enya?« Wie ein Häufchen Elend stolpert Carlo aus dem Wohnzimmer in den Flur. Hundeblick. Gleich sagt er, es tue ihm leid.

»Enya, es tut mir leid.«

Reglos stehe ich vor ihm, Carlo kommt auf mich zu.

»Wie ich eben reagiert habe, tut mir leid. Ich freu mich so für dich! Dieser Verlag, das ist der Wahnsinn! Lass uns das feiern.«

Mein Kopfschütteln bringt ihn zum Schweigen. Mit dem linken Daumen taste ich nach dem Ringfinger, bis ich das Metall spüre. Ab der ersten Sekunde war dieser Ring ein Fremdkörper.

Mit entgeisterter Miene sieht Carlo dabei zu, wie ich ihn mir vom Finger ziehe.

»Carlo«, sage ich. »Carlo, ich kann dich nicht heiraten.«

Seine Miene wird leer, dann beginnt er überfordert zu lachen. Hilflos fährt er sich durchs Haar. Es tut weh, ihn so zu sehen.

»Enya, wenn das ein Scherz sein soll …«, beginnt er, doch ich kann ihn nicht aussprechen lassen.

»Es ist keiner. Ich liebe dich nicht mehr. Und ich hätte dir das früher sagen müssen. Es tut mir leid, ich wusste nicht wie, und ich wollte dich nicht verletzen.«

»Das meinst du nicht ernst. Du machst dich doch völlig lächerlich!«

Mein Blick meint es ernst.

Carlo versteht, sobald er mir in die Augen sieht, und auf einmal wird er mir fremd. Wut und Enttäuschung spiegeln sich in seinem Gesicht. Ein verbitterter Zug legt sich um seinen Mund. Er ist verletzt.

»Ist es seinetwegen?«

»Du meinst Janosch?«

»Du verlässt mich nicht wirklich für ihn? Für einen verfluchten …« Er unterbricht sich selbst, doch die Bitterkeit in seiner Stimme trifft mich wie eine schallende Ohrfeige. Wir wissen beide, was er sich da verbietet zu sagen.

Wer dort vor mir steht, ist nicht mehr der Mann, in den ich mich mal verliebt habe. Es ist, was von ihm übrig geblieben ist.

»Ich verlasse dich für mich«, erkläre ich mit fester Stimme. »Nur für mich. Du hast mir lange Zeit gegeben, was ich brauchte, doch Carlo, heute tust du das nicht mehr. Heute machen wir uns etwas vor.«

Ich erkenne nicht den Anflug einer Gefühlsregung in Carlos Augen, und es macht mir Angst. Jegliche Farbe ist ihm aus dem Gesicht gewichen. So als hätte er sich diese Szenen längst ausgemalt. Und nun lasse ich sie wahr werden. Unsere schlimmsten Albträume.

»Ich danke dir.« Tränen treten mir in die Augen. »Sieben Jahre sind eine lange Zeit. Und ich habe sie mit dir genossen. Aber heute bin ich eine andere als die, die du damals kennengelernt hast. Und Carlo, du verdienst das nicht. Du verdienst etwas Echtes. Und das kann ich dir nicht länger geben.«

Janosch

Stille. Enya hinterlässt nichts als Stille. Schnell das Kleid übergezogen, dabei geweint, schweres Atmen, zuschlagende Wohnungstür. Ich habe zugehört und mich gezwungen, nichts dabei zu fühlen. Es ist mir egal. Sie ist verlobt.

Sie wird diesen Vollidioten heiraten. Und ich werde danebenstehen und wissen, wie falsch es ist.

Selten habe ich mich so gedemütigt gefühlt. *Ich wollte es dir sagen.* Ja. Klar! Ein verbittertes Lachen bricht aus meiner Kehle.

»Scheiße, Mann!« Ich fahre herum, die geballte Faust trifft auf irgendwas, vielleicht die Tür, vielleicht die Wand. Ein stechender Schmerz zuckt durch meinen Körper. Es knackt. Und es ist nicht von Bedeutung.

Ich habe sie weggeschickt, weil ich sie nicht länger ertragen konnte, und gleichzeitig wollte ich, dass sie alles tut, anstatt auf mich zu hören. Sich diesen Ring vom Finger reißen, ihn zu Boden werfen, wegwerfen, wofür sie fast ein Jahrzehnt ihres Lebens verschwendet hat, einfach so, für mich, für jemanden, den sie erst seit ein paar Wochen kennt. Für wen halte ich mich?

Ich raufe mir die Haare, mein Handrücken pulsiert. Der Schmerz steigt mir als bittere Übelkeit die Kehle hinauf. Es ist doch völlig sinnlos. Ich bin blind. Verdammt noch mal sehbehindert, unfähig, ein normales Leben zu führen, geschweige denn eine Beziehung mit einer Frau wie Enya. Sie will mehr. Sie will gesehen werden. Gesehen in einem wunderschönen weißen Kleid, geschminkt, hergerichtet, an der Seite eines Stars. Ihr Leben ist verflucht noch mal perfekt. Sie ist perfekt. Carlo ist perfekt. Alles perfekt, wäre da nicht ich. Wir waren von Anfang an zum Scheitern verurteilt. Wir sind wie Elliott und Lynn. Wir hatten einen Augenblick, sonst nichts.

Ein Augenblicklicht.

Eins, das ich sehen konnte.

Jetzt ist es erloschen.

Enya

Ein paranoides Lachen findet den Weg aus meiner Kehle. Es vermischt sich mit dem Regen und meinen Schritten im feuchten Gras. Es ist grotesk.

Ich sollte weinen, stattdessen lache ich. Innerhalb der letzten vier Stunden habe ich alles bekommen, wovon ich je geträumt hatte – und alles verloren. Ich habe mich getrennt, ich habe mich endlich von Carlo getrennt. Die Erleichterung, die mich durchströmt, ist überwältigend. Ich habe den Absprung geschafft. Wie eine Verrückte drehe ich mich im Kreis, immer schneller, immer schneller. Die nassen Haare schlagen mir ins Gesicht. Am liebsten möchte ich schreien. Vor Erlösung, vor Verzweiflung. Und dann tue ich es einfach. Die Nacht erzittert, ich bin allein. Ich bin der einsamste und glücklichste Mensch auf der Welt.

In den letzten vierundzwanzig Stunden war ich erst in einer Beziehung, dann verlobt, dann verzweifelt, dann himmelhoch jauchzend, leichtsinnig, noch mal verzweifelt und schließlich nicht mehr verlobt. Ich habe aus drei verschiedenen Gründen innerhalb eines Tages Rotz und Wasser geheult.

Protagoras. Das Telefonat mit Daniel Wang. Hat das überhaupt je stattgefunden, oder war es nur eine wahnwitzige Vorstellung zwischen all meinen Versuchen, nicht den Verstand zu verlieren? War das wirklich heute? Vor ein paar Stunden erst?

Schwindel packt mich und lässt mich stolpern. Als hätte jemand die Fäden meiner Marionette mit einer scharfen Klinge zertrennt, sinke ich in mich zusammen und falle rückwärts ins Gras. Meine Hände graben sich in die feuchten Halme, den aufgeweichten Boden. Erde, etwas spüren. Nur irgendwas.

Elliott und Lynn werden als gebundenes Buch erscheinen. Ich sehe es im Laden stehen. Bestsellerliste. Signierstunden. Tränen steigen mir in die Augen. *Augenblicklicht*. Janoschs Titel. Er wird es nie sehen, und ich werde ihm nie davon erzählen, weil er mich nicht nur nicht sehen kann, sondern nun auch nicht mehr sehen will. Janosch, verdammt, Janosch. Plötzlich weine ich. *Du verlässt mich nicht wirklich für einen verdammten …* – Ich presse die Lider aufeinander.

Es hat so wehgetan.

Janosch ist blind. Janosch hat mich kein einziges Mal gesehen. Und ich kann mir nichts Schöneres vorstellen, als jeden Tag vom Rest meines Lebens mit ihm zu verbringen. Ich spüre den Regen, will mit ihm tanzen, nass werden, glücklich. Einfach endlich glücklich. Stattdessen liege ich allein auf meiner Wiese und weine ein viertes Mal.

Diesmal verstehe ich nicht einmal, warum.

Lichterloh

Enya

»Was hat er gesagt?«, fragt Luca, als wir uns tags darauf im Café treffen.

Ich wage es kaum, ihm unter die Augen zu treten. Alles wirkt wie ein Verrat.

»Wer?«, entgegne ich. Janosch? Daniel Wang? Carlo?

Luca überlegt. Dann entscheidet er sich für Carlo.

»Nichts.« Ich sehe sein entgeistertes Gesicht vor mir. »Ich hätte es längst beenden sollen.«

»Es ist schwer, den Absprung zu schaffen.«

Ich nicke. Er hat ja keine Ahnung.

»Und Janosch?«

Fast muss ich lachen. Süß, wie er seine Liste abarbeitet, einen Haken hinter jeden Namen setzt, dessen Träger ich in den letzten Stunden verletzt habe.

»Das wirst du wohl besser wissen als ich.«

Luca schweigt.

Wie ich da inmitten der Nacht auf einer Wiese im Regen lag, musste ich mir letztendlich die unausweichliche Frage stellen, wohin mit mir? Zu Carlo geht nicht mehr. Zu Anouk will ich nicht. Luca. Zu Luca. Doch zu Luca ist keine Option, seit Janosch bei ihm wohnt. Ansonsten ist da keiner, zu dem ich könnte, wurde mir schmerzlich bewusst. Also doch zu Anouk.

»Was ist zwischen euch passiert, Enya?«, fragt er schließlich. Anscheinend hat Janosch also nicht mit ihm gesprochen. Erleichterung durchströmt mich.

»Alles«, bringe ich heraus, und da erst wird es mir klar. Von Anfang an waren wir alles, was zwei Menschen überhaupt sein können. Füreinander bestimmt und zum Scheitern verurteilt. »Es ist alles passiert.«

»Seid ihr im Bett gelandet?«

»Nein. Nur fast.«

»Und dann ist Carlo ausgeflippt?«

»Nein. Janosch ist ausgeflippt, als er den Ring ertastet hat.«

»Du hattest ihm nichts von der Verlobung gesagt?«

Ich zucke bloß mit den Schultern. *Ja, frag es mich noch mal. Und noch mal!* So oft, bis ich es sagen kann, ohne etwas dabei zu fühlen. Viel fehlt nicht mehr.

Luca seufzt. »Scheiße, Enya.«

Ich lache. Ja, das trifft es.

»Und dann hat Carlo den Antrag …?«

»Ich habe mich von ihm getrennt. Direkt danach. Ich bin von Janosch zu uns gefahren und habe getan, was getan werden musste. Nur leider viel zu spät.«

»Janosch weiß das nicht.«

»Nein.« Erneut lache ich schmerzhaft auf. Plötzlich sind da wieder Tränen. »Natürlich nicht. Und von mir wird er das auch nie erfahren. Wie auch? Und wozu? Er will mich nicht mehr sehen. Also sprechen … sehen ja sowieso nicht. Du weißt schon. Ach, verdammt.« Ich presse mir für einen Moment die Handballen gegen die geschlossenen Augen. Bunte Sterne. *Nicht heulen. Nicht schon wieder.*

»Du solltest es ihm sagen.«

»Als würde das irgendetwas ändern.« Meine Stimme ist rau.

Als ich den Kopf hebe, betrachtet mich Luca, und plötzlich erinnere ich mich wieder daran, was ich an Janosch mag. Egal ob er mich ansieht oder nicht, ich bin mir immer sicher, dass er das Richtige erkennt.

»Was ist das mit euch beiden, Enya?«

»Ich weiß es nicht. Verdammt, Luca, ich weiß es wirklich nicht! Wir waren von Anfang an nichts als eine Lüge. Er war nicht ehrlich zu mir, ich nur halb zu ihm. Nein, nicht nur halb. Eigentlich genauso wenig. Alles, was ich ihm von mir gezeigt habe, ist dieses Manuskript. Himmel, er kennt es fast komplett. Ich habe ihm daraus vorgelesen. Es fehlen nur ein paar Kapitel. Und es hat sich noch nie so gut angefühlt. Aber ich wollte das nicht, ich wollte das doch alles gar nicht!«

»Ich weiß, dass du es nicht wolltest. Aber Enya, das Problem ist, du hast ihm erlaubt, sich in dich zu verlieben.«

Habe ich das? Habe ich Janosch auch nur irgendetwas erlaubt? Hat er sich das nicht einfach selbst erlaubt? Oder habe ich ihn gezwungen? Ihn und mich selbst?

»Das ist Schwachsinn«, bringe ich heraus. Selten habe ich so schlecht gelogen.

»Janosch hatte keine Beziehungen. Wir kennen uns, seit wir Kinder sind, und er hatte nie etwas Ernstes mit einer Frau. Er wollte das nicht. Er wollte das Mitleid nicht. Nur One-Night-Stands. Ich glaube, er hat denen nie gesagt, dass er blind ist, sondern ihnen immer nur was vorgemacht. Und dann kamst du, und dir konnte er nichts mehr vormachen.«

Ich schlucke. Toll. Soll das jetzt aufbauend sein?

»Enya, ich habe Janosch noch nie so erlebt wie während der letzten Wochen. Er war noch nie verliebt. Er hat sich das immer gewünscht und irgendwann gefragt, ob es vielleicht gar nicht geht, ohne sehen zu können. Dann warst du da, und ich habe mir gar nichts groß dabei gedacht, als ich euch einander vorgestellt habe. Schon im ersten Moment wusste ich, oh, das war vielleicht keine gute Idee, das wird zwei Welten völlig aus den Angeln heben und gleichzeitig zum Leuchten bringen.«

»Ja.« Verbittert schlucke ich. »Geleuchtet haben sie. Lichterloh. Im Feuer.«

»Gib ihm etwas Zeit, Enya.«

»Ich habe ihn angelogen! Ich habe ihm verschwiegen, dass ich Carlo aus Versehen heiraten wollte.«

»Janosch hat dich auch angelogen.«

»Weil er Angst hatte!«

»Eben. Und die hattest du auch.«

»Das mag sein.« Ich flüstere es fast. »Doch der Unterschied zwischen uns beiden ist: Meine war berechtigt.«

Luca sieht mich lange an. »Wenn ich irgendetwas tun kann …«

»Kannst du nicht. Aber danke.«

»Lass es mich trotzdem wissen.«

Er wartet mein Nicken ab. Dann strafft er die Schultern, und ich verstehe, dass dieses Thema zu Ende ist.

»Aber jetzt zu etwas anderem.« Er greift in seinen Rucksack, zieht eine Mappe heraus und entnimmt daraus einen Stoß Papier. In der rechten oberen Ecke erkenne ich ein Logo. Das geschwungene *P*. Mehr brauche ich nicht zu sehen.

Mir wird heiß und kalt zugleich. Dass ich die glücklichste Person der Welt sein sollte, hatte ich schon wieder völlig verdrängt.

»Das Angebot von *Protagoras*«, erklärt er überflüssigerweise. Ich nicke wie in Trance. »Daniel Wang hat mir heute früh die Details zukommen lassen.«

Luca schiebt mir das Blatt zu. Ich starre auf die schwarz gedruckten Buchstaben. Dann auf die Zahlen. Das muss ein Irrtum sein. Alles in mir beginnt zu zittern. Das muss ein verdammter Irrtum sein.

»Das … das ist … Wirklich?«, stottere ich.

Luca nickt, ehe er mir die Details auflistet: »Das ist ein Vertrag für eine Veröffentlichung im Hardcover-Format.

Kommendes Herbstprogramm, dieses Jahr noch. Ihnen muss jemand abgesprungen sein, anders kann ich mir nicht erklären, dass sie so schnell damit herauskommen wollen … Oder sie haben nach genau so etwas gesucht.«

Meine Ohren rauschen, ich höre jedes einzelne Wort, ohne es zu verstehen. *Schon im Herbst …*

»Hardcover-Format. Für so eine junge Autorin ist das … Du musst ihn wirklich beeindruckt haben.« Luca zögert, dann blättert er um. »Das ist die geplante Auflage. Das dein Vorschuss.«

Mir wird schwindelig.

Vier Nullen. *Himmel …*

»Einige Punkte werde ich noch mit ihnen verhandeln müssen. Die Hörbuchrechte zum Beispiel, das passt mir nicht. Und die Filmrechte.«

Filmrechte. Ich schnappe nach Luft.

»Aber insgesamt ist dieses Angebot fantastisch.« Luca sieht mich an. »Willst du es annehmen?«

Ist er narrisch? Ich starre ihn an. Am liebsten würde ich schreien.

Ja, verflucht noch mal, JA. Endlich fühlt es sich richtig an, dieses Ja.

Trotzdem sage ich es ganz leise, mit zitternder Stimme und Tränen in den Augen. So wie Carlo es sich wohl gewünscht hatte. Doch dieses Ja ist ein ganz anderes. Es kommt aus tiefstem Herzen.

Zum ersten Mal seit Langem.

Da liegt er also. Fingerdick, akkurat getackert. Der wahr gewordene Beweis, dass Elliott und Lynn mehr sind als ein trauriger Leitz-Ordner voller Absagen.

Luca hat den Vertrag auf Herz und Nieren geprüft, es ist alles fix. Bereit unterschrieben zu werden. Luca konnte unsere Forderungen durchsetzen, die Konditionen verbessern und den Vorschuss noch mal erhöhen. Ich muss träumen.

Allein diese Summe, hälftig ausgezahlt bei Unterzeichnung des Vertrages und Manuskriptabgabe. Sie ist meine Rettung und die Möglichkeit, von Anouks Couch in eine eigene Wohnung zu ziehen. Vielleicht gibt es doch so etwas wie Gerechtigkeit.

»Übers Ende müssen wir noch mal sprechen«, hat Daniel Wang bei unserem zweiten Telefonat gesagt.

»Natürlich. Alles, was Sie wollen. Hauptsache, es passiert wirklich«, war meine Antwort darauf.

Gelacht hat er. Wie ein Großvater, freundlich, zugewandt, voller Lebenserfahrung und mit einem Plan. Einem Plan für Elliott und Lynn.

Diese Geschichte habe ihn nicht losgelassen. Er habe gar kein neues Projekt mehr annehmen wollen, geschweige denn gesucht, doch der Titel habe ihn gefangen. *Augenblicklicht*, das sei genial. Ob ich Lust hätte, für einen Besuch nach Zürich zu kommen, sobald alles in trockenen Tüchern sei. Es wäre doch schön, sich persönlich kennenzulernen und über ein paar Dinge zu sprechen.

Ich kann mich nicht erinnern, was ich darauf zusammengestottert habe. Vielleicht ist das auch besser so. Es ist doch jedes Mal peinlich, wenn diese Verlagsmenschen am Telefon bemerken, wie wenig eloquent die sonst so wortgewandten Autoren im wahren Leben sind.

Natürlich habe ich zugesagt, die Augen geschlossen, das Handydisplay an meine glühend heiße Wange gepresst und all mein verdammtes Glück kaum fassen können.

»Willkommen in der Familie, Frau Unterberger.«

Es ist perfekt. So wie ich es mir immer erträumt habe, nur

noch zehnmal atemberaubender. Ich gehöre zur *Protagoras*-Familie. Eine lächerliche Unterschrift trennt mich noch davon. Daniel Wangs Signatur ist genauso schwungvoll und charismatisch, wie ich mir seine Persönlichkeit vorstelle. Selbstsicher liegt sie auf dem durchgezogenen Strich dort unten auf der rechten Seite.

Zürich, 10.09.2018.

Links ist noch ein freier Platz. Seit Minuten ruht der Kugelschreiber in meiner Hand, unfähig, das Papier zu berühren. Ich besitze nicht einmal einen Füller. Geschweige denn genügend Mut für diesen Schritt.

Augenblicklicht. Genial. Natürlich ist der Titel genial, schließlich war er Janoschs Idee.

Janosch …

Mir fällt auf, dass der Moment doch nicht perfekt ist. In einer perfekten Welt säße er neben mir, so aufgeregt, wie ich eigentlich sein sollte.

Jetzt wird es wirklich wahr, würde er sagen. Bambi, ich bin so stolz.

Stattdessen bin ich allein und sitze in Anouks vollgestelltem Gästezimmer auf einem harten Sofabett. Ich bin den Tränen nahe, glücklich, ja, schon irgendwie, schließlich geht da gerade etwas in Erfüllung, das ich mir nie vorzustellen gewagt hätte. Doch ich bin eben nicht so glücklich, wie ich sein könnte.

Lose my Mind von *Dean Lewis* dröhnt über die Kopfhörer in mein Hirn. Eigentlich kann ich solch melancholischen Quatsch gerade nicht hören, aber in gewisser Weise habe ich mich eben schon immer gerne gequält. Also höre ich es mir an und ertrage den Schmerz.

Ich vermisse ihn. Die Sommerabende im Park, die Emotionen in seinem Gesicht. Seine Lippen auf meinen. Und das alles ginge nun ohne schlechtes Gewissen.

Ich muss ihn sehen. Jetzt, jetzt sofort. Bevor ich diesen verdammten Vertrag unterschreibe, muss ich mit ihm sprechen. Und das hier irgendwie wieder in Ordnung bringen.

Luca wollte die Adresse erst nicht rausrücken, doch schließlich konnte ich ihn davon überzeugen, dass ich früher oder später sowieso herausfinden würde, wo Janosch arbeitet. Jetzt stehe ich mir vor diesem Betonriesen in der Wiener Neustadt die Beine in den Bauch und bin so aufgeregt wie zuletzt in den drei Sekunden vor dem ersten Telefonat mit Daniel Wang.

Kurz nach fünf, Feierabendtrubel. Der Betonklotz spuckt Menschenmassen aus. Leute in Anzügen und Kostümen, mit Aktenkoffern und schrecklich eiligen Schritten, in Sneakern und mit Rucksäcken. Creative Directors, Werkstudenten, Journalisten.

Angestrengt fixiere ich den Eingang. Ich darf ihn nicht verpassen. Was ich sagen will, falls er da wirklich gleich herauskommt, weiß ich nicht. Vielleicht gar nichts. Es gibt eigentlich nichts zu sagen.

Plötzlich schießt mein Puls in die Höhe, noch bevor mein Gehirn begreift, was meine Augen sehen. Da ist er. Ich beginne zu schwitzen. Er lacht, unterhält sich mit einem Kollegen und geht so selbstbewusst durch diese Tür, dass ich nie im Traum darauf gekommen wäre, er könnte keinen seiner Schritte sehen.

Tatenlos starre ich in seine Richtung und lasse ihn und diesen herrlichen Moment vorüberziehen. Einen Augenblick lang verspüre ich den Drang, mich zu verstecken. Dann fällt mir wieder ein, dass das ja unnötig ist. Ich stehe wie zu Eis erstarrt da und sehe Janosch beim Existieren zu. Er verabschiedet sich von seiner Begleitung und geht Richtung Straße. Kurz befürchte ich, wieder könnte er all die Autos nicht bemerken. Doch diesmal ist er fokussiert. So wie er es immer war, ehe ich in sein Leben gedrungen bin. Die Ampel ist rot, seine Schuhspitze berührt das Weiß aus geriffeltem Plastik am Bürgersteig. Ich erinnere mich an seine Worte. Er braucht sich nicht zu erkennen zu geben, um die Hilfestellungen zu benutzen.

Die Ampel gibt ein klackendes Geräusch von sich. Zum ersten Mal höre ich es bewusst. Wie ferngesteuert trete ich näher an ihn heran. Meine Chance. Das Geräusch verändert sich. Die Menschen strömen über die Straße. Ich drohe Janosch in der Menge zu verlieren. Plötzlich renne ich. Er ist auf der anderen Seite, als ich ihn erreiche. Meine Kehle ist trocken, und noch bevor ich darüber nachdenke, was ich tue, greife ich nach seinem Arm. Janosch zuckt erschrocken zurück. Ich erkenne die Missbilligung in seinem Blick. Verständnislosigkeit, Überforderung. Meine Berührung kommt mir falsch vor. Was erlaube ich mir?

Ich ziehe die Hand zurück. Sein Blick verändert sich. Ohne dass ich ein Wort gesagt habe, bin ich mir auf einmal sicher, dass er mich erkannt hat.

Schweigend stehen wir uns gegenüber, um uns herum unzählige Menschen, und doch sind da nur wir zwei.

»Hey.«

War das meine Stimme?

Offensichtlich. Seine Mimik verändert sich.

»Was willst du hier?«

»Dich sehen.«

Er unterdrückt ein Lachen. Doch es klingt anders als sonst. Abfällig. Es macht ihn nicht so schön, wie er eigentlich ist.

»Das hast du jetzt ja.«

Er will sich umdrehen, doch ich hindere ihn daran.

»Janosch!«, flehe ich. »Können wir reden?«

»Worüber?«, fährt er mich an. »Über dich und deinen tollen Erfolg? Herzlichen Glückwunsch zum Buchvertrag. Ich bin auf dem neuesten Stand, keine Sorge.«

»Nein.« Ich schlucke. »Nicht deshalb.«

»Weswegen dann?«

»Ich habe mich von Carlo getrennt. Endgültig. Direkt nachdem wir … nachdem ich bei dir war, habe ich mit ihm geredet und ihm den Ring zurückgegeben. Ich bin ausgezogen. Es ist vorbei.«

Es fühlt sich so an, als würde ich mich um Kopf und Kragen reden. Janosch lässt zu, dass ich mich direkt vor ihm im Kreis drehe und mich winde wie ein Fisch auf dem Trockenen. Ich mache mich lächerlich, begreife ich plötzlich. Ich mache mich nur lächerlich. Es ist genau so, wie Carlo gesagt hat.

Das Blau in Janoschs Augen gefriert. Ich habe es so noch nie gesehen. Es ist noch immer wunderschön. Aber es macht mir Angst.

»Was willst du hören?«

Lächerlich. Er findet es auch.

»Ein *Toll, danke*? Schön, dass du ihn in den Wind geschossen hast? Ich habe dich verdammt noch mal nicht darum gebeten!«

»Janosch, ich wollte nicht …«

»Ich brauche dein beschissenes Mitleid nicht, okay? Du musst dich mir gegenüber nicht verpflichtet fühlen. Leb dein perfektes Leben, komm schon, das wolltest du doch. Die Welt liegt dir zu Füßen, Enya. Los, geh fliegen, nichts hält dich auf.«

»Hör auf, Janosch!« Ich schreie fast, will ihn schütteln, an beiden Schultern packen und zwingen, damit aufzuhören. Jeder einzelne Satz tut weh. »Du meinst das nicht so. Wir … Das mit uns war etwas Besonderes!«

Er lacht bitter. »Etwas Besonderes? Wirklich? Was war das schon mit uns? Ein schöner Sommer, nichts weiter. Schreib ein Buch drüber. Von mir aus einen verfluchten Bestseller. Enyas blinder Seitensprung, die Leute werden es lieben.«

»Janosch, bitte …«

»Der Sommer ist vorbei, Enya. Es wird kalt, okay? Ich muss jetzt gehen.«

Und dann geht er, und den Sommer nimmt er mit.

Plötzlich ist es eiskalt.

Noch nicht bereit für dich

Enya

Zurück bei Anouk bin ich wie gelähmt. Ich liege in ihrer Rumpelkammer auf der Couch und starre reglos an die Decke.

Der Sommer ist vorbei, Enya …

Jetzt ist es wohl offiziell. Ich habe es kaputt gemacht, uns beide vor die Wand gefahren und nun auch noch die Dreistigkeit besessen, Janosch um Verzeihung zu bitten. Wie konnte ich nur erwarten, er würde meine Worte akzeptieren und ihnen mehr Bedeutung beimessen als meinen Taten? Mein grenzenloser Egoismus ekelt mich an.

Neben mir liegt der Vertrag. Ich kann es nicht. Wie soll ich das nun unterschreiben, als wäre nichts geschehen? Als wäre Janosch nicht derjenige gewesen, der mich dazu ermutigt hat, weiterzumachen? Der über Elliott und Lynn gesprochen hat, als wären sie nicht Buchcharaktere, sondern gute Freunde. Als wären sie Realität. Sie können ohne ihn keine werden.

Anouks Stimme ertönt aus der Küche. Ich schließe für einen Moment die Augen. Warum bin ich nur direkt zurück zu ihr gefahren, anstatt noch ein wenig Ruhe zu haben? Ich beschließe, mich taub zu stellen und so zu tun, als würde ich schlafen. Selbst wenn sie reinplatzt, würden ihr so zumindest meine rot geweinten Augen verborgen bleiben.

»Enya!« Anouk ist oft laut und energisch, aber schrill klingt sie normalerweise nie. Ihre Stimme dröhnt wie eine Warnung in meinem Kopf. Ich fahre hoch. Ohne es zu wollen, wanke ich Richtung Tür. Anouk steht in der Küche vor einem Brett mit Paprika und Auberginen. Hektisch gleitet mein Blick über sie. Es sieht nicht so aus, als hätte sie sich geschnitten, kein Blut, das Messer liegt auf der Arbeitsfläche. Verständnislos starre ich sie an.

»Warum schreist du so?«

Plötzlich begreife ich.

Carlo. Seine Stimme erkenne ich unter Tausenden.

Keine Ahnung, woher sie kommt, bis ich das Radio registriere, aus dem die Takte eines melancholischen Beats erklingen. Und dann begreife ich erst, was er singt.

Und wir sind irgendwo, Festival, seit Stunden wach.
Siehst mich an, sagst: Denk jetzt bloß nicht, dass ich das hier ständig mach.

Mir rauscht das Blut in die Beine, ich greife intuitiv nach dem Türrahmen. Er singt über mich. Es sind meine Worte. Donauinselfest, Jahre her, in meinem Kopf springt der Film sofort an.

Was wird das? Ist das Carlos ganz persönliche Art, mit mir abzurechnen?

Wellen aus Eis brechen über mich herein, gefolgt von Hitze. Mir ist schwindelig. Undefinierbare Panik wallt in meiner Brust.

Vielleicht sollte ich nicht schreien, wenn mich was stört.
Vielleicht hättest du dann besser zugehört.
Kann mich nicht ertragen.
Und es musste wohl passieren.
Kein Interesse, keine Fragen.
War schon lang dabei, dich zu verlieren.

Und glaub mir, ich stand immer hinter dir,
Du hast mich nie gesehen.
Wolltest nur, dass ich kapier,
Du kennst die Worte, sie gehören dir.
Ich hör dich reden, deine Lippen in Bewegung
Lautlos, und jetzt sitz ich hier.

Alles falsch gemacht
Dich kaputt
Wollte nur, dass wir beide noch was sind
Die Augen zu, genauso blind.

Auch wenn es vielleicht noch nicht so schien.
Bin so weit, ich lass dich ziehen.
Baby, du gehst den Weg, zur Not auch ohne mich.
Und ich weiß, ich war noch nicht bereit für dich.

Carlos Stimme weicht den Klängen, doch sie hallt in meinem Kopf. Längst ist Anouk vor mir nichts als ein verschwommenes Bild. Ohne sie aufhalten zu können, rinnen mir die Tränen über die Wangen.

»Enya …«

Abwehrend schüttle ich den Kopf. Ich kann jetzt keinen Trost ertragen, kann nie wieder auch nur irgendetwas ertragen.

Blind vor Tränen wanke ich zurück in mein Zimmer.

Nichts ist mehr von Bedeutung. Ich spüre nur den alles umfassenden Schmerz in meiner Brust.

Dieses Lied vereint so viel: Es ist eine bittersüße Entschuldigung, ein Vergeben und die Erlösung, dank der ich wieder atmen kann. Carlo lässt mich ziehen. Ein heiseres Schluchzen bricht aus meiner Kehle, als ich die Tür geschlossen habe und auf das Sofa sinke.

Wollte nur, dass wir beide noch was sind.

All die zusammengepferchten Gefühle der letzten Wochen brechen gesammelt über mich herein und hinterlassen nur Leere. Saubere, frische Leere. Ganz zart und hell.

Mein Blick fällt auf den Stoß Papier neben mir. Da liegt das Ticket meines Neuanfangs.

Ich sehe noch immer verschwommen, doch ich kenne die Sätze. Meine Finger finden den Stift.

Und dann setze ich meine Signatur auf eine Linie, so gerade und perfekt, wie nichts in den vergangenen Monaten meines Lebens je war.

Die unglaublichen Dinge

Enya

Die SBB rauscht von Wien nach Zürich, und sie tut es mit mir an Bord. Acht Stunden bis in eine andere Welt. Die Schlafgelegenheit im Night-Jet ist eine bessere Pritsche und furchtbar unbequem. Doch an Schlaf ist sowieso nicht zu denken, alles ist viel zu aufregend, und ich bin viel zu allein. Zu viele Erwartungen, zu viel geweint, zu viel Janosch in meinen Gedanken. Carlos Song, ein kurzes Telefonat, ein *Ich hoffe, du kommst klar,* und jetzt bin ich nur noch ich. Allein mit mir und meinen kreisenden Gedanken.

Ich möchte gleichzeitig vor Aufregung zerspringen und am Boden zerstört meine Wunden lecken. Die Wut auf Janosch wächst. Die auf Carlo hat sich in Luft aufgelöst.

Wie konnte Janosch so kalt sein? Wie konnte er mich einfach so stehen lassen? Ich wollte ihm doch sagen, dass ich ihn liebe. Aber vielleicht war es besser, dass er das nicht zugelassen hat. Wie arrogant ich war. Jetzt, jetzt endlich kannst du der neue Mann an meiner Seite sein, wo Carlo Platz für dich gemacht hat. Er ist Vergangenheit. Ein abgelegtes Paar Schuhe. Janosch, wie wär's? Du wirst mein neues?

Der Zug ruckelt. Jemand unter mir schnarcht. Ich liege in meiner dunklen Kammer und lasse mich von der Bahn von links nach rechts wiegen. Es ist eng, aber gemütlich. Unweigerlich muss ich mir vorstellen, wie es hier drin wohl zu zweit wäre. Ich läge in Janoschs Armen, seine Nase in meinem Haar, meine an seinem Hals. Vielleicht könnte er hier schlafen, ich würde ihm wieder dabei zusehen, im Dämmerlicht, seine Atemzüge hören, ihn berühren, ganz vorsichtig, damit er nicht aufwacht, und mich fragen, womit ich dieses verdammte Glück verdient habe. Mit Janosch auf dem Weg nach Zürich zu sein, meinen Verlag besuchen, oh, das wäre schön. Zu schön.

Ich ziehe die Arme enger an die Brust. Carlo erneut gegenüberzustehen, als ich meine Dinge aus der Wohnung geholt habe, war unreal. Einen kurzen Moment lang tat es weh, dann nicht mehr. Wir haben wie Erwachsene miteinander gesprochen, er hat mir geholfen, meine ganzen Sachen zu Anouk zu bringen, und ich habe ihm meinen Schlüssel gegeben. Carlo und Enya gibt es nun nicht mehr. Nur noch Carlo. Nur noch Enya. Ich glaube, das ist die Freiheit, von der immer alle sprechen.

Oh, ich bin so gerädert, als ich am nächsten Morgen den Fuß auf Schweizer Boden setze. Zürich ist fantastisch. Die Luft ganz frisch, der Blick begrenzt, am Horizont Berge, nicht wie in Vorarlberg, nein, das hier ist Natur und kleinste Großstadt der Welt zugleich. Kratziger Schweizer Dialekt, der gleichzeitig abweisend und zutraulich wirkt. Carlo mag die Schweizer nicht. Ich sollte aufhören, daran zu denken, was Carlo mag. Es ist nicht mehr von Bedeutung. Janosch würde es mögen. Auch damit sollte ich aufhören.

Um halb neun am Morgen ist in Zürich viel los. Der Bahnhofquai vibriert, die Tram rollt vorbei, das Netz aus Oberleitungen spannt sich wie ein Kreuzworträtsel vor den stahlblauen Himmel. Ich rieche Wasser, den nahe gelegenen See, er soll sehr blau sein, habe ich mir sagen lassen.

Ich fühle mich unwichtig und klein inmitten all der Menschen mit Plan und Terminen und beschließe, noch ein wenig länger verloren herumzustehen und mich nichtig zu fühlen. Die Reisetasche neben den Füßen, die Hosentaschen voll Hoffnungen und Zweifel und mein Meisterwerk im Gepäck. Wie aufregend.

Ich muss einer japanischen Reisegruppe ausweichen, um nicht angerempelt zu werden. Europa in zwölf Tagen, schießt mir durch den Kopf, sicher, da darf Zürich nicht ausgelassen werden. Ein Taxi fährt vorbei. Eigentlich wollte ich die Tram nehmen. Aber jetzt bin ich Verlagsautorin, und das hier ist eine Geschäftsreise. *Protagoras* zahlt. Schon wegen der siebzig Euro fürs Billett nach Zürich hatte ich ein schlechtes Gewissen. Luca meinte, es sei eine Selbstverständlichkeit, ich solle mich daran gewöhnen. Und überhaupt, weshalb ich nicht einfach fliege? Das ginge doch schneller. Stimmt. Aber im Zug bleibt mehr Zeit, um zu schreiben.

Ich hebe die Hand. »Taxi!«

»Wohin?«, fragt der Fahrer.

»In die Schweigerstraße 7, bitte.«

Er fährt, wie alle Taxifahrer fahren. So rasant, dass man am liebsten wieder aussteigen würde. Ich hätte doch lieber die Tram nehmen sollen.

Die unscheinbare Fassade des großen Hauses deckt sich nicht mit meinen Erwartungen, doch die Adresse stimmt. *Protagoras Verlag* steht auf einem schmalen Messingschild am Briefkasten. Mein Magen grummelt.

Ich klingele und trete in den Vorraum. An den Wänden zu beiden Seiten stehen bis zur Decke gefüllte Bücherregale. Abgeschliffener Dielenboden, eine Gruppe roter Sitzmöbel, die unaufdringlich zum Verweilen einlädt. Der Duft der Literatur liegt in der Luft, gedrucktes Wort, hochwertiges Papier. Die Buchrücken sind weiß, schwarze Schrift auf glänzendem Einband, alle gleich hoch, akkurat geordnet.

»Grüezi, was kann ich für Sie tun?« Eine edel gekleidete Frau tritt herein und lächelt mich an.

Wäre ich nur geflogen. Sicher sieht sie mir die Nacht im Schlafwagen samt Katzenwäsche heute früh auf Anhieb an.

»Hallo.« Ich muss mich räuspern. »Ich habe einen Termin mit Herrn Wang.«

Ihr Blick huscht von meiner Reisetasche zurück auf mein Gesicht. »Sicher. Wen darf ich ankündigen?«

»Enya Unterberger.« *Warum bin ich so unsicher?*

»Ach, schön! Kommen Sie gern, Frau Unterberger. Wir freuen uns schon!« Als wäre mein Name das Zauberwort, wird das professionelle Lächeln plötzlich herzlich, und sie schüttelt mir die Hand. »Daniel erwartet Sie bereits. Darf ich Ihnen das Gepäck abnehmen?«

Sie duzt ihn. Also stimmt es wirklich. *Protagoras* ist ein Verlag von Weltgröße und trotzdem immer noch ein Familienunternehmen.

»Hatten Sie eine angenehme Reise?«

Von unserem Smalltalk behalte ich wenig, von unserer Umgebung umso mehr. Die großzügigen Räumlichkeiten des Hauses sind durch offene Verbindungstüren miteinander zu einem Labyrinth an Fluren, Meeting- und Büroräumen verknüpft. Ich habe längst den Überblick verloren. Überall hängen Bilder und Auszeichnungen. Ich lese Namen von Autoren, deren Werke ich vergöttere, und kann nicht begreifen, dass sie einmal ebenso durch diese Flure gingen wie ich. Mein Herz klopft wild.

Absätze hallen auf den Dielen, in meinen Sneakern folge ich ihnen lautlos. Verunsichert erwidere ich die interessierten Blicke hinter den Schreibtischen. Warum sieht jeder hier so unfassbar freundlich und intellektuell aus?

Wir erreichen das Ende des Flures, eine große geöffnete

Flügeltür gibt den Blick auf ein besonders geräumiges Büro frei.

Ich wusste, dass Daniel Wang relativ jung für seine Position ist, doch nicht, dass er so jung ist. Er trägt ein hellblaues Hemd, eine dunkle Hornbrille und eine edle Armbanduhr am Handgelenk. Genau so habe ich mir immer einen Verleger vorgestellt. Dann hebt er den Blick.

»Frau Unterberger ist angekommen«, erklärt die namenlose Dame mit den klackernden Schuhen und dem freundlichen Lächeln.

»Merci vielmal, Rahel.« Daniel Wang legt den gelben Bleistift zur Seite, rückt die dicke runde Hornbrille zurecht und erhebt sich. Als er lächelt, schwindet meine Furcht. »Enya Unterberger, ich begrüße Sie herzlich!«

Sein Händedruck ist fest, warm und einladend. Er fühlt sich an wie ein Versprechen, dass endlich alles gut wird. Wie gern möchte ich dem Glauben schenken.

»Ich freue mich auch«, flüstere ich.

»Ich bin Daniel, wir hatten telefoniert.«

»Enya«, bringe ich heraus, als wüsste er das nicht längst. »Freut mich sehr.«

»Es wirkt vielleicht recht überstürzt, doch wir im Hause duzen uns alle. Wäre das okay für dich?«

Oh Gott! Daniel Wang bietet mir das Du an. Ich zwinge mich, nicht zu hyperventilieren.

»Natürlich.« *Geht doch.*

Das verschmitzte Funkeln in seinen Augen lässt keinen Zweifel daran, dass er meine Aufregung bemerkt. »Sehr schön.«

Er bietet mir einen Stuhl an und nimmt mir gegenüber am Schreibtisch Platz. Erst jetzt komme ich dazu, mich verstohlen umzusehen. Der große Raum erscheint weiß und hell. Auf dem Schreibtisch stapeln sich die Bücher, zu Daniels Linken liegen MacBook und Notizen. Auf dem Sideboard hinter ihm steht ein Strauß hellrosa Dahlien, am Fuße der Wand lehnen Bilderrahmen unterschiedlicher Größen. Alles in diesem Raum ist Kunst. Und ich bin Teil davon.

»Im Namen des *Protagoras Verlages* freue ich mich wirklich außerordentlich, dich bei uns willkommen heißen zu dürfen.« Er lächelt. »Dich, Enya, und mit dir Elliott und Lynn.«

Das Federbett sieht aus, als wäre es fluffig und sehr weich, und ich wage es kaum, mich darauf fallen zu lassen. Als könnte ich dem Frieden nicht recht trauen, stehe ich in der gespenstischen Stille meines Vier-Sterne-Superior-Hotelzimmers und warte auf ein Klopfen. Auf den Portier von eben, der höflich lächelt und mich darüber aufklärt, dass das ein Missverständnis war und es ihm leidtue.

Doch nichts geschieht. Langsam drehe ich mich um die eigene Achse und stolpere dabei fast über meine Tasche. Das kann alles nicht wahr sein.

Junior Suite nennen sie das riesige Doppelzimmer im halbrunden Erker des Hotels. Fenster an Fenster, getrennt durch teure Vorhangschals, Hundertachtzig-Grad-Blick aufs unbewegte Wasser des Zürichsees. Langsam färbt er sich mitternachtsblau, spiegelt orange-goldene Lichter der Stadt, als wäre er ein verfluchtes Ölgemälde. Doch das hier ist echt und für die nächsten zwei Nächte mein Zuhause.

Mit Carlo habe ich in vielen teuren Hotelzimmern geschlafen, stets den höchsten Standard genossen, und doch kommt all das nicht an das heran, was ich hier empfinde. Dieses Zimmer ist nur für mich. Der Verlag hat es für mich gebucht, auf dem Schreibtisch liegt eine Karte aus schwerem Papier, ein Willkommensgruß für Frau Unterberger. Das ist mein Name.

Mein beliebiger, unbekannter Name, der bald schon weiße Cover und Buchrücken zieren wird.

Mir steigen die Tränen in die Augen, ich presse den Kiefer aufeinander. Ist das ein verzweifelter Traum oder erlösende Wirklichkeit?

Die Stille im Raum will mich erdrücken, ich muss etwas tun, die Zeit nutzen und die Stunden genießen, ehe es schon wieder vorbei ist und ich zurückgeworfen werde in ein Leben, das mehr meiner Realität entspricht. Ein Leben auf Anouks ausziehbarer Couch, das so nicht weitergehen kann. Doch ich schiebe den Gedanken daran, dass ich vermutlich lieber Wohnungen suchen statt Autorin spielen sollte, möglichst weit von mir.

Wie ferngesteuert taste ich nach meinem Handy. Ich muss jemanden anrufen, um zu erzählen, wie krass das ist, ein bisschen vor Begeisterung schreien und dann leise weinen. Dieser Tag war zu viel. Der Kennenlern-Lunch im Verlag, ehe es ans Manuskript ging. Daniel Wang sprach von Elliott und Lynn, als wären sie real. Das ganze Manuskript lag ausgedruckt vor ihm, in zweifacher Ausführung, eine für mich mit gelben Post-Its an seinen Bemerkungen. Sie waren allesamt genial.

Gelobt hat er kaum, schließlich sei mir wohl bewusst, dass es ihn überzeugt habe, andernfalls säße ich nicht hier, und mit Honig um den Mund kämen wir nicht voran.

Ich habe genickt und wider Erwarten nicht geheult, dafür all seine Kritik aufgesogen wie ein ausgetrockneter Schwamm. Voller Erkenntnis und den Tipps eines Profis fühle ich mich, als hätte ich die Welt in ihrer Gesamtheit begriffen. Etwas Großes geschieht in meinem Kopf, und noch weiß keiner davon, doch bald schon ändert sich das. Genau genommen am neunundzwanzigsten Oktober. Nachdem wir mit Madlaina, meiner Lektorin, über das Ende des Romans gesprochen haben, wurde ich von Daniel in die Grafik-Abteilung geführt. Der Coverentwurf ließ mich sprachlos zurück.

Das Cover ist ganz abstrakt, ein Himmel bei Nacht, dunkelblau, fast schwarz. Wie Janoschs Augen, wenn die Sonne untergeht. Wie in diesem unwirklichen Moment, dem Wimpernschlag, bevor er mich küsst. Die gelben Punkte könnten Sterne sein, ganz unpräzise Striche wie aus der Hand eines Kindes. Benjamin, der Grafiker, meinte, er wüsste es auch nicht, keiner wüsste es. Für jeden sei es etwas anderes. Ich hätte ihn am liebsten umarmt.

Jetzt hätte ich am liebsten jemanden, der *mich* umarmt. Doch außer der Einsamkeit tut es keiner. Wäre alles noch wie früher, hätte ich jetzt Carlo angerufen. Doch nichts ist mehr wie früher. Im Taxi zum Hotel dachte ich daran, Luca anzurufen. Sicher interessiert es ihn brennend, doch er ist nicht derjenige, den ich in schnellen, aufgeregten Sätzen von meinem unglaublichen Tag unterrichten möchte.

Auch Anouk hat mir geschrieben und gefragt, wie es läuft. Sie schickt Herzen und die Erinnerung, dass sie sehr stolz auf mich ist. Eigentlich bin ich nach zu vielen Tagen unter ihrem Dach genervt von ihr, doch jetzt rührt es mich, dass sie an mich denkt. Also wähle ich ihre Nummer. Freizeichen, oft, sehr oft, dann Mailbox. Und wieder Stille.

Ganz unten auf der Anrufliste erscheint ein anderer Name. Es ist keine gute Idee, doch meinem Daumen ist das egal. Die Vorstellung, Janoschs Stimme zu hören, lähmt meinen Verstand. Erst beim dritten Freizeichen wird mir klar, was ich gerade tue. Ich will noch auflegen, doch es knackt bereits.

»Ja?«

Ich schließe die Augen und sehe dunkelblau, fast schwarz und gelbe Sterne.

»Wer ist da bitte?«

Sprich weiter, sprich doch bitte einfach weiter. Mal mit

all den Farben deiner Stimme bunte Bilder in meinem Kopf. Dunkel, voll und klar. Ein kleines bisschen rau. Und immer etwas sanft und sehr prägnant.

Janosch zögert, ich atme. Jetzt drückt er mich gleich weg, und dann ist es vorbei. Ein trauriges Lächeln zuckt an meinen Lippen.

»Enya?«

Vielleicht sollte ich mich ertappt fühlen, doch ich tue es nicht, stattdessen bin ich froh. Erleichtert, dass er mich erkannt hat, selbst durch mein Schweigen.

Eine Pause. Dann wiederholt er sich und sagt doch etwas ganz anderes. »Enya …«

»Janosch.« Wie schön sein Name klingt, wenn man ihn flüstert. Fast hatte ich es vergessen. Ganz zart und leicht. Ich möchte noch immer zu ihm tanzen. Zu ihm und mit ihm. Möchte erzählen, von dunkelblau, fast schwarz mit gelben Punkten, von weißen Buchrücken und Daniel Wangs intellektueller Brille. Doch es wäre falsch.

»Janosch«, wiederhole ich ebenso wie er.

Janosch.

Dann lege ich auf und trete auf den Balkon. Die Septembernacht ist mild, doch Janoschs Stimme legt sich wie ein wärmendes Tuch über meine Schultern. Hubert schnauft erstaunt. Wahrscheinlich fühlt er sich unangebracht in diesem teuren Ambiente, er wäre jetzt gern ein schlankes MacBook, sehr teuer und leicht, mit langer Akkulaufzeit und hellem Display, das die Nacht über Zürichs Dächern erhellt, neben einem Glas überteuertem Rotwein aus der Minibar der Suite. Von draußen schaue ich beinahe befangen in mein Zimmer auf das einladende breite Doppelbett. Für eine Person allein ist es zu breit, und da wünschte ich, ich wäre es nicht. Ich wünschte, ich würde diesen Moment irrationalen Glückes mit jemandem erleben, der ihn versteht. Warum nur fühlen sich die unglaublichsten Momente nur halb so unglaublich an, wenn da niemand ist, der sie mit mir teilt?

Das Weinglas ist leer. Die Flasche längst. Mein Blick auf das unberührte Bett verschwimmt. Eine kleine Träne verlässt meinen Augenwinkel.

Und dann schreibe ich, als hätte etwas Übernatürliches von mir Besitz ergriffen. Es ist die natürliche Fortsetzung dessen, was heute geschehen ist.

Erst viele Absätze später sehe ich die SMS.

Janosch

»Janosch«, flüstert Enya und klingt ganz anders als zuvor, so gelassen und zufrieden.

Ein Lächeln in der Stimme, ein kleines trauriges Lächeln, und ich schließe für einen Moment die Augen und versuche, es mir vorzustellen.

Ich habe nicht wissen können, dass sie es ist, dieses Schweigen und kaum wahrnehmbare Atmen in vorgekaukelter Nähe, und doch wusste ich es genau.

Mit geschlossenen Augen sehe ich sie so klar. Ich erinnere mich an alles, an jedes noch so kleine Detail. An die Grashalme unter meinen Fingern, an die Sonne im Gesicht, den leichten Wind und die Regentropfen auf der Haut. An Enyas Haut, an diese besonders weiche, warme Haut und die besonders weichen, warmen Lippen. Die jetzt meinen Namen flüstern, als wäre er das Schönste, was sie je gesagt hätte.

Dann legt sie auf, und ich stehe weiter da, das Telefon am Ohr, die Augen geschlossen, ein Lächeln auf den Lippen. Im Hintergrund kocht das Nudelwasser, und dann knarzt die Diele an der Tür.

Ich reiße die Augen auf, als könnte ich ihn so sehen. Luca schweigt. Mir ist klar, dass er alles gehört hat.

»Was?«, bringe ich beinahe wütend heraus. Ich fühle mich ertappt. Schwungvoll drehe ich mich um, taste nach dem Kochlöffel, verbrenne mir die Finger und rühre um. Den Schmerz spüre ich kaum.

»Sie ist in Zürich«, sagt Luca, als hätte ich ihn darum gebeten. »Der Verlag hat sie eingeladen.«

»Schön für sie.«

»Schon mal drüber nachgedacht, wen du anrufen würdest, wenn etwas Unglaubliches geschieht?«

Trotzig schweige ich.

»Um diesen Menschen geht es, um ihn dreht sich alles.«

»Woher willst du wissen, dass sie nicht zuerst jemand anderen angerufen hat?«

»Das weiß ich nicht, das weiß ich genauso wenig wie du.«

Ich gebe ein abfälliges Geräusch von mir und fische eine Nudel aus dem Wasser. Al dente, Zunge verbrannt.

»Du fehlst ihr.«

»Luca, ich will nicht drüber reden.«

»Ich weiß.«

»Dann lass es einfach gut sein!«

»Sie fehlt dir doch auch. Ich sehe dich wie ein Häufchen Elend zu Hause rumhängen und Enya, die sich kaum über diesen Buchvertrag freuen kann. Es geht euch nicht gut, keinem von euch, und das kann so nicht weitergehen.«

»Ich bin okay«, antworte ich gereizt.

»So siehst du aber nicht aus.«

»Dann schau mich nicht an.«

»Janosch, was ist dein Problem? Es tut ihr leid, sie hat sich bei dir entschuldigt und bereut es zutiefst! Sie hat sich nach sieben Jahren Beziehung und einem Heiratsantrag von ihrem Freund getrennt – deinetwegen!«

»Eben das ist mein Problem. Sie wirft ihr Leben weg. Aus Pflichtgefühl, oder was weiß ich weshalb. Ich brauche ihr Mitleid nicht! Sie braucht mich nicht. Alles, was sie braucht, ist ein bisschen Zeit. Sie wird mich vergessen und jemanden kennenlernen, der ihr gerecht wird. Und irgendwann kann sie sich an diesen Sommer erinnern und an den blinden Kerl, in den sie mal dachte, verknallt gewesen zu sein.«

»Alter, jetzt hör schon auf in Selbstmitleid zu baden. Wenn du sehen könntest, wie sie dich ansieht …«

Ich fahre herum. »Ja, lustig, oder? Wenn ich das nur sehen könnte.« Ich lache auf. »Das ist kein Selbstmitleid, das ist die verdammte Wahrheit.«

»Du hast Komplexe, *das* ist die verdammte Wahrheit.« Ich höre, wie Luca näher kommt.

»Ich habe keine Komplexe, ich habe einen Behindertenpass! Ich werde geduldet von euch, von der Gesellschaft. Aus Rücksichtnahme und weil ihr es euch leisten könnt. Ohne euch alle wäre ich aufgeschmissen, und ihr wisst das. Das ist es doch, also spar dir dein schlechtes Gewissen und die Versuche, mich vom Gegenteil zu überzeugen.«

Die Diele knarzt, Luca weicht zur Seite, als ich an ihm vorbeigehe.

Meine Zimmertür fliegt zu. Ich brauche den Lärm, kann die Stille nicht ertragen. Am liebsten würde ich heulen. Es stimmt nicht, was Luca sagt. Ich habe keine Komplexe. Zumindest meistens. Ich bin gesund, verdammt. Gesund, jung und erfolgreich. Und das auch ohne sehen zu können. Ich kann selbstbewusst sein, die Menschen täuschen, vergessen lassen, dass ich sie nicht sehe. Manchmal vergesse ich es sogar selbst. Doch oft genug werde ich daran erinnert. Wieso das alles? Wieso ich? Wieso kann ich nicht einfach normal sein?

Ohne dass ich es ihnen erlaubt hätte, rollen die Tränen auf einmal. Ich sehe Enya. Luca hat nicht den Hauch einer

Ahnung. Ich bin nichts ohne sie. In ihrer Anwesenheit fühle ich mich besonders. Wie die beste Version meiner selbst.

Ich spüre das Handy in meiner Tasche. Vier Schritte bis zum Bett. Die Brille liegt auf dem Nachttisch, ich sollte aufhören zu heulen, um überhaupt etwas zu erkennen. Es dauert ewig, doch dann steht es da. Und noch bevor ich einknicken kann, schicke ich es ab.

Janosch – 22:31 Uhr
Ruf bitte nicht mehr an.
Es ist besser, wir beenden das an dieser Stelle.

Ich will mir nicht vorstellen, wie sie es liest, doch ich kann nicht anders. Allein, irgendwo in Zürich, wo ich mit ihr sein könnte. Was, wenn sie wirklich als Erstes mich angerufen hat?

Enya – 22:33 Uhr
OK.
Es war ein schöner Sommer.
Danke.
Und tut mir leid.

Mir auch, Bambi. Mir doch auch.

Nicht besonders viel

Enya

Am liebsten möchte ich zwischen dem leisen Getuschel und den hallenden Schritten verschwinden. In leeren Wohnungen darf offensichtlich nur halblaut gesprochen werden. Das Baby der alleinerziehenden Mutter plärrt, und damit sind die beiden disqualifiziert.

»Schauen Sie sich ruhig um, die nächste Gruppe wird erst in zehn Minuten hereingelassen.« Die Maklerin setzt ihr Lächeln nicht ab. Es tut weh, hinzusehen. Ein Paar unterhält sich mit ihr. Er ist hingerissen vom Ausblick und der teuren Küche, und weil die Maklerin hingerissen ist vom charmanten Ehegatten, macht sie sich lächelnd eine Bemerkung in ihr hübsches Buch und sagt, sie rechne ihnen große Chancen im Bewerbungsprozess aus.

Diese Massenbesichtigung ist lächerlich, die zwei Zimmer im zweiten Bezirk eigentlich zu teuer, doch anstatt die Zeit weiter auf Anouks Couch totzuschlagen, vergeude ich sie lieber auf Besichtigungen. Es ist bereits die dritte heute. Wie immer ist die Wohnung schön. Hell, restaurierter Altbau, ich hätte gern so schöne Dielen und einen kleinen Balkon. Die Vermieter hätten gern eine Bonitätsauskunft. Ob ich geregelte Einkünfte nachweisen kann. Der Job im Café macht wenig her. Den längst fast ausgegebenen Vorschuss behalte ich für mich. Im Vertrag wirkte er größer als abzüglich der Agenturprovision auf meinem leeren Konto.

Ich könnte angeben, dass meine Eltern für mich bürgen.

Aber das wäre gelogen. Ich trenne mich von Carlo, meine Mutter schlägt die Hände vors Gesicht. Warte nur, bis ihr das Geld ausgeht, sagt mein Vater. Das wird sie endlich wieder zur Besinnung bringen.

Sie hören von uns, sagen die Makler, bevor ich ihnen die Hand gebe und die Wohnungen verlasse – zum ersten und letzten Mal. Ich höre nie von ihnen, und Anouk ist allmählich genervt von mir und dem beengten Wohnen auf kaum mehr als dreißig Quadratmetern.

In meinem Terminkalender wartet die letzte Besichtigung des Tages, doch plötzlich verlässt mich jegliche Motivation. Wozu eine weitere Demütigung ertragen? Mit jedem Schritt durch die gegensätzlichen Viertel der Leopoldstadt wird mir bewusst, dass es keinen Sinn ergibt. Vor einem Lokal mache ich halt. Es ist gleich siebzehn Uhr, fast Abend und demnach vertretbar, also gehe ich hinein. Das schummrige Licht hüllt mich ein. Leise Kaffeehausmusik trällert. Ich lasse mich an einem der runden Tische in der Ecke nieder. Der Junge hinter der Bar hat nichts zu tun. Er kommt sofort, um meine Bestellung aufzunehmen. Ich hatte keine Zeit zu überlegen, daher entscheide ich spontan, und spontan heißt Gin, aber dann fällt mir ein, dass Janosch keinen Alkohol trinkt, und plötzlich will ich auch keinen mehr trinken, was absurd ist, also bestelle ich einen doppelten. Plötzlich fühle ich mich erbärmlich. Das Paar gegenüber schaut schon rüber und fragt sich sicher, was Gin vor 17 Uhr soll, ob ich verzweifelt bin und warum allein. Zunächst wollte ich Hubert herausholen, vor mir auf den Tisch stellen, aufklappen und anstarren wie einen guten Freund. Doch der Gedanke ist töricht. Seit ich das Manuskript in jener Nacht in Zürich beendet habe, gibt es nichts mehr zu tun. Wie im Rausch saß ich da, fröstelnd auf meinem Balkon in atemberaubender Kulisse, übermüdet und voll purer Ekstase, auch noch nach Janoschs SMS. Erst recht danach. Die Worte sind einfach aus mir herausgeflossen. Ich konnte erst aufhören, als der Himmel hinter den Bergen plötzlich wieder orange wurde, ein anderes Orange diesmal, und die Sonne ihre ersten Strahlen lang über den schlafenden See warf. Dieser Moment war magisch.

Zweieinhalb Stunden habe ich anschließend im Bett verbracht, mich unruhig von einer Seite auf die andere gewälzt und darauf gewartet, dass der Wecker klingelt.

Am nächsten Morgen konnte ich Daniel nicht erzählen, dass ich seinen Vorschlag für das Ende noch in dieser Nacht niedergeschrieben habe. Zu groß war die Angst, er könnte mich für total übermotiviert oder gar manisch halten. Also habe ich ihm erst zwei Tage nach meiner Rückkehr nach Wien gemailt.

Er fand es grandios.

Der neunundzwanzigste Oktober, unglaublich, wie nah er scheint. Nur noch Wimpernschläge, dann ist es so weit.

Der Gin ist leer, mein Kopf ist es auch.

Ich solle mich doch, wann immer mir danach ist, auch mit meinen neuen Ideen bei ihm melden, hat Daniel gesagt. Sicher, ich besitze mehr als ein Notizbuch voller Gedankenschnipsel, Wortgebilde und Satzanfänge, und auch sicher, ich könnte daraus mindestens zwei weitere Romane basteln. Doch gerade bin ich zu erschöpft. Mein Kopf musste in letzter Zeit so viel denken.

Ich bezahle, gebe ein Trinkgeld, weil ich es kann, und mache mich auf den Weg. Seit Kurzem werden die Nächte wieder kühler, länger und ein wenig dunkler. Ich bin nicht bereit für den Herbst.

Mein neues Ich lächelt mich aus dem schlafenden Schaufenster der Buchhandlung an.

Ein Ausnahmetalent der jungen deutschsprachigen Literatur – tief, fordernd, ergreifend und klug. Das Debüt von Enya Unterberger.

Ich lächele mich an, schwarz-weiß, glattes Haar, helle Haut. Mein ernstes Gesicht, in dem ein winziges Lächeln wohnt. Wir mochten das Bild sofort, das Lucien, ein befreundeter Fotograf des Verlags, an meinem zweiten Tag in Zürich von mir schoss. Unaufgeregt und nicht inszeniert, obwohl es das war. Ich sehe meine Augenringe, sehe zwei Nächte zu wenig Schlaf, doch ich sehe auch meinen Blick, der sagt: *Komm, ich erzähle dir eine Geschichte.*

Ich berühre das Fensterglas. Kühl fühlt es sich an, beinahe feucht, und ich muss lächeln. Bald kommen die Belegexemplare. Das erste Mal, dass ich Elliott und Lynn in den Händen halten werde. Das erste Mal, dass ich sie greifen und dann vielleicht begreifen kann.

Janosch

»Janosch, schön, dass du es direkt einrichten konntest.«

»Du wolltest mich sprechen?« Ich schließe die Tür hinter mir und werte die undefinierbare Geste unserer Abteilungsleiterin als Zeichen, mich zu setzen.

»Ja.« Ich höre Elkes Lächeln. »Du wurdest für ein neues Projekt angefragt.«

»Ach. Das freut mich.«

»Ich weiß, du kannst dich derzeit vor Aufträgen kaum retten. Doch dieses Projekt ist dir wie auf den Leib geschneidert.«

»Worum geht es?«

»Um ein Hörbuch. Der Kunde hat explizit dich angefragt. Es ist ein Roman einer jungen Wiener Autorin.«

Noch während sie spricht, friert meine Miene ein. *Das darf jetzt bitte nicht wahr sein.*

»Wie heißt das Buch?«, bringe ich heraus.

»*Augenblicklicht.*«

Für einen Moment schließe ich die Augen.

»Ich weiß, du bist gerade schon sehr voll. Aber du solltest es dir überlegen. Roman und Hörbuch werden im ganzen deutschsprachigen Raum massiv beworben. Der Verlag selbst ist aus der Schweiz.«

»*Protagoras*, ich weiß.«

Elke stockt. »Exakt.«

Ich habe sie irritiert, ich merke es genau.

»Hörbücher einzusprechen kam dir doch entgegen, nicht wahr? Mit der Braillezeile war es doch …«

»Nein, es ist nur … ich kenne die Autorin. Privat.«

»Das ist doch wunderbar.«

Ach Elke. Manchmal frage ich mich, wer von uns beiden blind ist. Ich zögere einen Moment, dann tue ich etwas sehr Dummes. Ich nicke. »Ja.«

»Die Konditionen sind sehr gut, ich werde noch ein wenig verhandeln, es wird eine schöne Summe zusammenkommen.«

»Klingt gut.«

Als ob es mir darum ginge. Finanziell komme ich zurecht. Immerhin kann ich mir die Aufträge inzwischen aussuchen. Und Enya weiß das. Wollte sie wirklich unbedingt mich? Oder hat sie damit gar nichts zu tun? Hat Luca womöglich die Finger im Spiel?

Ich schlucke. Es spielt keine Rolle. Seit Wochen interessiert mich nur noch eines: Elliotts und Lynns Geschichte und vor allem ihr Ende. Vielleicht ist das ein Wink des Schicksals.

Ich straffe die Schultern und schaue in Elkes Richtung. »Wann bekomme ich den Text?«

Enya

Es ist nur ein Zimmer, aber es ist ein wunderschönes Zimmer im Dachgeschoss eines sanierten Altbaus. Es gibt sogar einen winzigen Balkon, und es ist sehr günstig. Man könnte es auch Kammer nennen oder Dachboden. Es hat keine hohen Decken, und im Sommer wird es wahrscheinlich brütend warm. Doch jetzt, wo der Herbst naht, kann mir das egal sein.

Ich habe mir eine Matratze gekauft und ein paar Regale. Übermorgen kann ich mir nur zwei Straßen weiter einen gebrauchten Schreibtisch abholen. Es wird schön aussehen, wenn ich erst einmal alles beisammenhabe. Pflanzen und Bücher, hübsches Geschirr. Bis dahin lebe ich in meinem kleinen Provisorium, das so vorzüglich zu meinem Leben passt.

Ich sitze also im Schneidersitz auf meiner Matratze am Boden und bin überrascht, wie gemütlich es ist. Ein bisschen Grau fällt durch die schrägen Fenster aufs Parkett. Draußen ist es ungemütlich, hier drin ganz angenehm. Die Bücher stehen fein säuberlich aufgereiht am Boden bei der Wand. Im Regal steht Elda, strahlendes Petrol und gutmütig wie immer. Ich habe sie schon lange nicht mehr benutzt. Doch es gibt keinen Grund, eifersüchtig zu sein, Hubert hütet auch seit vielen Tagen das Laptopfach meines Rucksacks. Zuletzt hat er mir während des Lektorats treue Dienste erwiesen, ehe die Druckfahnen per Post ins Haus flatterten. An ein neues Projekt ist nicht zu denken. Ein paar Mal habe ich es versucht, nach der Arbeit oder hier in meiner neuen Wohnung. Ich habe mich mit Hubert auf dem Schoß in mein warmes, weiches Matratzenlager gesetzt und das Word-Dokument angestarrt. Den vielen kurzen Sätzen, den guten und weniger guten Versuchen fehlte ein roter Faden. Der eine gute Gedanke, der alles zusammenfügt. Oder eben einfach die Passion. Die Muse. Janosch …

Vielleicht klappt es ja heute. Wie hypnotisiert starre ich auf das große braune Paket vor mir. Der Postler hat böse geflucht, als er es bis hinauf in den fünften Stock schleppen musste. Der Fahrstuhl wird zurzeit gewartet. Besser also, dass ich kaum Möbel hinaufzubringen hatte. Und bis ich den Schreibtisch hole, funktioniert er vielleicht wieder.

Ein diskretes *P* prangt auf dem Karton. Schweizer Poststempel. Ich verstehe nicht, wie ich hier sitzen und abwarten kann. Dort drin warten zwanzig gescheiterte Leben auf mich. Vierzig, um genau zu sein, schließlich sind sie zu zweit. Was soll ich mit so vielen Belegexemplaren anfangen? Eins für mich, eins für Anouk, Luca erhält für die Agentur fünf eigene. Ich könnte ihm eins für Janosch mitgeben. Ein verbittertes Lachen findet den Weg über meine Lippen.

Eines könnte ich Mama und Papa schicken. *Liebe Eltern, nun ist es also offiziell. Könnt ihr mich jetzt wieder respektieren? Es grüßt Enya.*

Ich ziehe die Beine unterm Körper hervor und stehe schwungvoll auf. Mir fällt auf, dass ich keine Schere besitze. Ein Messer von der Küchenzeile tut es auch. Ganz vorsichtig gleitet es durchs dünne Plastik des Paketbandes. Nicht, dass ich die Buchrücken beschädige und mir selbst ein Mängelexemplar bastele, das dann für 4 Euro auf dem Wühltisch der Buchhandlung verramscht wird. Der Pappkarton teilt sich mittig und schwingt auseinander. Ein weißes Blatt Papier liegt oben auf dem Stapel Bücher. Ich verschwende keine Sekunde, es zu lesen, habe nur noch Augen für die Bücher. Eine ganze Kiste voll, nagelneu und wunderschön. Meine Babys. Ehrfürchtig greife ich in die Kiste und nehme das oberste heraus.

Wow.

Ich hatte mir diesen Moment nicht so mächtig vorgestellt. Als wäre es das Wertvollste, das ich je berührt habe, streiche ich über den Einband. Über das Dunkelblau, fast Schwarz.

Über meinen Namen, kursiv. Darunter *Augenblicklicht. Roman. Protagoras*. Es ist so surreal, der Gedanke so fern, dass ich das erschaffen habe. Ich schlage es auf und rieche die druckfrischen Seiten und die Magie.

Platzlos, lese ich. *Mein Lieblingsplatz warst …*

Sofort schlage ich das Buch wieder zu. Warum ausgerechnet diese Stelle? Janosch mochte sie. War ihm da schon klar, dass er längst mein Lieblingsplatz war?

Ich starre gegen die weiße Zimmerwand und merke gar nicht, wie mein Blick abstumpft.

Ich vermisse ihn. Ich vermisse diese Vorfreude beim Schreiben, dieses umfassende Gefühl, ihm die neuen Sätze gleich im Anschluss vorzulesen. Ganz frisch, noch warm wie Brot, das direkt aus dem Ofen kommt. Sie dufteten noch.

Schweigend betrachte ich meine Bücher und will sie plötzlich nicht mehr sehen.

Dieses Gefühlschaos macht mich fertig. Ich sollte glücklich sein. Überglücklich. Ich habe mein Ziel erreicht, das, wofür ich so lang durchgehalten und so hart gekämpft habe. Jetzt bin ich dort, wo ich immer hinwollte. Doch ich bin allein. Wie soll ich glücklich sein, wenn Janosch nicht an meiner Seite ist?

Pech gehabt, jetzt gib dich schon zufrieden. Andere Mütter haben auch hübsche Söhne.

Sei doch still, Anouk.

Ob ich mich schon bei Tinder angemeldet habe. Ich solle ausgehen, das Single-Leben genießen, jemanden kennenlernen. Aber ich will niemanden kennenlernen. Ich will bei dem sein, der mich blind versteht.

Ich schließe die Augen. Noch nie war dieser Ausdruck treffender. Er fehlt mir. Alles an ihm fehlt mir. Sein Geruch, das belustigte, manchmal fast arrogante Schmunzeln. Wie eingebildet ich ihn am Anfang fand! Damals wusste ich nicht, dass sein Selbstbewusstsein nichts als eine Fassade war. Eine perfekte, makellose Fassade in Hochglanz, so spiegelglatt, dass ich von ihr geblendet wurde und das Offensichtliche nicht sah.

Janosch

Verletzlich, aber nie schwach. Ehrlich, aber nie entblößt. Das haben sie auf deiner Beerdigung über dich gesagt. Schöne Worte, nicht wahr? Leider sind sie aber auch leer und inhaltlos. Nichts davon ist wahr. Verletzlich, das warst du wohl. Schwach auch. Entblößt nur selten, aber niemals ehrlich. Zumindest nicht zu mir. Elliott, warum bin ich so wütend? Es verstärkt doch nur meine Schuldgefühle. Du bist tot. Du hast den Druck nicht länger ertragen. Ich muss doch weinen, um dich trauern und dich vermissen. Welche Phase der Trauer ist das denn nun? Die Wut? Erst Leugnen, dann Zorn. Verrückt. Es stimmt. Wie ich geschrien habe. So lange, bis sie mir die Nadel in den Arm gerammt haben, mich ausgeknockt, willenlos gemacht haben. Nur zu meinem Schutz. Ich lache. PsychKG ist das Zauberwort. Akute Selbstgefährdung. Das ganze Leben ist eine akute Selbstgefährdung.

Erst Leugnen, dann Zorn, dann Verhandeln. Ich glaube nicht, dass ich diese Stufe je erreiche. Verhandeln konntest du von uns beiden doch viel besser. Also bin ich lieber weiter wütend, und wärst du jetzt hier, dann würde ich dich schütteln und anschreien, deine Schultern fassen und vor dir explodieren. Doch du bist es nicht, und vermutlich hätte ich doch nur geschwiegen, aus Angst, es auszusprechen und dich zu verletzen. Dann bin ich lieber ohne dich wütend.

Vielleicht kann ich dir irgendwann verzeihen. Vielleicht. So langsam habe ich den Eindruck, unsere ganze Geschichte ist eigentlich nur ein einziges großes Vielleicht. Ein Füllwort, ein Platzhalter, beliebig und austauschbar. Da war sogar schon wieder eins.

Eigentlich.

Vermutlich.

Vielleicht.

Das waren wir, Elliott.

Meine Finger fliegen über die Braillezeile des Laptops, mein Herz schlägt schneller. Es ist nicht damit vergleichbar, von ihr vorgelesen zu bekommen, doch es kommt verdammt nah dran. In meinem Kopf höre ich Enyas Stimme. Ich schließe die Augen.

»Das waren wir, Elliott«, murmele ich. Lehne mich zurück und versuche es noch mal. »Das waren wir, Elliott.« Besser. »Nur das. Und sonst nicht besonders viel.«

Die Zeiten, in denen ich Aufträge mit nach Hause nahm, um dort auswendig zu lernen, sind eigentlich längst Geschichte. In meiner Agentur wissen alle Bescheid. Ich bekomme zwar keinen Behindertenbonus, dafür so viel Zeit, wie ich eben brauche, um mich auf meine Texte vorzubereiten. Doch das hier ist anders. Diesen Text kann ich nicht im Büro von der Sprachausgabe vorlesen lassen, dieser hässlich verzerrten metallenen Stimme.

Ich brauche absolute Ruhe, einen geschlossenen Raum und Stille, nur das wird diesem Manuskript gerecht. Roman, verbessere ich mich. Werk. Es ist nicht mehr nur ein Manuskript. Es ist längst drei Schritte weiter.

Erst habe ich mich gefragt, wieso sie einen männlichen Sprecher wollten. Würde es nicht mehr Sinn ergeben, Lynn diese Passagen lesen zu lassen? Doch je tiefer ich in den Text eintauche, desto mehr verstehe ich. Nur Elliott selbst ist in der Lage, diese Worte zu sprechen. Enya hat es sich so gewünscht. Ich erinnere mich an den Abend im Kino, als sie herausgefunden hat, dass ich Synchronsprecher bin. *Elliott kriegt deine Stimme, wenn es mal so weit ist.* Jetzt ist es so weit.

Ich atme tief durch, verschränke die Finger vor der Brust, lehne mich zurück und versuche, es zu fühlen. Es muss mehr geben als das, was meine Stimme bisher konnte.

»Nur das.«

Ja.

»Und sonst nicht besonders viel.«

Zwei Pole

Enya

Es ist Herbst geworden in Wien, und ich erwache wie jeden Morgen noch immer auf meiner dünnen Matratze am Boden, spüre das harte Parkett im Kreuz und bin glücklich. Mit Rückenschmerzen und einem schweren Kopf drehe ich mich auf die Seite, vielleicht habe ich gestern noch ein Glas Wein getrunken, vielleicht auch die ganze Flasche, wer weiß. Das Licht ist enorm hell, also taste ich mit geschlossenen Augen nach meinem Handy. Das Pulsieren hinter meinen Schläfen ist nichts Neues, die vielen Nachrichten, die mich gestern erreicht haben, aber schon.

Erst ist alles ein wenig verschwommen, dann reibe ich mir die Überreste des Schlafes aus den Augenwinkeln und blinzele.

Es soll ja öfter vorkommen, dass Luca mich schon in aller Frühe anruft – als Agent mit geregelten Arbeitszeiten tut man das wohl –, doch warum er es heute gleich dreimal versuchen musste, ist mir ein Rätsel. Anouks Glückwünsche sind es ebenfalls.

Ich rutsche aus meiner Schlafhöhle und bekomme eine Gänsehaut. Fröstelnd schlüpfe ich in meinen Bademantel. Samt meiner üblen Laune schlappe ich Richtung Küche. Der erste Griff geht zur Kaffeemaschine. Die braune Brühe ist leider ungenießbar, doch einen Siebträger wie im *Sellerie* kann ich mir niemals leisten. Beinahe grob reiße ich meine Lieblingstasse vom Regal. Die übrigen erzittern. Ich trinke morgens billigen Pad-Kaffee. Heißes Wasser mit brauner Farbe. Nur mit viel Zucker kann ich es ertragen. Der synthetische Geruch schlecht gerösteter Bohnen dringt mir in die Nase. Theatralisch stütze ich mich mit dem Ellbogen auf den Küchentresen. In diesen Sekunden fühle ich mich wie eine wahre Schriftstellerin. Es fehlt nur noch die Kippe auf dem lederbezogenen Ohrensessel. All die Nachrichten fallen mir ein. Ich fühle mich noch immer nicht bereit für soziale Kontakte, doch die Neugier siegt. Mit dem Daumen der einen Hand wische ich übers Display, mit der anderen führe ich die Tasse zum Mund. Und lasse sie beinahe fallen.

Ein Schrei entfährt mir, laut und gellend. Erst wegen des Screenshots, den Anouk mitgeschickt hat, dann wegen der verbrühenden Flüssigkeit, die durch den Stoff meines Pyjamaoberteils dringt. Mir war nicht klar, wie heiß schwarzer Kaffee sein kann. Die Tasse zerschellt vor mir am Boden. Tränen steigen mir in die Augen. Doch nicht wegen des Schmerzes.

Ich schluchze. *Ist das die Möglichkeit?*

Ich halluziniere. Anders kann ich mir das nicht erklären.

buchreport.de
Neu auf der Liste: Unterberger, Enya. Augenblicklicht.
Protagoras, Oktober 2018. 22 €
Woche 1 – Platz 7

Sieben. Ich schnappe nach Luft. »Sieben!« Ich weiß nicht, weshalb ich schreie, es wird wohl niemanden stören, also tue ich es noch mal. Diesmal lauter. »Sieben.« Das kann nicht wahr sein.

Bestseller.

Unsere Gabeln kratzen übers Porzellan und ersetzen das Gespräch, das wir wohl führen sollten, um eine gute Wohngemeinschaft zu sein. Früher waren wir das mal. Vor Enya.

Luca hat Mitleid und ist sauer, weil ich nicht mit ihr reden will. Ich bin sauer, weil er sich in mein Leben einmischt. Er erträgt mein Selbstmitleid nicht mehr und wie ich nur noch vor mich hinvegetiere. Zumindest sagt er das. Vegetieren. Dass ich nicht lache. Ich gehe zur Arbeit, manchmal sogar nach Feierabend mit einigen Kollegen noch etwas trinken, meistens aber einfach nach Hause, und das ist ja wohl mein gutes Recht. Er will doch nur, dass ich mich nicht verstecke. Ich will doch nur, dass er mich einfach in Frieden lässt.

»Brauchst du Salz? Es fehlt Salz, oder?«

Ich hebe den Kopf. »Nein, schon gut. Es schmeckt köstlich.«

Wir essen schweigend weiter.

»Ihre erste Lesung findet im *Phil* statt«, sagt er plötzlich wie aus dem Nichts.

»Cool.«

»Gehst du hin?«

»Ich?« Ich hebe den Kopf. Natürlich ich. Wen sonst sollte er meinen? »Wozu sollte ich?«

»Ich dachte nur … Es wäre vielleicht wichtig.«

»Wieso?«

»Ich weiß nicht. Ich glaube, Enya würde sich freuen.«

»Geh bitte.« Wie abfällig ich klinge. »Sie wird sich kaum darum scheren.«

»Nein, Janosch, das wird sie, und das weißt du auch ganz genau.«

»Ich hab dich schon mal drum gebeten, dich nicht einzumischen.«

»Du sprichst ihr Hörbuch ein!«

»Ja!«, schleudere ich zurück. »Leider.«

»Schon gut«, sagt Luca beschwichtigend und macht mich damit nur wütender. »Das meinst du nicht so.«

»Doch!« *Nein! Verdammt.* »Lass mich einfach in Ruhe.«

Luca schweigt. Das Kratzen seines Bestecks dröhnt in meinem Kopf.

»Weiß sie es?«, frage ich leise.

»Was?«

»Das mit dem Hörbuch.«

»Dass du es einsprichst?«

Ja, was denn sonst?! Ich nicke und bemühe mich, nicht zu explodieren.

»Zumindest nicht von mir«, sagt Luca.

»Du hast ihr nichts gesagt?«

»Ich dachte, es steht mir nicht zu.« Luca zögert. Ich spüre seinen Blick geradezu auf mir. Brennend und heiß. Er bohrt sich in mein Innerstes. »Sie sollte das von dir erfahren.«

»Was, wenn sie das gar nicht will? Muss eine Autorin nicht erst absegnen, wer das Hörbuch spricht?«

Vermutlich zuckt er jetzt mit den Schultern. »Nicht unbedingt. Der Verlag kümmert sich darum.«

Er klingt, als würde er die Wahrheit sagen. Ich beschließe, ihm zu glauben.

»Frag mich nicht, wie die auf dich gekommen sind. Vielleicht haben sie nachgesehen, mit wem unsere Agentur bisher zusammengearbeitet hat. Oder man kennt dich einfach. Keine Ahnung.«

»Was, wenn Enya das gar nicht will?«, bringe ich heraus.

Luca schweigt.

»Dieses Buch ist so unglaublich persönlich. Ist es doch, oder? Sie hat sich das doch niemals alles ausgedacht.«

»Das musst du nicht mich fragen.«

»Ich frage aber dich! Du bist ihr Agent.«

»Und ich weiß es nicht, okay? Vielleicht finden sich im Text autobiografische Züge, keine Ahnung, das stand nie im Raum. Aber sag du mir, wo die Grenze zwischen Realität und Fiktion verläuft. Wie schnell überschreiten wir sie. Ich weiß nicht, was Enya alles erlebt hat. Aber egal, ob fiktiv oder real, sie bringt es verdammt authentisch rüber.«

Unser Schweigen ist laut und drückt mich fest in meinen Stuhl.

»Ich glaube, ich sollte nicht hingehen«, höre ich mich irgendwann sagen. »Sie würde mich nicht sehen wollen.«

Luca hat sein Seufzen über die Jahre perfektioniert. Es ist unterschwellig, an der Grenze des Wahrnehmbaren, selbst für mich, und ich nehme eine ganze Menge wahr. Diesen leisen Vorwurf und die sanfte Verzweiflung. Doch sie ist da.

»Wie du meinst.« Er zögert. »Aber wunder dich nicht, wenn du das eines Tages ganz bitter bereust.«

Fremdes Sushi

Enya

Es ist erstaunlich, wie die Zeit sich nicht darum schert, was ich mit ihr anfange. Sie vergeht einfach – beim Arbeiten recht langsam, wenn ich bewegungslos in meiner Matratzenhöhle liege und wie paralysiert an die Decke starre, eigentlich auch nicht wirklich schneller.

Es ist mein freier Tag, und ich hätte ihn für so vieles nutzen können. Für ein bisschen Bummeln, fürs Schreiben, für Sport – gut, dafür eher nicht –, für Dinge, an die man sich abends erinnert und sich einbildet, etwas Anständiges geschafft zu haben. Stattdessen sehe ich dem Himmel durchs Dachfenster zu, wie sich seine Farbe verändert. Erst mittags wurde ich wach. Gestern war ich zu lange schlaflos, zu viele Gedanken, die mich auffressen wollten.

Ich habe heute nichts geschafft, nicht einmal aufzustehen, zu duschen oder auch nur die Zähne zu putzen. Ich schäme mich nicht einmal. Vor wem sollte es mir peinlich sein? Mir selbst muss ich längst nichts mehr vormachen. Und sonst sieht mich keiner.

Die Klingel. Ich schließe die Augen, liege still, mein Atem stockt. *Bitte, liebe Nachbarn, macht ihr dem Postler auf.* Kurz Ruhe, dann klingelt es wieder. Zweimal, dreimal nacheinander. Mir fällt auf, wie spät es ist und dass um diese Zeit keine Post mehr kommt. *Geh bitte …* Das kann nur jemand sein, der mich so nicht zu Gesicht bekommen sollte. Oder … Janosch. Ich schlage die Augen auf.

Niemals. Ich halte die Luft an. Mein Herz klopft schneller. Was, wenn doch er es ist? Wenn er mich sprechen will, noch mal nachgedacht hat? *Enya, mir ist klar geworden, dass ich dich brauche, ich verzeihe dir.*

Idiotin. Ich presse die Augen wieder zusammen. Meine Handflächen werden feucht, in meinem Magen flattert etwas, nur um sofort verdaut zu werden. Es ist nur eine dumme Klingel, und sie genügt, um mich den Verstand verlieren zu lassen.

Wie soll das Janosch sein? Wie soll er die richtige Adresse gefunden haben, geschweige denn wissen, wo ich wohne?

Es läutet wieder, diesmal Sturm. Ich stöhne. Mit dem schrillen Läuten schießt ein Pfeil aus Schmerz und grenzenloser Scham durch meinen Kopf, während ich mich von den Decken befreie. Eine schlinge ich mir um den Körper, denn ich bin fast nackt. So stolpere ich zur Tür. Die Gegensprechanlage knackt.

»Ja, bitte?« Ich lausche. Nichts. »Hallo?«

Ein festes Pochen gegen die Tür lässt mich zusammenfahren. Fast fällt mir der Hörer aus der Hand, ich weiche reflexartig von der Tür zurück. Das Herz springt in meiner Brust, ich will weglaufen und mich in meiner Höhle vergraben. Lasst mich doch einfach alle in Ruhe.

Er ist schon oben …

»Enya? Schatz, mach auf …«

Ich schließe die Augen. Es ist nicht Janosch, es ist Anouk. Dumpf klingt ihre Stimme durch das Holz. Die einzig kluge Entscheidung wäre es nun vermutlich, mich einfach umzudrehen. Mich wieder hinzulegen, einen Film anzusehen und so zu tun, als wäre das hier nie passiert.

»Denk ja nicht dran, dich jetzt tot zu stellen. Ich hab dich gehört.«

Bittere Tränen steigen mir in die Augen. Noch bevor ich es

begreife, fasse ich nach dem Schlüssel und drehe ihn herum. Die Tür schwingt auf, und dann steht sie da. Anouk, in Leggins und einer dicken Jacke, mit vor Kälte geröteten Wangen und einer Flasche Wein im Arm. Sie sieht mich an, als wüsste sie, was gerade alles in meinem Kopf passiert, und da wird es mir erst wieder klar: Sie sieht mich nicht an, als wüsste sie es. Sie weiß es. Sie ist meine Anouk, und ich war dumm genug, sie fortzuschicken. Sie ist die einzige Person, die bei mir bleibt, wenn alle anderen die Flucht ergreifen. Obwohl sie mich kennt. Obwohl sie weiß, wie ich sein kann.

Jetzt steht sie da auf der Schwelle, abwartend, hebt wortlos die Hand mit dem Wein, es ist eine Frage, ein Angebot, ein Lass-mich-dir-helfen-bitte, und ehe ich die nächste dumme Entscheidung treffen kann, schießen mir die Tränen in die Augen und nehmen sie mir ab.

Ich heule noch anderthalb Stunden später. Als hätte jemand den Stöpsel gezogen, fließt alles aus mir heraus.

Anouk ist wortlos hereingekommen und hat mich in den Arm genommen. Dann haben wir uns auf meine Matratze gesetzt und die Weinflasche geöffnet. Jetzt ist sie fast leer. Wahrscheinlich kommen daher meine Kopfschmerzen.

»Es ist einfach alles zu viel«, bringe ich heraus und presse die Handballen gegen die geschlossenen Augen.

»Baby, du hast dich gerade getrennt und verliebt. Vielleicht nicht unbedingt in dieser Reihenfolge.«

»Ich kann mich nie wieder in jemanden verlieben.« Die Welt wirkt farbloser, sobald ich die Hand wieder von den Augen nehme. Irgendwie sanfter. Es ist angenehm, wenn sie nicht so grell ist.

Anouk lächelt ein kleines wissendes Lächeln, und wider Erwarten macht es mich nicht rasend. Es ist nur ehrlich und voller Liebe.

»Wozu solltest du dich auch noch mal in jemand anderen verlieben wollen als …« Bevor sie es zu Ende sprechen kann, falle ich ihr ins Wort.

»Bitte … Anouk, bitte nicht.« Die Tränen steigen zurück. »Ich war bei ihm. Nach der Arbeit. Es war furchtbar. Ich hab Janosch angefleht, mir zuzuhören, und er … er hat gesagt, das mit uns war gar nichts.«

»Er ist verletzt und aufgewühlt, Enya.«

»Das weißt du doch gar nicht!«

»Du hast dich verlobt, während du ihm immer nähergekommen bist. Baby, das ist wirklich nichts, was man mal eben kurz verzeiht. Gib der Sache ein wenig Zeit.«

Jetzt, wo ich zum ersten Mal höre, wie jemand anderes laut ausspricht, was ich da Gewissensloses getan habe, trifft mich meine Dummheit mit ganzer Wucht.

»Wie konnte ich nur«, bringe ich heiser heraus. Es ist wie ein Schlag ins Gesicht. »Ich hatte alles, und dann habe ich es weggeworfen. Alle weggestoßen, dich auch, ich …«

Anouk legt ihre schmalen Arme um meine Schultern und zieht mich an ihren Körper. »Es ist okay. Enya, es ist okay, nicht nur du hast Fehler gemacht. Ich hab nicht richtig hingeschaut, wollte nicht sehen, wie mies es wirklich ist. Es tut mir leid, dass ich nur über mich geredet habe und dich bequatschen wollte mit dem Sushi. Als du mich an diesem Abend im Restaurant hast sitzen lassen, hattest du recht damit.« Sie dreht meinen Kopf, bis ich sie ansehen muss. Der Blick aus ihren braunen Pocahontasaugen liegt auf mir. Sie meint das bitterernst. »Ich werde nie wieder über das Schreiben urteilen und darüber, wie viel Platz es in deinem Leben einnimmt. Es gehört zu dir, und ich akzeptiere das nicht nur, sondern ich bin stolz auf dich. Enya, du hast alles erreicht, und ich wünschte, du könntest vor den Spiegel treten und dich selbst so sehen, wie alle anderen es tun. Als wunderschöne junge Frau, die für ihre Träume einsteht und ihrem Herzen folgt. So sehe ich dich, so sieht Carlo dich, und Janosch, der auch, ohne es überhaupt zu können.«

Ich schluchze. Es ist zu viel. Die Schultern beben, mein Herz droht jeden Moment zu zerreißen. Es ist nicht fair. Warum tut das alles nur so weh und ist dabei die größte Erleichterung?

»Ich war so mies zu dir«, wimmere ich, und Anouk schüttelt den Kopf.

»Shhh«, flüstert sie und wischt mir mit dem Daumen die Tränen von den Wangen. »Ich habe dir auch eine Steilvorlage geliefert.«

Mein unbeholfenes Lachen vermischt sich mit den hysterischen Schluchzern. Es löst irgendetwas in meinem Inneren, rüttelt ein paarmal, dann bricht es ab, wird frei und fliegt davon, als ungläubiger Laut durch meine Lippen hindurch nach draußen.

»Ich könnte dich nicht auch noch verlieren.«

»Das hast du auch nicht.« Anouk legt die Arme fester um mich. »Du kannst mich anpampen, sooft du willst, mich wirst du nicht los.«

Ich vergrabe mein Gesicht in ihren Haaren und schließe die Augen. Nach einem kurzen Moment bemerke ich, dass ich lächele. Es ist ganz komisch, ein beinahe falsches Gefühl, wie die Mundwinkel nach oben steigen und dort bleiben, als gehörten sie da hin.

»Was ist?«, murmelt Anouk, als ich mich etwas von ihr löse und sie ansehe.

»Gib mir dein Handy.«

Anouk reicht es mir. »Wieso?«

Ich antworte ihr nicht, sondern öffne eine App. Das Lächeln wird breiter, fast habe ich den Eindruck, es zerreißt mir das Gesicht.

»Enya?«

Sie greift nach meinem Handgelenk, ich tippe zwei Mal, dann zeige ich ihr das Display. Ein Lachen, leicht und ungläubig, dann verziehen sich auch ihre Lippen zu einem Grinsen.

»Ich bin stolz, Baby«, sagt sie, nimmt mir das Handy aus der Hand und wählt ihrerseits ein paar Nummern aus.

Es ist fremdes Sushi, ein anderes Lokal, andere Zutaten. Mit Kürbis, mit Mango und Frischkäse. Es ist eine stumme Versöhnung, ein Symbol des Neubeginns, für den ich mich endlich bereit fühle. Auch wenn er vielleicht nicht so schmeckt wie gewohnt.

»Bist du sicher?«, fragt Anouk dann, als unsere Bestellung vollständig ist. Ich nicke.

»Es geht besser als gut«, erkläre ich.

Ihr Lächeln füllt meinen Bauch. Sie tippt, ich lege mich rücklings aufs Bett. Und zum ersten Mal seit vielen Wochen kann ich wieder atmen.

Fruchtfliegen

Enya

Ich breche. Jeden Moment breche ich auf diesen grauen Gummiboden der Tram-Bahn zu meinen Füßen. Ist es normal, als Autorin mit den Öffentlichen zu seiner ersten Lesung zu fahren? Ich hatte es mir glamouröser vorgestellt. Fahrservice, zumindest ein Taxi, doch die Gage des heutigen Abends rettet mir die nächste Monatsmiete. Sie leichtfertig für einen flüchtigen Moment unangebrachten Luxus auszugeben, grenzt an Leichtsinn. Ich meine, wer braucht schon das Gefühl, besonders oder vielleicht sogar ein kleines bisschen bekannt zu sein?

Mama, wer ist die Frau da, würden die Kinder ihre Eltern fragen, mit bewundernden großen Augen meinen makellosen Anblick streifen, eingehüllt in klassische Garderobe, die diesem Abend gerecht wird. Aus Kinderaugen werde ich gerade wirklich angesehen, schwarze Knopfaugen, weit aufgerissen und leer. Vielleicht spiegeln sie auch nur mein Innerstes wider, wie ich ihm da gegenübersitze, diesem kleinen Jungen auf dem Schoß seines Vaters. *Sitzen*, was rede ich, vermutlich hänge ich mehr auf meinem Platz, panisch bemüht, kein Wiedersehen mit meinem kümmerlichen Abendessen zu machen. Ich habe ein Glas Wein getrunken, und ja, wenngleich es keiner sehen konnte, im schützenden Raum meiner Dachgeschosskammer legte sich die Scham wie ein eiserner Mantel über mich und meinen zittrigen Körper.

Wie soll ich auch nur einen geraden Satz herausbringen, einer Horde Menschen gegenübersitzen und das tun, wofür sie zwölf Euro – mit Club- oder Studentenkarte immerhin neun – bezahlt haben? Ich werde versagen, Herrgott! Ich werde vor mich hin stottern wie eine Bescheuerte, mich versprechen und mit meinen schwitzigen Fingern das Papier durchweichen. Schreiben, das kann ich ja vielleicht, doch um Himmels willen keine Show abliefern.

Erst ganz entsetzt, dann peinlich berührt werden die Buchhändler hinten in der letzten Reihe sitzen. Verdammt, werden sie denken und es sich dann mit Blicken kommunizieren. *Verdammt, wen haben wir uns da nur in den Laden geholt?* Und während ich immer weiter in meinem schwarzen Loch aus Inkompetenz und Fremdscham verschwinden würde, wäre der erste Zuschauer aufgestanden. *Heast, Deppate, schleich di!* würde er rufen und sein Geld zurückwollen. Und dann würde ich in Tränen ausbrechen oder es vielleicht zuvor noch aus dem Laden schaffen, weg von der wütenden Meute, die anstelle von Tomaten mit wüstem Wiener Schmäh und der Wahrheit um sich werfen würde.

Nächster Halt: Burgring, verkündet die Stimme der Trambahn, und ich fahre zusammen. Erneut bricht mir der kalte Schweiß aus, ich stehe auf und bemühe mich um Haltung. Der Bund meiner grauen Stoffhose ist zerknittert, zum Glück reicht mein weiter Mantel fast bis zu den Knien. Der Junge und sein Vater sind auch aufgestanden, und als ich den Kopf zur Seite wende, trifft mich der Blick aus großen dunklen Augen. Ein Lächeln liegt darin, so unvoreingenommen und warm, wie nur Kinder lächeln können, ganz wertfrei. Er sieht weder mein blasses Gesicht, die ungekämmten Haare, mein schreckliches Outfit noch die Angst. Und noch während die Trambahn zum Halten kommt, der Körper schwer in Richtung der eben noch vollen Fahrt drängt, nur um Sekunden später beim Halt mit einer Wucht zurückgerissen zu werden, passiert es plötzlich. Die Türen öffnen sich, Menschen drängen hinaus, andere noch im selben Augenblick gegen den Strom hinein. Und ich, ich lächele plötzlich auch.

Ich lächele genau vierhundert Meter lang, dann biege ich in die Gumpendorfer Straße ein und kann es schon von Weitem zwischen all den verlassenen Ladengeschäften sehen. Ich bin früh, viel zu früh, diese unangenehme Art von früh, mit der man zu Verabredungen kommt und den Gastgeber mit seinem Erscheinen unnötig unter Druck setzt. Ich überlege, mich noch ein wenig auf der Mariahilfer herumzudrücken, allein, wie der einsame Mensch, der ich nun mal bin, doch dann entscheide ich mich dagegen. Es wäre zu unangenehm, falls mich jemand aus dem Buchladen sieht und sich fragt, warum ich denn nur draußen in der Kälte warte, anstatt hereinzukommen.

Meine Sohlen hallen auf dem Kopfsteinpflaster, zum Glück sind die Absätze breit, und mein Gang ist erstaunlich sicher.

Ob Luca schon da ist? Er hatte versprochen, als meine moralische Unterstützung mitzukommen. Irgendein bekanntes Gesicht brauche ich einfach inmitten dieser verrückten neuen Welt. Vielleicht ist er schon drin. Ich straffe die Schultern.

Ob Janosch von der Lesung wisse, hatte ich ihn vor ein paar Tagen gefragt und mich noch in der gleichen Sekunde völlig lächerlich gefühlt. Weshalb sollte sich Janosch dafür interessieren? Er hat mit uns abgeschlossen. Mit mir. Ich war sein Sommer. Und der Sommer ist endgültig kühlen Regentagen gewichen.

Ich schüttele mich, als die unbeeindruckte Miene meines Vaters vor meinem inneren Auge erscheint. *Enya, Schatz, das ist ja fantastisch.* Die Worte bemüht euphorisch, die Stimme frei von wahrer Emotion. Für meine Eltern bin ich noch immer die Versagerin der Familie. Irgendwann wird sie schon wieder auf den Knien angekrochen kommen, ausgehungert und arm wie eine Kirchenmaus.

Liebende Eltern wären vielleicht extra nach Wien gefahren, um ihre Tochter lesen zu hören. Ich weiß es nicht. Meine tun es nicht. Doch vielleicht hätte eine liebende Tochter sie dazu auch erst einladen müssen.

Es ist besser, dass sie nicht da sind. Dass keiner da ist. Anouk ist untröstlich und gerade am Pool auf Korfu mit ihrem Marc. Und ich bin froh darüber. Der einzige Mensch, den ich heute hier ertragen kann, ist Luca.

Und … Nein.

Ihn könnte ich auch nicht ertragen.

Sie sind fast alle alt. Intellektuelle Brillenträger, solche mit fein umrandeten Gestellen, die seit Kurzem auch wieder von jugendlichen Hipstern auf der Straße getragen werden, zurückgekämmtes Haar, die Damen tragen rote Farbe auf den knittrigen Lippen, passend zu der auf den Nägeln. Zwischen ihnen die Kindergarten-Filzhut-Mamas und ein paar wenige junge Menschen, die aussehen, als könnte ich bei der Arbeit im *Sellerie* eventuell Interesse daran finden, ein Gespräch mit ihnen zu beginnen. Vor den Stuhlreihen steht ein einziger Sessel, auf dem kleinen Beistelltisch ein Glas Wasser und mein Buch. Meine Finger schwitzen beim Gedanken, dass ich dort gleich sitzen und all die Aufmerksamkeit ertragen soll.

»So freuen wir uns außerordentlich, sie heute hier begrüßen zu dürfen: ein Ausnahmetalent der Wiener, nein, der gesamten jungen österreichischen Literatur. Ich bitte um Applaus für Enya Unterberger. Enya, schön, dass Sie da sind!«

Tosender Applaus brandet auf. Meine Knie zittern.

Wenn du die Augen zumachst, klingt er wie Regen. Seine dumme Stimme in meinem Kopf. Warum jetzt? Ich zwinge mich zu einem Lächeln, während ich nach vorn gehe, panisch um Haltung bemüht, Mutter Gottes, mach, dass ich nicht kollabiere und vor all diesen Menschen niedersinke. Ich werde kein Wort sagen können.

»Merci für diese schöne Begrüßung.« *War ich das? Wie kann ich das gewesen sein?*

»Enya, Sie werden heute aus *Augenblicklicht* lesen. Welche Stelle haben Sie für uns ausgesucht?«

»Den Anfang.« Ich schlucke. Das latente Zittern in der Stimme bleibt. Mein Herz rast. »Da das hier meine erste Lesung ist, wollte ich es einfach halten. Und nichts ist für ein Buch aussagekräftiger als sein Anfang.«

»Wie wahr!« Zustimmendes Lachen. »Dann freuen wir uns sehr, mit Ihnen in Ihr Werk zu finden.«

Werk. Der Moderator nennt es Werk. Wie Janosch.

»Bitte.« Er lächelt und deutet auf diesen herrlichen Ohrensessel aus braunem abgenutztem Leder.

Ohne es wirklich wahrzunehmen, schwebe ich hinüber. Ich muss das Mikrofon etwas höher stellen. Mir fällt ein, dass ich noch nie in ein Mikrofon gesprochen habe. Meine Stimme wird schrecklich klingen. Alles wird schrecklich klingen.

Ich platziere Elliott und Lynn auf meinem Schoß. Die Finger hinterlassen schwitzige Abdrücke auf Dunkelblau, fast Schwarz und den gelben Sternen. Ist meine Markierung noch da? Beinahe panisch schlage ich die Stelle auf, als hätte ich das erste Kapitel ohne sie nicht mehr gefunden. Ich zwinge mich durchzuatmen. Vor mir auf dem Tisch steht ein Glas Wasser. Brauche ich es jetzt? Oder erst später? Ich sollte anfangen. Mit jeder Sekunde, die ich länger warte, wird es komischer. Jeder scheint darauf zu warten, dass etwas passiert, dass ich aus meiner Starre erwache und zu sprechen beginne. Stattdessen mache ich einen entscheidenden Fehler. Ich hebe nur für den Bruchteil einer Sekunde den Blick und sehe ins Publikum, vorbei an Luca, in all die abwartenden Gesichter, die gespannten Blicke. Sie alle sind meinetwegen da. Himmel. Mein Hals schnürt sich zu. Es geht nicht. Ich kann nicht. Wie kann ich das jemals gewollt haben?

Ich öffne den Mund.

Bitte … Es tut mir leid.

Und dann, dann sehe ich ihn.

Der Regen und die Dürre

Janosch

Ich weiß nicht, warum ich Dinge tue, die ich eigentlich nicht möchte. Es passiert mir immer wieder. Ich könnte jetzt zu Hause sitzen, ein Glas Wein trinken, gute Musik hören ... Stattdessen fröstele ich im Dunkel der diesigen Novembernacht und traue mich nicht, hineinzugehen. Ich kenne das *Phil* von früher. Mama hat sich hier oft mit ihren Freundinnen zum Kaffee getroffen und mich manchmal mitgenommen. Dank der Fusion von Buchladen und Café kam so etwas wie Langeweile gar nicht erst auf. Ich war lange nicht hier, aber ich weiß noch, wie es riecht. Nach starken, frisch gemahlenen Kaffeebohnen und heißer Milch, manchmal ein bisschen verbrannt, doch am intensivsten ist dieser Geruch der neuen Bücher. So rein und sauber, ein bisschen holzig, sehr viel Abenteuer. Heute riecht es auch so, zumindest hinter den Wolken aus Parfüm, Schweiß und Zigarettenrauch. Ich brauchte nur die Königsklostergasse weiter entlangzugehen und den Stimmen zu folgen. Die Veranstaltung scheint ausverkauft zu sein, der Laden ist brechend voll.

»Ihr Ticket, junger Mann?«

Die lächelnde Stimme ist wie ein Schlag ins Gesicht. Ich verharre.

»Mein ... was?«

»Die heutige Veranstaltung ist ausverkauft. Haben Sie ein Ticket?«

»Ich ...«

»Das ist okay, er ist eingeladen!«

Manchmal bin ich froh, nicht sehen zu können. Jetzt zum Beispiel. So muss ich nicht Lucas triumphierendes Gesicht ertragen oder gar Enyas fassungsloses.

Ich spüre Lucas Griff an meinem Ellbogen und werde nach vorn gezogen. Hinein ins Verderben. Ich sollte gar nicht hier sein.

»Ur leiwand, du kommst gerade rechtzeitig! Es geht jeden Moment los.«

Ich öffne den Mund, um zu erklären, dass ich lieber wieder gehen sollte, doch Luca kennt mich zu gut und lässt mich gar nicht erst zu Wort kommen.

»Hier ist ein Platz frei.« Beinahe grob drückt er mich in eine Richtung. »Enya braucht ein bisschen moralische Unterstützung von mir. Bleib am besten einfach hier sitzen. Sie wird sich freuen.«

Und dann ist er weg, und ich klammere mich an die Rückenlehne des Stuhls. Er ist mein Anker in diesem Meer aus durcheinandersprechenden Stimmen. Mir fällt wieder ein, wieso ich Veranstaltungen wie diese ansonsten meide. Es ist zu laut. Zu viele Stimmen, alle fremd, alle laut, aufgekratzt, manche betrunken.

Ich nehme einen tiefen Atemzug abgestandene Luft und lasse mich dann auf meinem Platz nieder. Dieser Abend ist eine einzige Aneinanderkettung grundlegender Fehlentscheidungen. Ich habe kein Recht hier zu sein. Was, wenn sie mich sieht und ich sie völlig aus dem Konzept bringe? Es ist ihre erste Lesung, und ich tue so, als wäre ich eingeladen. Als wäre zwischen uns alles in Ordnung. Als wäre zwischen uns auch nur irgendwas.

Reglos sitze ich da und kämpfe gegen den inneren Drang an, aufzuspringen und von hier zu fliehen. Doch meine Beine sind wie gelähmt. Bleiern und schwer verharren die Füße am

Boden, die Arme wie festgeleimt an meinen Seiten. Den Kopf halte ich gesenkt, die Gedanken kreisen zwischen all den Geräuschen, die mich umgeben. Ich höre alles und zugleich nichts.

Das Rauschen ebbt ab. Stuhlbeine scharren, Stimmen versiegen. Vermutlich steht dort vorne jemand Offizielles und weist freundlich, aber bestimmt lächelnd zur Ruhe an. Vielleicht ist es aber auch Enya. Plötzlich schwitze ich. Sie ist es. Fast kann ich es spüren. Ihr nervöses Lächeln, wie sie dort vorne steht, all die leeren Höflichkeiten erträgt und dabei versucht, nicht den Verstand zu verlieren. Ob sie mich entdeckt hat?

Ausnahmetalent, Debütautorin … Applaus. Als gehörten meine Hände nicht länger zu mir, klatschen auch sie.

»Merci.« Ihre Stimme erklingt, und in mir gehen alle Lichter an. »Merci für diese schöne Begrüßung.«

Ich habe sie viel zu lange nicht gehört.

Farben explodieren auf meinen Netzhäuten. Hell, von einem wundervollen weichen Gelb. Ich möchte, dass sie nie wieder aufhört, zu sprechen.

»Enya, Sie werden heute aus *Augenblicklicht* lesen. Welche Stelle haben Sie für uns ausgesucht?«

»Den Anfang.«

Ich schlucke schwer. Natürlich den Anfang. Ihre Stimme vibriert. Sie klingt so dünn und verängstigt wie beim allerersten Mal, als sie mir vorgelesen hat. Damals war es nur ich. Heute ist es ein schickes Café voll gebildeter Menschen. Mein Puls steigt.

»Da das hier meine erste Lesung ist, wollte ich es einfach halten. Und nichts ist aussagekräftiger für ein Buch als sein Anfang.«

»Wie wahr!« Der Moderator, oder für wen auch immer er sich hält, lacht affektiert. Seine dumme Stimme ist mir unsympathisch. Sie ist zu laut, zu herrisch und bestimmt. »Dann freuen wir uns sehr, mit Ihnen in Ihr Werk zu finden.«

Wenigstens nennt er es Werk.

»Bitte«, fordert er auf, und vor meinem inneren Auge sehe ich Enyas Nicken.

Die gespannte Ruhe lässt mich ihre Schritte hören. Sie entfernt sich nach rechts. Es ist ganz still. Ein paar nervige Idioten müssen husten und sich räuspern. Als wären sie diejenigen, die gleich mit klarer Stimme wunderbare Worte vorzutragen haben. Ich sitze wie festgefroren auf meinem Stuhl. Die Kanten bohren sich fest in die Flächen meiner Hände, mit denen ich mich an ihm festklammere. Ich kann ihre Nervosität bis hierher spüren.

Ein Knarzen, Leder, sie sitzt, die Stille bleibt. Ich starre in ihre Richtung. Sie muss es spüren. Sie muss einfach.

Komm schon, Bambi. Lies. Tu es nur für mich. Vergiss all die anderen hier, stell dir vor, es sind nur wir zwei. Nur wir, eine warme Sommerwiese und Elliott und Lynn.

Ich schlucke.

Die Menschen um mich herum werden unruhig. Ich kann es spüren, das ungeduldige Beine-Übereinanderschlagen und subtile Räuspern. *Himmel, jetzt stresst sie doch nicht noch mehr!*

Die Stille wird lauter. Ein metallenes Knacken, bestimmt ein Mikrofon. Ihr Mikrofon? Mein Puls beschleunigt sich. Ich möchte, dass sie mich erfüllt. Ihre Stimme, überall in mir. Und dann schließe ich die Augen, als sie über mich hereinbricht wie der langersehnte Regen nach einer Phase großer Dürre.

Janosch sitzt in der hintersten Reihe, ganz außen, als sei das gerade noch okay, als hätte es ihm jemand erlaubt. Ich muss nicht zu Luca schauen, um mich zu vergewissern, wer ihn hergebracht hat. Ich schlucke und starre noch immer durch den Raum, durch die Menschen. Mit jedem weiteren Atemzug verlieren sie ein wenig mehr an Farbe. Sie verblassen, während Janoschs Dunkelblau immer mehr zu leuchten beginnt. Ich sehe nur noch ihn, nur dieses Gesicht. Plötzlich ist es in Ordnung. Meine Finger entscheiden sich, mit dem Zittern aufzuhören, und während ich nach Atem ringe, sind da nur noch wir zwei. Eine Sommerwiese, blauer Himmel, Huberts schweres Schnaufen. Kurz muss ich schmunzeln. Spätestens jetzt werden sie sich fragen, ob ich den Verstand verloren habe. Ich senke den Blick. Die Seite ist aufgeschlagen, liegt vor mir, als warte sie nur darauf, dass ich es endlich wieder tue.

Seitdem habe ich nicht mehr laut gelesen, fällt mir auf. Nicht geübt, nichts, mich kein einziges Mal getraut.

Zeit, das zu ändern.

Ich schlucke, und in meinen Augen kratzt etwas, doch ich verbiete mir die Tränen. Also bleiben sie nur als feuchter Film vor meinen Pupillen, sodass sie keiner sehen dürfte, und als leichter Hauch in meiner Stimme, den nur einer hört.

Das Alphabet zählt sechsundzwanzig Buchstaben. Von A bis Z, dann beginnt es wieder von vorn.

Sei mutig und freundlich

Janosch

Ich könnte jedes Wort mitsprechen, natürlich könnte ich das, weiß alles auswendig, jeden Satz, jeden Punkt. Ich kenne die Stellen, die mir eine Gänsehaut über die Arme laufen lassen, und heute kommen noch ein paar von ihnen dazu. Enya sollte dieses Hörbuch sprechen. Nur sie kann dem gerecht werden, sonst niemand.

Der Raum ist voller Magie, eine betörende Mischung aus Anspannung, Duft von Literatur und Enyas Worten, dieser ruhigen Stimme, leise, fast schüchtern und dabei so vollkommen. Niemandem höre ich lieber zu als ihr. Niemand ist schöner, und das allein durch Worte. Ich wünschte, es würde niemals aufhören.

Ich möchte mir die Ohren zuhalten, als der tosende Applaus aufbrandet, will nicht, dass er es fortspült, dieses unwirkliche Gefühl, das ich doch am liebsten für immer spüren würde. Stattdessen klatsche ich mit. Was der komische Moderator sagt, bekomme ich nicht mehr mit. Es ist zu beliebig. Menschen aus dem Publikum stellen Fragen. Sie sind hauptsächlich einfältig, Enyas Antworten vorhersehbar. Wozu stellt man Fragen, deren Antworten man doch längst kennt? Ist das eine seltsame Art von Machtspiel? Wenn ja, verstehe ich es nicht.

Die Menschen beginnen aufzustehen, als der Mann mit der beliebigen Stimme verkündet, dass die Autorin nun noch zur Signierstunde einlädt. Ihre Bücher können natürlich vor Ort erstanden werden. Mir fällt auf, dass ich keines besitze. Wie ist das möglich? Ich habe es nur auf dem Computer, in einem der Ordner, als sei es irgendein Kundenauftrag. Unvorstellbar.

In der Signierschlange werde ich nervös. Dass sie mich inzwischen gesehen hat, steht außer Frage. Nie vergesse ich dieses Gefühl, ihren Blick auf mir zu spüren, eindringlich und intensiv.

»Für Ruth? Ich freue mich, dass Sie heute hier waren, Ruth.«

Ich muss lächeln und konzentriere mich, die Gespräche um mich herum auszublenden.

Enyas Stimme wird klarer. »Das ist keine Selbstverständlichkeit für mich.«

Sie nimmt sich Zeit für alle Leser, findet für jeden freundliche Worte. Wie schafft sie das bloß, nachdem sie vorhin so unendlich nervös war?

»Möchten Sie ein Exemplar kaufen?« Die Direktheit, mit der mich die fremde Stimme trifft, lässt keine Zweifel offen, dass ich gemeint bin.

Ich nicke. »Gern.«

»Sie können später bezahlen.«

»Danke.« Ich hebe die Hand und merke, wie mir das Buch in die Hand gedrückt wird. Plötzlich würde ich das Cover gerne sehen. Ich habe keinen blassen Schimmer, wie es aussieht. Später muss ich Luca fragen, ob er es mir beschreibt. Oder besser noch: Enya selbst. Ich lächele bei der Vorstellung.

»Schreiben Sie Ihren Namen bitte auf den Zettel.«

Mir wird ein Stück Papier in die Hand gedrückt. Einen kurzen Moment lang bin ich überfordert.

»Für die Signatur«, fügt die energische Stimme hinzu. Es ist der Moderator.

»Die Autorin kennt meinen Namen«, sage ich.

Sein Erstaunen schallt mir entgegen wie das Echo an einer Wand. »Ach, na dann.«

Ich schlucke. Und dann bin ich an der Reihe. Mit den Fingerspitzen fahre ich unauffällig die Kante des Tisches nach. Vermutlich sitzt sie dahinter. Ich lege das Buch auf den Tisch und schiebe es etwas nach vorn.

»Für Janosch«, bringe ich heraus.

Im gleichen Moment zucke ich wie elektrisiert zurück. Ihre Finger berühren für den Bruchteil einer Sekunde meine, und es ist, als würde mich ein Blitz durchfahren. Auf einmal ist es schier unvorstellbar, dass ich ihr je so nah war. Sofort möchte ich es wieder sein.

»Für Janosch«, wiederholt sie, und meine Antennen richten sich neu aus.

Ich nicke wie hypnotisiert.

Papier raschelt, das Geräusch umblätternder Seiten. Dann das subtile Kratzen eines Stiftes über Papier. »Für Janosch ...« Einen Moment lang Stille, beinahe nachdenklich. Dann murmelt sie vor sich hin: »Sei mutig und freundlich.«

Ich schließe die Augen. Wenn das ein Zeichen sein soll, dann habe ich es verstanden. Die Mine ihres Stiftes rutscht in einer schwungvollen Bewegung gen Ende. Sicher ist ihre Signatur wunderschön. Dann ist es vorbei.

»Danke«, bringe ich heraus.

Warum tun wir so, als wären wir Fremde? Ist das so, wenn man sich nichts mehr zu sagen hat?

»Schön, dass du heute hier warst.«

Ich nicke nur verunsichert. »Es war toll.«

Ernsthaft? Toll?

Ich taste nach dem Buch. Sie schiebt es mir entgegen.

Sie begrüßt den nächsten Leser. »Für Eliane.«

Und ich taumele davon, als wäre diese Begegnung nie wirklich geschehen.

Das Handgelenk schmerzt mir. Nie hätte ich gedacht, mich jemals darüber zu freuen. Überwältigend, wie viele Menschen hier waren, das Buch gekauft oder es längst dabeihatten, sich Markierungen gesetzt haben und mir ihre Lieblingsstellen zeigen wollten. So viele schöne Worte, so viel Mut. Und zwischen all dem Janosch und ich, die getan haben, als würden wir uns nicht kennen.

Sei mutig und freundlich.

Ohne ihn hätte ich keinen einzigen Satz lesen können. Das hätte ich ihm sagen müssen, er hätte es verdient zu erfahren, stattdessen war ich still.

Warum war er heute hier?

Das und noch vieles andere frage ich mich, während ich mir neben den Zuständigen die Beine in den Bauch stehe und auf den gelungenen Abend anstoße. Luca hat sich bereits verabschiedet, und ich weiß nicht, was ich hier noch tue. Alles, was ich will, ist zu verschwinden, mich in meiner Dachkammer zu verschanzen, unter der Bettdecke einzukuscheln und zu versuchen, diesen Abend zu verarbeiten.

Die vielen falschen Freundlichkeiten, all das Lob, mit dem sie mich auf einmal überschütten, kleben an mir wie kalter Zigarettenrauch. Noch draußen auf der Straße kann ich ihn spüren, würde ihn gern abschütteln und nehme stattdessen einen tiefen Atemzug voll frischer Novemberluft.

»Hey.«

Ich erstarre und unterdrücke einen Schrei. Aus dem Schutz der dunklen Hauswand tritt eine Gestalt hervor. Mein erster Impuls zu rennen verebbt, als ich Janosch erkenne. Er hat gewartet. Wie hat er mich überhaupt bemerkt?

»Entschuldige, ich wollte dir nicht auflauern. Das muss völlig verrückt wirken. Aber ich … ich wollte nur …« Er stottert. Seit ich ihn kenne, hat er noch nie gestottert. Er findet immer die richtigen Worte. »Ich wollte dich noch sehen.«

»Das könnte schwierig werden«, bricht es aus mir heraus, und ich würde mir im selben Moment am liebsten die Hand vor den Mund schlagen. Wie unsensibel kann man denn sein?

Doch er lacht auf. »Stimmt wohl.«

»Tut mir leid.«

»Das muss es nicht, Bambi.«

Bambi.

Ich fühle mich, als würde ich fallen. In eine weiche, warme Umarmung aus Geborgenheit an einem Ort, an dem ich lange nicht gewesen bin. Ich habe ihn vermisst.

»Warum warst du hier?«

»Ich weiß es nicht«, sagt er, und ich glaube ihm sofort. »Ich hatte es nicht vor. Luca hat mir erzählt, dass du liest. Und dann, ich konnte mich gar nicht wehren, saß ich plötzlich in dieser Bahn.«

»Verrückt.«

»Nicht wahr?«

»Ich habe mich gefreut, dass du da warst.«

»Ich war mir nicht sicher, ob es dir recht ist.«

»Bist du es jetzt?«

»Nicht wirklich.«

»Ich auch nicht.«

Ich stehe noch immer etwa zweieinhalb Meter von ihm entfernt, Sicherheitsabstand oder was auch immer. Es ist dunkel, die Straße leer. Von unten dringt eine feuchte Kälte in den Bund meiner Jacke, und da erst fällt mir auf, dass Janosch zittert. Wie lange hat er gewartet? Die Lesung ist bereits seit Stunden vorbei.

»Wollen wir irgendwo reingehen?«, frage ich. »Noch etwas trinken? Nur kurz?«

Janosch nickt nach kurzem Zögern. »Nur kurz«, wiederholt er, wie bestätigend für sich selbst und mich.

Ich sehe mich um, verschaffe mir trotzdem kaum Orientierung, doch mit ihm, da brauche ich sie ja auch nicht.

»Das *Siebenstern* ist in der Nähe.«

Das *Siebenstern* ist proppenvoll an diesem Mittwochabend. An einem der kleinen runden Tische am Fenster sind wir ganz für uns. Nur wir und unser Schweigen, das immer lauter wird, je länger es von niemandem gebrochen wird. Während wir herliefen, war es okay. Beim Gehen muss man nicht zwingend miteinander sprechen. Beim Betreten des Lokals auch nicht. Beim sich gegenüber Sitzen und auf die Bestellung warten wäre es eventuell angebracht. Die schlanke Kerze vor uns trägt ein weißes Kleid aus heruntergetropftem Wachs. Ihre Flamme zittert hektisch mit den Luftbewegungen.

»So, bitte! Was darf's sein?«, erbarmt sich der Kellner, unserem Schweigen ein Ende zu setzen.

»Einmal Soda Zitron, bitte«, sage ich, obwohl ich eigentlich dringend etwas Härteres brauche.

»Und für dich?«

»Habt ihr Gin?«

Ich drehe den Kopf ruckartig zu Janosch.

»Sicher.«

»Cool, dann bitte einen für mich. Nur Gin, ohne Tonic.«

Der Kellner verschwindet Richtung Bar.

»Ich dachte, du trinkst nicht!«, entfährt es mir.

Janosch nickt. »Du hast recht«, sagt er ganz gelassen.

»Warum bestellst du das dann?«, frage ich, ohne es zu wollen. Schließlich kann er tun und lassen, was er will.

»Weil du heute deine erste Lesung hattest«, erklärt er, als sei es das Selbstverständlichste auf der Welt.

Der Kellner kommt.

»Merci.« Janosch wartet den Bruchteil einer Sekunde, bis er die Gläser vor uns gestellt hat. Dann tastet er nach seinem kleinen aus Kristall und meinem bauchigen mit Strohhalm, und als er sie gefunden hat, vertauscht er sie.

»Janosch!«

»Das trinkst du doch? Gin, meine ich, ohne Tonic.«

Ich zögere. Er weiß es noch. Natürlich weiß er es noch. »Ja.«

»Na also.« Er hebt den Krug Soda Zitron. »Auf dich, Enya.«

Ich schlucke.

Das Klirren vibriert angenehm in der abgestandenen Luft, als wir anstoßen. Die unaufdringliche Hintergrundmusik vermischt sich mit den Stimmen der anderen Gäste, und ich zwinge mich, einen Schluck Gin zu nehmen. Ich schließe die Augen. Kühl perlt er meine Kehle hinab. Der Kellner hat Eis ins Glas gegeben. Also muss ich ihn schnell trinken, ehe er verwässert.

Janosch hat das Glas wieder abgestellt. Er sieht mich an. Zumindest tut er so. Ich habe vermisst, wie er so tut, als würde er mich ansehen.

»Verrate mir deinen Plan. Du willst mich betrunken machen, und dann?«, entfährt es mir unwillkürlich.

»Dann will ich dich entführen, auf eine dunkle Wiese, und im Regen mit dir tanzen.«

Okay, er gewinnt auch diesen verbalen Schlagabtausch, wie immer.

»Dafür ist es jetzt zu kalt.«

Er gibt ein unentschlossenes Grummeln von sich. »Meinst du?«

Ich schwenke die Eiswürfel durch den Gin, beobachte, wie sie ihre Bahnen ziehen und leise klirrend gegeneinander und das Glas stoßen. »Man braucht jetzt definitiv eine Jacke.«

»Das stimmt.« Er zögert. »Bist du glücklich?«

Ich reiße den Kopf in die Höhe. »Was?«

»Ja, geht es dir gut? Bist du glücklich, zufrieden … das würde ich gerne wissen.«

Ich nicke. »Ja.«

»Du weißt es selbst nicht?«

»Doch, natürlich!« Ich wische mir eine lose Strähne aus der Stirn. Warum rechtfertige ich mich? »Es geht mir gut, ich *bin* glücklich. Ich hätte nie geglaubt, solchen Erfolg mit dem Buch zu haben.«

»Das ist schön.«

»Warum sagst du das so, als würdest du mir nicht glauben?«

»Weil du lügst.«

»Janosch, hör auf!«

»Ich frage nur«, meint er und beginnt, die Zitronenscheibe mit seinem Strohhalm zu malträtieren. »Ich frage dich das nur, weil ich *nicht* glücklich bin.«

Ich schnappe nach Luft. Eigentlich lautlos, doch ich bin sicher, er hat es gehört. »Das ist schade.«

»Ja.« Er schweigt. »Furchtbar schade.«

»Woran liegt es?«

Ich möchte rennen, schnell und weit weg von hier.

»Ich denke, das liegt an dir.«

»Du wolltest mich nie wiedersehen«, bringe ich heraus.

»Ich weiß. Menschen sagen manchmal dumme Dinge.«

Ich öffne den Mund. »Warum warst du heute hier?«

»Weil ich dich hören musste. Ich wollte nicht herkommen, Luca hat mir schon vor einiger Zeit von der Lesung erzählt und versucht, mich zu überreden, hinzugehen. Ich war bockig, wie ein kleines Kind, ich hab Nein gesagt, obwohl ich sofort mitkommen wollte. Das war albern.«

»Vielleicht war das wirklich albern. Aber du kannst es zugeben, und das ist eine schöne Fähigkeit.«

»Findest du?«

»Schon.«

»Es tut mir leid, dass ich dich abgewiesen habe.« Er schluckt. »Du hast dich entschuldigt, doch in diesem Moment war ich nicht bereit, deine Worte anzunehmen. Sie kamen mir vor wie Mitleid, wie fadenscheinige Erklärungen, die du dir aus den Fingern saugst, nur um mich nicht zu verletzen.«

»Das hatte ich doch schon längst.«

»Das hattest du«, bestätigt er.

»Ich habe einen schlimmen Fehler gemacht«, bringe ich heraus, und plötzlich klingt meine Stimme erstickt. »Vielleicht sogar den schlimmsten. Ich habe mich mit einer Beziehung zufriedengegeben, die nicht zugelassen hat, dass ich mich vollständig entfalte. Der Mensch ist ein Gewohnheitstier, ein ziemlich faules obendrein. Bei Carlo war es warm und bequem, doch dann kamst du und hast mich rausgezerrt, in den Regen, um mit mir zu tanzen und die Welt durch meine Augen zu sehen. Das war zwar ziemlich frech von dir, aber ich habe es geliebt. Jede einzelne Sekunde dieses Sommers habe ich geliebt. Bis er vorbei war. So plötzlich. Manchmal frage ich mich, ob das alles überhaupt wirklich passiert ist.«

»Das ist es«, sagt Janosch. »Ich weiß das sicher. Ich kann noch spüren, wie wir im Gras lagen, ich rieche es noch.« Er lächelt. »Ich bin Auto gefahren, und wir sind geschwommen.«

Schweigend betrachte ich sein Gesicht, ganz unverschämt, er wird es schließlich nie erfahren.

»Du solltest das nicht …«

»Was?«

»Mich so ansehen.«

Ich spüre, wie mir die Hitze in die Wangen schießt. »Ich hab dich nicht angesehen.«

Er lächelt. »Doch, ich kann das spüren.«

»Woher willst du das wissen?«

»Es ist dein Blick, man kann ihn gar nicht *nicht* spüren.«

»Und ich dachte, ich könnte dich ungeniert ansehen.« *Oh, schweig still, du dummer Mund!*

Janoschs Mundwinkel zucken. »Ich erlaube es dir.«

»Sehr edel.«

»So bin ich.«

Ein Lächeln umspielt meine Lippen, und ich frage mich, wann wir die seltsame Fremde, die zwischen uns lag wie eine unüberwindbar tiefe Schlucht, hinter uns gelassen haben.

»Ich mag das lieber«, meint er, und ich muss nicht fragen, um zu verstehen, was er meint. »Mich so mit dir zu unterhalten, anstatt die Worte in meinen Kopf zu sperren.«

»Da toben sie nur lautlos herum«, stimme ich ihm zu.

»Das ist ziemlich anstrengend.«

»Sie wollen eben einfach herausgelassen werden.«

»Ich hab Carlos Lied gehört«, sagt er.

Für einen Moment bekomme ich Angst. Angst, den kleinen Funken Normalität zwischen uns sofort wieder im Keim zu ersticken. »Ich habe ihn nicht darum gebeten«, beginne ich, doch Janosch bringt mich ohne eine einzige Bewegung zum Schweigen.

»Das dachte ich mir.«

»Tja.« Ich zucke mit den Schultern.

»Erträumt sich das nicht jede Frau, einmal ein Lied gewidmet zu bekommen?«

»Ich hatte schon zu viele Lieder, die mir gewidmet waren«, sage ich und bemerke im gleichen Augenblick, wie arrogant das klingt. Aber es ist die Wahrheit.

»Und vermutlich hättest du all die Lieder dafür gegeben, ein Buch über dich zu bekommen.«

»Ist das so offensichtlich?«

»Für mich schon.«

Ich muss lächeln.

»Wohnt Elda noch bei dir?«

»Sicher, wie hätte ich sie aussetzen können?«

»Wer weiß, vielleicht konntest du sie nicht mehr ertragen?«

»Elda kann für all das Chaos nichts. Im Gegenteil, sie steht auf meinem Regal und schaut mich an, abends beim Zubettgehen, morgens gleich nach dem Aufwachen. Sie lächelt immer ein bisschen, manchmal glänzt sie im Sonnenlicht und verspricht, dass auch dieser Tag vorübergeht. Außerdem wäre Hubert ohne sie am Boden zerstört.«

»Wie geht es Hubert?«

»Gut, er ist noch immer etwas kurzatmig.«

»Sicher könntest du ihn nun in den Ruhestand entlassen und durch einen flotteren Kollegen ersetzen.«

Ich zögere. »Vielleicht. Aber das käme mir falsch vor. Wie ein Verrat. Nur er hat möglich gemacht, dass ich an diesem Punkt angekommen bin.«

»Das stimmt. So würde nicht jeder denken.«

»Ich könnte nie jemanden im Stich lassen.« Welch dreiste Lüge! Schnell nehme ich einen weiteren, einen letzten Schluck Gin. Die Eiswürfel klirren noch. Ich habe ihn wirklich schnell getrunken. Janosch ist es nicht entgangen.

»Willst du noch einen?«

»Nein, ich ... ich glaube, das wäre keine gute Idee.« Ich schlucke. »Es ist spät.«

»Möchtest du gehen?«

Ich nicke. *Nein, ich will nicht gehen!* »Ja.«

»Okay.«

Der Kellner kommt, Janosch bezahlt. Ich will protestieren, er sagt, zur Feier des Tages möchte er mich einladen. Es klingt so endgültig. Als hätten wir nun genug gefeiert und könnten zurückkehren, in unsere einsamen leeren Nächte.

Danke, dass du da warst, könnte ich nun sagen, da wir draußen stehen, vor Kälte gebeugt, zitternd. Ein paar Minuten noch, dann dringt der Novemberwind in Ärmel und Kragen.

Danke, dass du mich gerettet hast.

Es war schön, dich zu sehen.

Ich vermisse dich.

»Danke für den Gin«, sage ich stattdessen und mache wieder alles falsch. Der Wind trägt meine Worte fort, vielleicht kann er machen, dass Janosch sie nicht hört. All die Dummheit, die Unbeholfenheit nicht hört. Die Unsicherheit und meinen Wunsch, es könnte etwas Magisches geschehen. Er wird erhört.

Janosch sieht mich an. Seine Augen, die waren doch nicht immer schon so blau? So dunkel, dunkelblau, fast …

Ich schlucke. Es ist nicht mehr viel Platz zwischen uns. Im dämmrigen Licht könnte ich es sonst kaum sehen. Er steht da vor mir, wortlos, ich sehe auf zu ihm, werde angezogen von allem, was er ist und ich gern hätte. Ein bisschen Nähe. Nur heute.

Die Lippen bewegen sich. Diese unendlich vollkommenen Lippen.

»Scheiß auf den Gin.«

Er macht einen Schritt auf mich zu und greift nach mir. Ich spüre seine Hände durch den Stoff meines Mantels, als lägen sie direkt auf meiner glühenden Haut, wie sie mich halten und führen und wollen, und dann seine Lippen.

Ich schließe die Augen. Es ist ein Kuss, der mir den Atem raubt. Wie schafft er das nur jedes Mal erneut?

Er streicht durch mein Haar, und ich will tausend Dinge sagen, alle auf einmal, alle sind wichtig, doch keines jetzt. Meine Hände suchen nach ihm, finden ihn und seinen Nacken. Er zieht mich zu sich, ein kleiner Ruck, ein Felssturz von meiner Brust, krachend stürzt es hinab, mein armes kleines Herz, doch er steht unten und fängt es auf. In seiner Umarmung will ich verschwinden. Ich küsse diese Lippen, und dann drücke ich das Gesicht an seinen Hals. Bitte, das darf nie wieder aufhören.

»Enya«, flüstert er.

Als ich zu ihm aufsehe, blicke ich in meinen Ozean und sehe das Sommerleuchten, den tintenblauen Himmel und die purpurroten Wolken.

Da lächele ich.

Janosch, dieser Sommer geht ja für immer.

Mehr als nur irgendwas

Enya

Wir stolpern durch ein dunkles Treppenhaus und können die Finger kaum voneinander lassen. Jeder unserer Schritte hallt laut in der Eingangshalle, jeder unserer Küsse noch lauter in meinem Kopf. Ein bisschen sind wir wie Tiere, die lang nichts mehr zu fressen bekommen haben, ganz ausgehungert und gierig. Kein schöner Vergleich. Ich muss grinsen.

»Was ist?«, murmelt er zwischen zwei Küssen.

»Nichts.«

Er besiegelt meine Lüge mit seinen Lippen.

»Komm«, hauche ich und greife nach seinen Händen. Der Fahrstuhl funktioniert wieder, doch der Weg bis ins fünfte Obergeschoss dauert lang. Janosch drückt mich mit seinem warmen Körper gegen die Wand, ich löse die Beine vom Boden und schlinge sie um ihn. Eine Hand presst er neben meinen Kopf gegen die Wand, mit der anderen streicht er über meinen Körper, als wäre er das Wertvollste, was er je berührt hat. Seine Lippen finden meinen Hals, mein Becken hebt sich ihm entgegen. Mein Stöhnen klingt dumpf in diesem winzigen Raum voll verbrauchter Luft und knisternden Emotionen. Das leise Pling holt uns zurück in die Realität. Meine Sohlen sinken zurück gen Boden, die Knie sind ganz weich. Janosch schließt die Finger fest um meine, während ich ihn mit mir ziehe.

»Janosch«, presse ich hervor, als ich erfolglos versuche, den Schlüssel ins schmale Loch zu pfriemeln. Solange seine Hände dabei überall sind, ist das praktisch unmöglich. »Hör auf.«

»Womit?«, raunt er, um im selben Augenblick meinen Nacken zu küssen. Ich kann das Stöhnen kaum unterdrücken und schließe für einen Moment die Augen.

»Damit, mir all meine Sinne zu rauben.«

»Das ist nur ausgleichende Gerechtigkeit.«

»Falsch!« Ich kratze all mein Durchsetzungsvermögen zusammen, um mich aus seiner Umarmung zu winden. »Dir fehlt nur ein Sinn, aber mir gleich alle, wenn du so weitermachst.«

Ein Grinsen zuckt an seinen Mundwinkeln. Wie ich dieses Grinsen liebe. Dieses leicht arrogante und doch liebevolle Grinsen. Seine Hand findet meine und führt sie Richtung Tür.

»Glaub mir, im blind Türen öffnen bin ich Experte.«

»Was du nicht sagst«, kontere ich und wollte doch cool klingen, doch meine Stimme endet in einem Seufzen, als er mich wieder küsst. Einen Moment später öffnet er die Tür. Wir gehen nicht hinein, wir fallen, mitten in meine kleine Insel Einsamkeit, die jetzt gar nicht mehr so einsam wirkt, wo jemand mit mir hier ist.

»Vorsicht.« Ich ziehe Janosch enger zu mir, als wir den Haufen Schuhe im Flur passieren. Sein Körper verkrampft, und plötzlich fällt mir auf, dass das für ihn hier alles fremd ist. Verunsicherung macht sich breit, ganz unterschwellig und leicht, vermutlich sollte ich sie kaum bemerken, aber wie könnte ich nicht?

»Wir sind im Flur«, hauche ich, es ist nur ein Gefühl, das mir sagt, ich sollte es ihm erklären, schließlich ist das nur fair. »Er ist winzig, links ist das Bad, gleich kommt mein Zimmer. Es gibt nur eins, Schlafzimmer, Küche und Wohnzimmer auf einmal, es ist nicht groß, aber es ist gemütlich.«

»Ich mag kleine Räume«, antwortet er. »In ihnen hallt es nicht so. Man fühlt sich wohler.«

»Da hast du recht.«

»Es riecht gut.«

Ich lächele.

»Nach dir.«

Und dann muss ich ihn wieder küssen und zum Bett schieben, und obwohl sich seine Arme um mich legen und beschützen, merke ich, dass etwas anders ist als zuvor. Seine Muskeln spannen sich an, als ich mich rücklings auf die Matratze fallen lasse, die tiefer ist, als er erwartet hat. Er stützt sich neben mir ab, und ich will weitermachen, doch er verharrt.

»Was tun wir hier?«, fragt er.

Ich taste nach dem Kragen seines Hemdes. »Weiß ich nicht«, murmele ich, während ich die Knöpfe löse. »Aber es fühlt sich gut an.«

Er küsst mich, als ich seinen Kopf zu mir ziehe, doch ich merke, dass da auf einmal etwas zwischen uns steht. Es sind die unausgesprochenen Worte.

»Enya, erst müssen wir reden …«

»Wir haben schon genug geredet.«

»Nein.« Ein paar Sekunden Ruhe. »Nein, noch nicht genug.«

»Ich dachte, wir sollen nicht so viel reden, das sagt ihr Männer doch immer.«

»Enya, hör auf.«

»Was ist denn?!« Ich stütze mich neben ihm auf.

»Ich muss es endlich wissen, okay?« Sein Blick wandert unergründlich über mein Gesicht. Wie blau seine Augen sind. »Bist du Lynn, Bambi? Ich habe nur diese eine Frage: Bist du Lynn?«

Als hätte er einen Schalter in mir umgelegt, verschluckt mich meine dimensionslose Leere. Ich schnappe nach Luft. Meine Augen füllen sich mit Tränen. Ich sage nichts. Und Janosch versteht.

»Was … was soll das, Enya? Dieses Ende. Das ist doch nicht dein Ernst?«

Plötzlich werde ich wütend. Auf ihn, auf mich, auf seine dummen Fragen. Es geht ihn nichts an!

»Das kann dir doch egal sein.«

»Ist es aber nicht.« Er greift nach mir, ich weiche zurück.

»Enya …« Er fleht beinahe. »Lass mich dir helfen.«

»Ja, ja, und?« Ich kann mich kaum abhalten, zu schreien. »Es ist die Wahrheit. Jetzt weißt du es.«

»Aber du lebst. Verdammt, du lebst doch!«

»Ja!« Ich schreie doch. »Jetzt wieder. Am Ende waren wir beide tot. Er war es wirklich, ich nur innerlich. Ich hab nichts mehr gefühlt, Janosch. Vier verdammte Jahre lang hab ich nichts mehr gefühlt. Vielleicht war das Selbstschutz, so eine Art Totenstarre. Körperzellen machen so etwas Ähnliches, man nennt es Seneszenz. Reglose Existenz unnützen Erbgutes. Frag meinen Vater, er weiß alles darüber.« Mir entfährt ein Schluchzen. »Elliott ist nur einen Schritt weiter gegangen. Kontrollierter Zelltod, selbstinduziert. Ist es nicht toll, was die Medizin für hübsche Begriffe kennt? Vielleicht sollte ich wirklich noch mal umsatteln!«

Janosch greift nach mir. »Was redest du?!« Und in der Sekunde seiner Berührung reißen all die Mauern meines Herzens ein. Ich breche in mich zusammen und kann nichts dagegen tun.

»Wir waren dreizehn. Es war keine Liebe, es war noch gar keine richtige Liebe. Mit dreizehn weiß man noch gar nicht, was Liebe ist. Oder? Janosch, so ist es doch, oder?«

Ein unterdrücktes Schluchzen entfährt mir, als er mich in eine feste Umarmung zieht. Ich kann nicht atmen. Nie mehr, niemals wieder. Seine Arme schließen sich um mich, ich werde an seinen Brustkorb gedrückt, will das eigentlich gar nicht, diese Nähe und Enge, die ich doch so schlecht ertragen kann.

»Natürlich war es Liebe.« Von irgendwoher dringt seine Stimme zu mir durch. Ruhig, wie Balsam auf meiner Seele.

Ich presse die Lider aufeinander. Die Tränen rinnen trotzdem zwischen ihnen hervor.

»Natürlich kann man mit dreizehn schon lieben, Bambi.« Er legt die Finger an mein Kinn, hebt es an und zwingt mich, ihn anzusehen. Noch bevor ich einen klaren Gedanken fassen kann, liegen meine Lippen erneut auf seinen. Einen Moment lang wirkt er überrascht, überfordert von mir und meiner Impulsivität. Dann schiebt er mich leicht von sich. Sanft, aber bestimmt.

»Du willst das gerade nicht wirklich.« Er flüstert es fast.

»Doch.« Ich flehe. »Doch, Janosch, ich brauche dich!«

»Nähe muss nicht immer körperlich sein.«

»Janosch, bitte. Ich muss doch nur irgendetwas spüren.«

»Du verdienst mehr als nur irgendetwas.«

»Es ist mir egal, was ich verdiene.«

»Mir aber nicht.« Er streichelt mein Gesicht. »Ich küsse dich später, sooft du willst, bis du nichts mehr spürst. Aber erst sprichst du mit mir.«

Ich kann mich nur schwer davon abhalten, mir die Haare zu raufen. Ich verliere den Verstand. »Worüber?«

»Wie hieß er wirklich?«

Ich schnappe nach Luft. Okay, er will sie wirklich. Die ganze verdammte dreckige Wahrheit, die sich irgendwo unangetastet in einer dunklen Ecke meines Herzens versteckt und nie mehr ans Tageslicht kommen sollte. Bis er kam und sie hervorzerrte.

»Paul.« Meine Stimme klingt tonlos. Es fühlt sich an, als spreche ich von einem Fremden. Mein Herz ist kalt.

»Und es war ein Hochhaus?«

»Nein.« Ich schlucke. Alles in mir ist kalt. Kalt und leer. »Eine Bahntrasse.«

Janosch schweigt.

Ich weine. »Und einen Abschiedsbrief gab es auch nicht.« Jetzt ist es raus. »Es gab nur einen Abschiedssatz. Ein *Verzeih mir*. Mehr nicht. Nicht mal einen beschissenen Brief war ich ihm wert. Nicht mal das!«

»Also hast du einen geschrieben?«

Die Tränen rinnen. Sie sind ihm Antwort genug. Die Umarmung wird fester. Sie erdrückt mich, hält mich, liebt mich.

»Ich finde ihn wunderschön.«

Ich presse die Augen aufeinander und nicke.

»Und er, er findet das sicherlich auch.«

Vorher und Nachher

Enya

Wir liegen in den Kissen. Erst als mein geräuschloses Weinen verebbt, beginnt Janosch, die Tränenspuren auf meinen Wangen wegzuküssen. Ich liege da, im Halbdunkel meiner Dachkammer auf einer Matratze am Boden, über uns das Fenster in der Schräge. Regen prasselt dagegen und übertönt das Schweigen. Die Schuhe haben wir längst abgestreift, er trägt noch immer dieses halb aufgeknöpfte Hemd, ich meine Bluse. Ich bin gelähmt und verharre auf dem Rücken liegend neben Janosch, der meinen Kopf im Arm hält, mich beschützt, vor etwas längst Vergangenem. Meine Leere erschöpft mich, doch gleichzeitig tut sie gut. Als wäre ich von innen gereinigt worden, wie die Luft nach einem schweren Sommerregen, ganz frisch und klar. Ich weiß nicht, was ich will, doch zum Glück weiß es Janosch, und während er eben noch tröstend durch mein Haar strich, legt er nun die Hand an meine Wange. Ich taste nach ihr, will endlich etwas spüren, er hat es doch versprochen.

Der Regen prasselt, seine Hand gibt nach, wandert tiefer, mein Schlüsselbein hinab bis über meine Brust, ganz kurz, nur einen Wimpernschlag lang, ehe er erneut nach meiner Hand fasst, sie zu sich dreht, und dann schreibt seine Fingerspitze auf meine Haut, und ich muss lächeln.

OK? schreibt er, und ich atme in die Stille, nicke gegen seine Brust und schlage die Augen auf. Wie ein unbeschriebenes Blatt Papier liegt seine Hand in meiner, und ich schreibe zurück, ein erleichtertes kleines *OK*.

Da fahren seine Finger durch mein Haar und meine an sein Hemd, wir küssen uns, nicht wild und verlangend wie zuvor, gedankenlos und hart, sondern sanft, ganz vorsichtig. Er streift sich das Hemd ab und richtet sich auf, ich lege die Hände an seinen nackten Oberkörper, spüre weiche, warme Haut, und während ich sie erkunde, greift Janosch nach meiner Bluse. Zwei Sekunden, und ich habe mich ihrer entledigt, fühle mich nicht nackt, keinen Moment lang, nur noch echter und näher an ihm. Er hört nicht auf, mich zu küssen, während seine Finger an meinen Rücken wandern und den Verschluss meines BHs öffnen. Er gleitet von mir wie ein überschüssiges Stück Stoff. Einen Moment lang hält Janosch inne und weicht etwas zurück. Ich sehe ihn an, dieses vollkommene Gesicht und die dunkelblauen Augen.

»Du bist so wunderschön«, sagt er, und ich will entgegnen, woher er das wissen will, doch er liest längst meine Gedanken. Ein Lächeln umspielt seine Lippen, und er streicht mir das Haar aus der Stirn, als hätte er die Strähne gespürt, die mir immer und immer wieder vor die Augen fällt. »Dafür muss ich dich nicht sehen.«

Er kommt wieder näher und zieht mich enger an sich. Seine Stimme ist nicht mehr als ein Hauchen. »Jetzt schließ die Augen.«

Ich leiste ihm Folge, als seine Lippen wieder auf meine Haut treffen, rieche ihn, diese herbe Süße, falle in seine Umarmung und unsere Nähe. Es tut gut. Nie war ich jemandem näher als ihm. Er greift in meine Haare, ich muss den Kopf in den Nacken legen, seufze, seine Lippen erreichen meine Brüste. Ich versinke in meiner Erregung, halte die Augen geschlossen, und dann drückt er mich rücklings in die Kissen, beugt sich über mich, und ich vergesse, wo ich bin.

Mein Atem geht schneller, seiner wird tiefer, ehe sie sich

verbinden und mich fortreißen, raus aus der Dunkelheit, rein in das gleißend helle Licht.

Janosch

Es fühlt sich alles so leicht an. Als würde man die schweren Winterdaunen endlich gegen das leichte Sommerdeckbett tauschen, sobald es warm genug dafür ist. Wie eine schwerelose Schicht aus Geborgenheit, die sich über mich legt. Sanft, unaufdringlich, aber eben trotzdem da. Der Winter war lang, ich hatte fast vergessen, wie gut sich diese Leichtigkeit anfühlt. Jetzt will ich sie für immer. Hoffentlich endet dieser Sommer nie.

Es ist November, denke ich. All das ergibt gar keinen Sinn.

Trotzdem liege ich hier, in einer fremden Wohnung, in einem fremden Bett mit einer fremden Frau, die mir all ihre Geheimnisse verrät.

Enya schläft. Ich konnte spüren, wie sie von der Erschöpfung übermannt wurde, in meinen Armen in sich zusammensank, nachdem wir miteinander geschlafen haben. So liege ich neben ihr, lausche ihren tiefen Atemzügen und dem prasselnden Regen. Es ist wie in Schönbrunn und doch ganz anders. Intimer, viel näher, viel unfassbarer. Ihr Arm liegt auf meinem Bauch, sie schmiegt ihren nackten Körper an meinen. Ihre Nähe ist alles, was ich brauche. Nie wieder will ich ohne sie einschlafen müssen.

Ein leises Murmeln verlässt ihre Lippen. Ich muss lächeln. Sie träumt. Ihre Finger schließen sich fester um meine Seite, doch lassen locker, als ich über ihre nackte Haut streichele. Ich ziehe die Decke weiter über ihren Körper. Mein Brustkorb hebt und senkt sich, auf ihm ihr Kopf, ihre Haare kitzeln, ich lehne meine Wange gegen ihren Scheitel. Es muss spät sein, sehr spät. Meine Augen brennen, und ich lasse zu, dass sie sich langsam schließen. Ich höre nur auf Enyas Atem, so gleichmäßig wie ein Metronom, ihre Haut auf meiner Haut, ihr Duft, Geborgenheit und Sommerregen.

Mein Kopf wird schwerer, die Müdigkeit zerrt an mir, und dann, im Moment meines Falles, legt sich ihr Arm fester um mich, wir halten uns fest.

Es gibt Momente, die das Leben in ein Vorher und Nachher teilen. Einer war, als ich morgens aufwachte und nichts mehr sehen konnte. Noch einer, als ich Enya zum ersten Mal geküsst habe. Und dieser ist es auch. Denn plötzlich weiß ich es sicher. Es ist November, und es kann regnen, so viel es will, unser Sommer wird für immer dauern.

Ziemlich echt

Enya

Ich blinzele, und noch bevor ich wirklich wach bin, begreife ich, dass etwas Unglaubliches passiert ist. Mein müder Körper ist schwer, gleichzeitig fühle ich mich federleicht. Ich lächele, ohne zu verstehen, warum, und als meine Sinne wieder zu funktionieren beginnen, weiß ich es.

Das Dämmerlicht des Morgens hüllt den Raum in ein sanftes Dunkelviolett. Die weißen Laken wirken pink, sie sind zerwühlt, unter ihnen liegen wir. Ein warmer Körper, weich und gleichzeitig ganz fest, schmiegt sich an mich, als würde mein Leben von ihm abhängen.

Janoschs Augen sind geschlossen. Die Haare hängen ihm wirr in die Stirn und erinnern mich an den Sex. Sein Gesicht ist mir zugewandt. Mein Lächeln wird größer. Ohne darüber nachzudenken, hebe ich die Hand. Wie schon beim allerersten Mal passt sie genau an seine Wange, als hätte sie nie woanders hingehört. Janosch seufzt. Kurz befürchte ich, ihn aufgeweckt zu haben, doch als ich still neben ihm verharre, schläft er weiter. Ich könnte ihm für immer dabei zusehen.

Der Abend kommt mir in den Sinn. Die Lesung, meine Aufregung, die Signierstunde, Janosch draußen auf der Straße, wir in der Bar, der Gin, der Kuss. Es kommt mir vor, als sei das alles Wochen her. Janosch in meiner Wohnung, sein Zögern, mein Drängen. Wie er spürte, dass ich nicht okay bin, und mit seinen Fragen alles in sich zusammenstürzen ließ.

Ich habe ihm alles erzählt. Nie hätte ich geglaubt, dass es sich so befreiend anfühlt.

Ich habe Elliott und Lynn in die Welt getragen. Dadurch erhält meine Geschichte einen Sinn.

Ich schließe die Augen und lasse die Finger über seine Schulter wandern. Ich glaube, ich liebe ihn. Mein Lächeln wird gelöster. Gott, ja, ich liebe diesen Mann. Mit ihm ist alles ganz leicht. Ich drehe den Kopf, meine Lippen streifen sein Schlüsselbein, Janosch grummelt, zieht mich im Schlaf enger an sich, hält mich fest und beschützt mich, meine Augen werden wieder schwerer, und an ihn geschmiegt lasse ich mich noch mal von seinen gleichmäßigen Atemzügen in den Schlaf wiegen.

Es ist hell draußen, als ich das nächste Mal zu mir komme. Nebelig und feucht hängt der Novembermorgen über Wien, Regentropfen laufen als Relikte der Nacht über das Dachfenster, es ist von innen angelaufen, leicht beschlagen. Ich sollte es kurz öffnen, doch ich will Janosch nicht aufwecken, während ich auf leisen Sohlen in die Küche husche. Ich steige über unsere Kleidung, die auf dem Boden verteilt liegt, ein wahres Schlachtfeld unserer Begierde, bücke mich nach seinem Hemd und muss dabei grinsen. Ich hülle mich in den weichen, viel zu großen Stoff, rieche Janosch und streiche mir die Haare aus dem Gesicht. In der Küche arbeiten meine Hände wie von selbst. Greifen nach dem Kaffeekocher, Espressopulver, öffnen den Wasserhahn. Das Kännchen – ich besitze es erst seit Kurzem – steht auf dem Herd. Auf der Tischplatte finde ich mein Handy und tauche auf aus unserer kleinen Blase, zurück in die Realität. Zu viele Nachrichten, Anouk, die wissen will, wie es war, Luca, der mir gratuliert. Mein E-Mail-Postfach platzt. Dann ganz zuletzt eine Nachricht von Daniel Wang.

Von: dwang@protagoras.ch
Betreff: AW: Hörbuch AUGENBLICKLICHT
An: Enya Unterberger

Liebe Enya,

ich gratuliere dir zu deiner ersten Lesung und bin mir sicher, sie war ein voller Erfolg. Soeben bekam ich Post von unserer Audio-Abteilung. Das Hörbuch ist eingesprochen und bereit für den Vertrieb. Bitte gib mir bis Ende der Woche dein Okay, damit wir es freigeben können.

Es grüßt dich herzlich aus Zürich

Daniel Wang
CEO Protagoras Verlag AG
Schweigerstraße 7
CH-8032 Zürich

Mein Herz schlägt schneller, und ich öffne wie ferngesteuert den Anhang. Worte aufs Papier zu bringen ist das eine, sie zu hören das andere. Ich halte die Luft an und drücke auf Play. Ein paar Sekunden Stille, dann beginnt es: »Enya Unterberger – *Augenblicklicht*.«

Gänsehaut.

»Gelesen von Janosch Novak.«

Moment …

Ich erstarre und will zurückspulen, doch meine Finger sind plötzlich wie gelähmt. Atemlos starre ich auf das kleine Handydisplay. Und dann befürchte ich, meine Beine würden jede Sekunde versagen.

»Das Alphabet zählt sechsundzwanzig Buchstaben. Von A bis Z, dann beginnt es wieder von vorn.«

Nein, nein, nein, das ist unmöglich. Das kann nicht sein. Mein Körper zittert, der Hals ist trocken, die Augen feucht.

»Sechsundzwanzig Buchstaben, und sie enthalten Welten, so viele verschiedene Welten …«

Die Tränen schießen mir in die Augen, und einen Moment später fahre ich zusammen, wirbele herum, als sich die beiden Hände an meine Taille legen und er plötzlich vor mir steht. Ich starre ihn an, sprachlos, und Janosch schaut zurück, in seinen Augen erkenne ich nichts und dann so viel auf einmal. Ein *Verzeih mir, gefällt es dir? Ich bin stolz auf dich*. Er braucht es nicht zu sagen, ich verstehe ihn auch so, spüre seine Hände an meinem Körper und falle in diesen Blick. Im dumpfen Hintergrund spricht seine Stimme weiter.

Dann plötzlich öffnet er den Mund. Er sagt es, als wäre es das Natürlichste der Welt, und innerlich sehe ich es plötzlich ganz klar.

»Bei dir war ich nie geschminkt, und als du sagtest, ich sei wunderschön, hab ich dir geglaubt, weil du das anders meintest als alle anderen. Du musstest mich nicht anschauen, um mich zu sehen, und hast es gleichzeitig getan, ohne um Erlaubnis zu bitten. Ich hätte mich vielleicht vor dir verstecken können, aber mein Herz konnte das nicht. Also hab ich es dir in die Hand gedrückt, und du warst ganz vorsichtig mit ihm.«

Und dann küsst er mich. Als würde ich den Verstand verlieren, klammere ich mich an ihn.

Er musste mich nicht anschauen, um mich zu sehen.

Kein einziges Mal.

Er hat es einfach getan.

DANKE

Mein Dank gilt dir, liebe Anna Hoffmann, dafür, dass du mit deinem Anruf letzten Januar einen unvorstellbar großen Traum für mich hast wahr werden lassen. Von Herzen danke für dein Vertrauen und diese wunderbare Chance. Jede Autorin kann sich glücklich schätzen, mit einer Lektorin wie dir zusammenzuarbeiten. Danke weiterhin an das gesamte Team von Mira Taschenbuch und der Verlagsgruppe HarperCollins, bei der Janosch und Enya ein so wundervolles Zuhause finden durften.

Ich danke Dr. Uwe Neumahr und der Agence Hoffman, die mich so herzlich bei sich aufgenommen haben und mir jederzeit mit Rat und Tat zur Seite stehen.

Zu besonderem Dank verpflichtet bin ich meinen wunderbaren Autoren-KollegInnen. Danke für euren Halt, die stundenlangen Gespräche über all das, was sonst niemand versteht:

Nena Tramountani. Du weißt, dass ich ohne dich verloren wäre – und das nicht nur in dieser verrückten Branche. Einfach nur TAKK FOR ALT.

Emily Rudolf, Lea Melcher (natürlich mit Jonas und Dino), Jan Kronies, Maike Bücheler, Melanie Falkinger, Jessica Trevisi – ihr macht alles besser, und jeder, der behauptet, das Autorenleben sei ein einsamer Beruf, lügt.

Meinen Testleserinnen, ohne die dieses Buch nicht das wäre, was es heute ist. Danke für euren scharfen Blick, die kritischen und wunderbaren Worte und vor allem eure Zeit:

Julia, Eva, Jule, Marie, abermals Jessica, Melanie, Nena und Lea.

Meiner Familie, die immer hinter mir und meinem Schreiben steht. So unterstützt zu werden ist ein Privileg, für das ich jeden Tag aufs Neue dankbar bin.

Nicht zuletzt meinen Lesern, den Bloggern, Bookstagramern und allen Menschen, die ich bereits durchs Bücherschreiben kennenlernen durfte. An dieser Stelle Namen aufzuzählen, würde jeden Rahmen sprengen, doch ich bin mir sicher, ihr wisst, dass ihr gemeint seid. Buchmessen, Café-Dates und diese wunderbar inspirierenden Gespräche sind zu einem wertvollen Teil meines Alltags geworden, den ich nie mehr missen möchte. Ich danke euch für jedes motivierende Wort, die inspirierenden Begegnungen und eure Offenheit.